ティアムーン帝国物語

VIII

断頭台から始まる、姫の転生逆転ストーリー

Tearmoon
Story

Written by
Nozomu
Mochitsuki

餅月望

TOブックス

サンクランド王国
SUNKLAND KINGDOM
王都
騎馬王国
KINGDOM OF CAVALRY
セントノエル学園
公都
ノエリージュ湖
聖ヴェールガ公国
PRINCIPALITY OF SAINT VEIRGA
王都
レムノ王国
REMNO KINGDOM
辺土
N
未開地

Tearmoon Empire Story World Map
ギルデン
辺土伯領
未開地
ティアムーン帝国
Tearmoon Empire
帝都
新月地区
ガヌドス港湾国
Ganudos
Port Country
初期帝国領土
(中央貴族領地群)
ガレリア海
静海《セイレント》の森
ルドルフォン
辺土伯爵領
ペルージャン農業国
Perugian
Agricultural country

contents

第四部　その月の導く明日へII

イラスト —— Gilse
デザイン —— 名和田耕平デザイン事務所

CHARACTERS

ティアムーン帝国

ミーア

主人公。
帝国唯一の皇女で
元わがまま姫。
が、実はただの小心者。
革命が起きて処刑されたが、
12歳に逆転転生《タイムリープ》した。
ギロチン回避に成功するも
ベルが現れ……!?

孫と祖母

ミーアベル

未来から時間遡行してきた
ミーアの孫娘。通称「ベル」。

四大公爵家

ルヴィ

レッド
ムーン家の
令嬢。
男装の麗人。

シュトリナ

イエロームーン家の
一人娘。
ベルにできた
初めての友人。

エメラルダ

グリーン
ムーン家の令嬢。
自称ミーアの
親友。

サフィアス

ブルームーン家の
長男。
ミーアにより
生徒会入りした。

ルードヴィッヒ

少壮の文官。毒舌。
地方に飛ばされかけた所を
ミーアに救われる。
信奉するミーアを
女帝にしようと考えている。

アンヌ

ミーアの専属メイド。
実家は貧しい商家。
前世ではミーアを助けた。
今世ではミーアを
信奉している。

仇敵

ディオン

百人隊の隊長で、
帝国最強の騎士。
前の時間軸で
ミーアを処刑した人物。

※ ——— 未来の時間軸での関係性　※ ………… 前の時間軸での関係性

革命

仇敵

ルドルフォン辺土伯家

セロ

ティオーナの弟。優秀。
寒さに強い小麦を開発した。

ティオーナ

辺土伯家の長女。
ミーアを慕っている。
前の時間軸では革命軍を主導。

助力

仇敵

サンクランド王国

キースウッド

シオン王子の従者。
皮肉屋だが、
腕が立つ。

シオン

第一王子。文武両道の天才。
前の時間軸ではティオーナ
を助け、後に断罪王と
恐れられたミーアの仇敵。
今世ではミーアを
「帝国の叡智」と認めている。

［風鴉《かざがらす》］サンクランド王国の諜報隊。 ｜ ［白鴉《はくあ》］ある計画のために、風鴉内に作られたチーム

支援

聖ヴェールガ公国

支援

ラフィーナ

公爵令嬢。セントノエル学園の実質的な
支配者。前の時間軸ではシオンと
ティオーナを裏から支えた。
必要とあらば笑顔で人を殺せる。

［セントノエル学園］

近隣諸国の王侯貴族の子弟が
集められた超エリート校。

レムノ王国

アベル

王国の第二王子。前の時間軸
では希代のプレイボーイとして
知られた。今世では、
ミーアに出会ったことで
真面目に剣の腕を磨いている。

［フォークロード商会］
クロエ

いくつかの国をまたぐ
フォークロード商会の一人娘。
ミーアの学友で読書仲間。

混沌の蛇

聖ヴェールガ公国や中央正教会に仇なし、世界を混乱に陥れようとする破壊者の集団。歴史の裏で暗躍するが、詳細は不明。

ティアムーン帝国

ニーナ
エメラルダの専属メイド。

バルタザル
ルードヴィッヒの
兄弟弟子。

ジルベール
ルードヴィッヒの
兄弟弟子。

ムスタ
ティアムーン帝国の
宮廷料理長。

エリス
アンヌの妹で、
リトシュタイン家の次女。
ミーアのお抱え小説家。

リオラ
ティオーナのメイド。
森林の少数民族
ルールー族の出身。弓の名手。

バノス
ディオンの副官で、
ティアムーン帝国軍の
百人隊の副隊長。
大男。

マティアス
ミーアの父。
ティアムーン帝国の皇帝。
娘を溺愛している。

アデライード
ミーアの母親。故人。

ガルヴ
ルードヴィッヒの師匠の
老賢者。

ルドルフォン辺土伯
ティオーナとセロの父親。

騎馬王国

馬龍《マーロン》
ミーアの先輩。
セントノエル学園では馬術部の部長。

荒嵐《こうらん》
月兎馬《つきとば》。ミーアの愛馬。

サンクランド王国

モニカ
白鴉の一員。レムノ王国に
アベル付きの従者として潜入していた。

グレアム
白鴉の一員。モニカの上司に当たる男。

商人

マルコ
クロエの父親。フォークロード商会の長。

シャローク
大陸の各国に様々な商品を卸している大商人。

レムノ王国

リンシャ
レムノ王国の没落貴族の娘。

ランベール
リンシャの兄。

ペルージャン農業国

ラーニャ
ペルージャン農業国の第三王女。ミーアの学友。

アーシャ
ラーニャの姉で、ペルージャン農業国の第二王女。

STORY

崩壊したティアムーン帝国で、わがまま姫と蔑まれた皇女ミーアは処刑されたが、
目覚めると12歳に逆戻りしていた。第二の人生でギロチンを回避するため、
帝政の建て直しに奔走。かつての記憶や周囲の深読みで革命回避に成功する。
だが、未来から現れた孫娘・ベルから思わぬ一族の破滅と、自分が暗殺されることを知らされてしまう。
回避のためには、帝国初の女帝になる必要があるらしく……？

第四部
その月の導く明日へⅡ

THE TOMORROW THE MOON LEADS

第一話　ユハル王からの依頼

「……はて？　わたくしが、収穫感謝の舞《まい》を、ですの？」

突然のことに、ミーアはきょとん、と首を傾《かし》げる。

そこは、ペルージャン農業国の城『ケーキのお城』の貴賓室《きひんしつ》。

前夜の、ユハル王との会食、そして、大商人シャロークとの対決を経て、とりあえず、当面の問題を片づけたミーアは、のんびーりと一日を過ごそうとしていた。のだが……。

そこにやってきた、ペルージャンの姫、ラーニャは開口一番に言った。

「ミーアさま、私たちと一緒に収穫感謝の舞をしていただけませんか？」

なんだか、真剣な顔でそう言うラーニャに、ミーアは思わず首を傾げた。

「でも、それは……、ペルージャンの姫にのみ許された行為ではなかったかしら？」

収穫の感謝を神に捧《ささ》げることは、民を率いて、収穫を指揮するペルージャンの姫がすべきこと。そのような話ではなかったか？　とミーアは首を傾げる。が……、

「通常はそうなのですが、実は、『マレビトの舞』という客人をお招きしての舞があるのです。貴《たっと》き客人がいらっしゃる時にする特別なものなのですが……」

「ふーむ……」

ミーアは腕組みして、小さく唸《うな》る。

――なるほど、確かに隣国の大国であるティアムーンの姫が来ているわけですから、貴き客人、ということになるのかしら……？

一応、そのことには納得できるのだが……、

「けれど、わたくしにできるかしら？　どのような舞かわかりませんし……」

「ミーアさまなら大丈夫です。以前、助言をいただいた舞踊のステップなので……」

「ああ、そんなこともありましたわね……」

ダンス（だけ）は得意なミーアは、かつてラーニャから相談を受けたことがある。

毎年、感謝祭で収穫感謝の舞をしなければならないラーニャであったが、絶望的にリズム感がなかったのだ。

あの時は、大変でしたわ……などと思い出すミーアである。

「それに、ミーアさまには予定より早くいらしていただきましたから。練習する時間はたっぷりとあると思います」

祭りの本番は七日後なので、それまではゆっくり練習することができる。

「ふぅむ、まぁ、そういうことでしたら……」

ダンス（だけ）は得意なミーアは、振り付けなどを覚えることに特に不安はない。

それに、タチアナからも運動をせよと言われている。

――祭りでも、きっとたくさん食べるのでしょうから、踊りの練習で消費しておくことが重要ですわ。

と、そこで、ミーアは思いつく。

「そうですわ。ねぇ、ラーニャさん、その舞の練習に、ベルも参加させてよろしいかしら？　本番に

出せなどとは言いませんけれど……」

ミーアと同様、ペルージャンに来てから、いろいろと食べすぎのベルである。

運動させなければ、シャロークのようになってしまうかもしれない……。

「はい。構いません。えっと、ベルさんは、ミーアさまと縁《ゆかり》の方、ですよね？」

「ええ、ま……じゃない。妹ですわ」

一瞬、言いよどんだ様子のミーア、そして出てきた『妹』という単語。それで、すべてを察したかのように、ラーニャは頷《うなず》いた。

「わかりました。ティアムーンの帝室に繋《つな》がりのある方でしたら、むしろ、本番に出ていただいてもよいかもしれません。マレビトの舞は、古くは十名前後で舞っていたともいわれています。練習に参加していただいて、もしも大丈夫そうでしたら……」

「……へ？　あの、ミーアお姉さま、ボクもですか？」

部屋の中央、柱と柱の間に張られたハンモックに揺られていたベルが、驚いて飛び起きて……、

「きゃあっ」

そこから転がり落ちた……。


昨晩、シャロークの病室から戻ったミーアは、ハンモックにゆらゆら揺られて、気持ちよさそうに眠るベルの姿を見つけた。

「……もう、食べられません、ミーアお姉さま」

などと……実に満足げな笑みを浮かべていた。

ふと見ると、寝間着がめくれて、ちょこんと可愛らしいおへそが覗《のぞ》いていた。

「やれやれ……、大国の姫にあるまじき姿ですわね……」

ちなみに、ミーアの寝相は、それほど悪くはない。時折、間違ってアンヌのベッドに入っていってしまうぐらいで（……怪談話などを聞いた際には）。

それはともかく、まったく誰に似たのかしら……、などとつぶやきつつも、ミーアはベルの服を直してあげようとして……、気付いた。

その可愛らしいお腹が、ちょっぴり膨れていることに！

「……こんな美味《おい》しいもの、食べたこと、ありません。えへへ、いくらでも、食べられて、しまいます」

タイミングよく、ベルの寝言が聞こえてくる。

ああ、この子も、自分と同じ、忌《い》まわしくも甘美なる呪《のろ》いを受け継いでいるのだ、と、ミーアは悟ってしまう。

美味しい食べ物は無限に食べられてしまうという呪い……、将来、体を蝕《むしば》まれる悪魔の呪いだ。

けれど、今のミーアは、その呪いを回避する術《すべ》を知っている。

そう、運動だ！　規則正しい生活だ！

「ベルにも運動させなければなりませんわ……」

そんな使命感に燃えていたミーアにとって、ラーニャからの申し出は渡りに舟《ふね》だった。

「ベル、美味しいものを食べた分、しっかりと運動しなければいけませんわよ。わたくしと一緒に、舞の練習をしなさい」

ミーアの言葉を受けて、ベルはぴょこんと起き上がる。それから良い姿勢で言った。

「はい、わかりました！　ミーアおば、お姉さまがそうおっしゃるんでしたら、ボク、練習、頑張ります」

とっても素直なベルである。

「あ、でも、もう本番まで時間がないので、ルードヴィッヒ先生との勉強の時間も削る必要が……」

とってもちゃっかりさんなベルである。

「……それは、やっておきなさい。後で泣きを見ることになりますわよ？」

「うう、ミーアお姉さま、やっぱり鬼です……」

途端に泣きまねをするベルに、ミーアは小さくため息を吐《つ》く。

――この子……、お父さまぐらいだったら、簡単に手玉に取ってしまいそうで、末恐ろしいですわ……。魔性の女というのは、こういうことを言うのかしら……？

ちょっぴり複雑な気持ちになってしまうミーアなのであった。

第二話　ミーア姫、ダンスに打ち込む！

ラーニャからの要請を受けて、ミーアは早速、収穫感謝の舞の練習を始めた。

ペルージャンの演舞は、両手に鳴子と呼ばれる木製の楽器をもって、それをカンカンと鳴らしつつ、リズムよく踊るというものだった。

そしてミーアは、教えられた舞をほぼ完璧に舞っていた。

その流れるような動きは見とれるほどに美しく、まるで長年にわたってその演舞を舞ってきたかのようにスムーズだ。

言うまでもなくダンスは得意なミーアであるが、それだけではなく、努力の賜物《たまもの》でもあった。

なぜならば……、

「ミーアさまにしていただきたいのは、簡易化したものなので安心してください。正式なものは、すごく大変なので……」

そう言って気遣ってくれたラーニャに、ミーアは言ってしまったのだ。

「あら、わたくしでしたら大丈夫ですわよ？　正式なもので構いませんわ」

などと……。

……そう言わざるを得なかったのだ……。なぜなら、ミーアのすぐ後ろで、ベルが……。

「うふふ、ミーアおば……お姉さまのダンス、とっても楽しみです！」

なぁんて、ウキウキ顔で言うものだから……。

ミーアとしても孫の素直な尊敬が嬉しくないはずもなく、だからつい言ってしまったのだ。正式なほうで構わないと……。さらに、

「ふふん、わたくしの華麗なダンスをしっかりと目に焼き付けるといいですわ！」

そんな調子の良いことまで言ってしまったのだ。言わなきゃいいのに……。

さて、堂々と宣言してしまった手前、まさか失敗するわけにもいかない。それで練習せずにいられるほどに、ミーアの心臓は丈夫ではない。ミーアは小心者の心臓の持ち主なのだ。

ということで……、本番の演舞で失敗する夢を見たりしてうなされつつも、ミーアは懸命に練習し

た。練習に練習を重ね、さらに練習する。

ミーアの勉強法は物量作戦だが、ミーアのダンス練習法もまた、物量が命なのだ。

ともかく量をこなすことで、動きを体に覚えこませるのだ。

そうして、すっかり舞踊をマスターしたミーアが、

「ああ、ベル、そこは違いますわ。そこはもっとこう、ふわっとした後に、ぶわわっと回って、ふっと休むのですわ……」

などと、天才的な教え方でベルの指導をしているところに、訪ねてくる者があった。

「お久しぶりです、ミーアさま」

「あら、クロエ、あなたも来てたんですのね……」

久しぶりに見る読み友の顔に、思わず笑みを浮かべるミーアであったが……、

「でも……タチアナさんと一緒に来るなんて、変わった組み合わせですわね」

小さく首を傾げた。

クロエと並ぶようにして現れたのは、タチアナだった。ここ数日は、ずっとシャロークの付き添いとして、そばにいたはずだったが……。

「お父さまにコーンローグさんが、話がしたいということでしたので……」

そう言って、クロエはうつむく。見るからに心配そうなクロエに、ミーアは優しく微笑《ほほえ》んだ。

「大丈夫ですわ。わたくしが、しっかり言っておきましたから！」

鼻息荒く、ミーアは胸を張った。

「ね、そうですわよね？　タチアナさん」

「はい。シャロークさまは、ミーアさまと話されて以来、すっかり変わられました」

そうなのだ、シャロークはあの日以来、すっかりと大人しくなってしまっていた。もちろん、体調の回復に努めているのもあるとは思うのだが、

――うふふ、わたくしがへし折ってやったのが効きましたわね。心を鬼にしたかいがありましたわ！

心をオニテングタケにしたミーアは、うんうん、と納得の頷きを見せる。

「それにね、そちらのタチアナさんが、お薬を飲ませておりますのよ？」

そう言って、ミーアは、悪い笑みを浮かべる。

――タチアナさんも、なかなかにやってくれますわね。シャロークさんを健康にするのみならず、それにかこつけて性格の矯正までするなんて……。うふふ、血液をサラサラにする薬などと……、なかなかのやり手ですわ！

血液がドロドロしていると、短気で怒りっぽくなるという流言《フェイクニュース》を固く信じて疑わないミーアである。

「だから、もう大丈夫ですわ。きっと、そんなに悪いことはしないはずですわ」

きっと、謝ろうというのではないかしら……、などと予想するミーアである。が……、ミーアは知る由《よし》もなかった。

そこで謝罪以上の……否、斜め上の会話が交わされようなどということは……。

「このたびは大変な目に遭われましたな、シャローク殿」

シャローク・コーンローグの病室を訪れたマルコは、その様子を見て驚いた。

「ああ、フォークロード商会のマルコ殿。このような格好で失礼する」

苦笑いを浮かべるその顔は、少々やつれたようにも見えるが……、なにか憑《つ》き物が落ちたかのように、険《けん》の取れた様子だったからだ。

「予定していた商談も、すべてご破算《はさん》になってしまったよ」

「その割には、機嫌が良さそうに見えるが……」

「いや、なに……。死にかけたこともあって、なんと言うか……、いろいろと考えましてな……」

それから、シャロークは、真っ直ぐにマルコのほうを見た。

「マルコ殿にも大変な迷惑をかけた。謝罪を受け入れてもらえるだろうか」

予想外の素直な謝罪に、マルコは面食らってしまう。

――これは本当に、人が変わってしまったようだな……。言ってはなんだが、かえって怪《あや》しんでしまいそうだ……。

苦笑いを浮かべつつも、マルコは肩をすくめた。

「あくまでも、商売上の競争、謝られるには及びませぬが……ミーア姫殿下に、なにか言われましたか？」

「そう……ですな。道を示された、と言いましょうか……。今のまま、金にのみ生きる生き方で死を迎えれば、きっと後悔するだろうと突きつけられてしまいましてな……。年がいもなく焦っておるのです。なにかをせねばならぬと……」

「なるほど……」

マルコの中を新鮮な驚きが駆け抜けた。

強引かつ金儲け一辺倒な手法で鳴らしたシャロークを、ここまで変えてしまうミーア・ルーナ・ティアムーンという存在……。

――なるほど、クロエも変えられてしまうわけだ。いや、クロエだけでなく、私もか……。

ミーアのパン・ケーキ宣言と、大陸全土を飢饉《ききん》から救うという構想（マルコが勝手にそう思ってるもの……）、そこに自分が協力できる部分もあるのではないか、と、いつしかマルコは思うようになっていたのだ。

商人としての自分のノウハウを、今こそ生かす時なのではないか……などと……。

「おや、どうかしましたかな？」

「いや、なに。そういうことでしたら……シャローク殿、ちょうどよい話がございます。ああ、これは、姫殿下から直接言われたことではなく、あくまでも私の勝手な予想なのですが、ミーアさまは……」

かくして、様々な思惑は結実《けつじつ》し、ペルージャンの収穫祭が始まる。

第三話　夜明けの演舞

ペルージャンの収穫感謝祭は、夕方から夜にかけて行われる盛大な祭りだ。

王都、黄金の天《オーロ・アルデア》の農村の中央に位置する広場に建てられし祭壇《さいだん》、そこにあらかじめ保管しておいた収穫の初穂の小麦を捧げて、祭りが始まる。

それは、祭事と宴《うたげ》とが一体化した、にぎやかなものだった。

そんな中……ミーアは……、

「ああ、本当にこのターコース、美味しいですわ。ピリ辛な味がこんなにキノコに合うなんて思ってもみませんでしたわ！　キノコはキノコだけで食べても美味しいですけれど、ほかの食材と合わせても味が引き立つ。奥が深いですわ」

感動に身を震わせる。

薄い生地に包まれたターコース、中身はシャキシャキの葉物野菜と赤みがかったピリ辛ソース、それにミーアの大好物のキノコ。

しっとりとした生地と野菜のしゃっきりした歯ごたえ、キノコのコリッとした食感三重奏に、ミーアの舌が踊りだす。

「ああ、美味しいですわ。ペルージャンの豊かな実りに感謝ですわね。帰ったらしばらくは食べられませんし、しっかりと記憶に刻み込まねばなりませんわね」

いっそ、毎年、遊びに来られないかしら……？　などと思っていたところで、ラーニャの従者の女性がやってきた。

「ミーア姫殿下、それでは、そろそろ……」

「ふむ……！　出番ですわね！　ベル、行きますわよ」

ミーアは堂々と立ち上がる。その体からは、気合がほとばしっていた。

美味しいキノコ料理を食べたミーアの気合は、大変に充実していたのだ。

――このような美味しいお料理を食べることができた。美味しいキノコを収穫させてくださった神と、料理を作ってくれたペルージャンのみなさんへの感謝と感動を表現せずにはいられませんわ！

いったん建物に入り、そこで、ミーアはマレビトの衣装を受け取った。

マレビトの衣装は一枚の布を体に巻き付けて帯で締めるというような、少し変わったものだった。下も裾《すそ》の広いズボンのような、見たことのないものだった。

アンヌに手伝ってもらって早速着替える……が、

「えーと、これが、こうなって……あれ?」

などと、アンヌが戸惑いの声を上げている。

「慣れない衣装だから、苦戦するのはしかたありませんわ、アンヌ。気にせずゆっくりで構いませんわ」

「はい、申し訳ありません。ペルージャンの方にも手伝ってもらいますね……」

そう言ってアンヌは出ていった。

しばらくして、戻ってきたアンヌは、ラーニャの従者の手を借りて、きちんと着付けを仕上げていった。その顔に焦りはない。できないことに劣等感もなく、けれど、すべきことは一つ一つ確認しつつ、作業を進めていく。

あの日、タチアナのようにならなければ、と言った時の面影はもはやない。そこにあるのは、ひたむきに、焦ることなく技術を習得していく、いつものアンヌの姿だった。

やがて、出来上がりに満足したのか、うんうん、と大きく頷き、アンヌは言った。

「ミーアさま、準備ができました」

それを聞いて、ミーアは深呼吸して……、

「ありがとう、アンヌ。では、行ってきますわ」

笑みを浮かべた。

姫たちが裏へと下がり、舞の準備をしている時間、それは、祭りのクライマックス前の一呼吸。開始直後、ごちそうと酒により盛り上がった宴に訪れた、一瞬の静寂の時だった。

「ユハル陛下……」

静かに酒杯を傾けていたユハルに、話しかけてくる者がいた。

「ああ、貴殿《きでん》は確か……ミーア姫殿下の」

「ティアムーン帝国、金月省所属のルードヴィッヒ・ヒューイットにございます。ユハル陛下。少し、お時間よろしいでしょうか？」

ルードヴィッヒはそう言って、膝《ひざ》をつく。

「非礼をお許しいただければ幸いにございますが……」

本来、国王であるユハルに一文官であるルードヴィッヒが不用意に話しかけることは、礼を失することではあったが……。

「今宵《こよい》は祭り、宴の夜だ。王も民も揃って神に感謝を捧げる日、王も民も、神の前ではただ人に過ぎぬ。自由にするがよい」

「感謝します、陛下」

そう言うと、ルードヴィッヒは、ユハルのすぐそばに腰を下ろした。それから、静かに口を開く。

「陛下、ミーア姫殿下に収穫感謝の舞をさせたのは、なぜでしょうか？」

ふいの問いかけに、ユハルは特に機嫌を悪くするでもなく、驚くでもなく……。静かに盃《さかずき》を揺らしながら答える。

「いや、なに……。ただの気まぐれ。大した意味など……」

「もしや、顔見せ……、と、そういうことでは？」

鋭いルードヴィッヒの言葉に、ユハルは眉《まゆ》を上げた。

「ほう、さすがは、姫殿下の重臣。見抜かれてしまったかな？」

悪戯《いたずら》っぽい笑みを浮かべるユハルに、ルードヴィッヒは、重ねて問う。

「民にミーア姫殿下の印象を強烈に刻み込む……。その意味は……。もしや、ペルージャンの今後に深く関わることではありませんか？」

「ルードヴィッヒ殿は、セントノエル学園の入学式のこと、ご存知かな？」

質問には答えず、ユハルは逆に問うてきた。

例のパン・ケーキ宣言の話はルードヴィッヒも当然聞いていた。その上で、彼はミーアの立てているであろう構想を察知していた。

「あの宣言を形にするとしたら、考えられるのは……、国家を超えた、飢饉《ききん》に対する組織の構築でしょうか」

「左様《さよう》。そして、そのような組織には、本拠地となる場所が必要となるだろう。また、その取り組みには農業の知識と、すぐに輸送可能な食糧の備蓄が必要となる……。であれば……、我がペルージャンの地がそれに名乗りを上げてもよいのではないだろうか」

それこそが、ユハル王が思い描いたペルージャンの未来だった。

そして、同時に、それは……、

「我がペルージャンは、帝国自体と信頼関係を結ぼうとは思わぬ。されど、我らはミーア姫殿下ご本人を信頼し、その壮大なる構想に尽力する……。そのための布石《ふせき》として、民にミーア姫殿下の姿を覚えておいてもらいたかったのだ」

それこそが、ユハルが出した答え。ケーキのお城を建てた民が向かうべき未来。

だからこそ、ユハルは重要な演舞への参加を要請したのだ。

「そのお話、我らも大いに興味があります」

ふと、声のほうに視線を向ければ、そこには、二人の男の姿があった。

シャローク・コーンローグとマルコ・フォークロード。稀代《きだい》の商人二人が、そこにいた。

「コーンローグ殿、お体のほうはもう?」

「なんの……。このような重要な時に、寝込んでいるわけにもいくまい」

と、その時だった。

カーン、カカーンッと……、ざわめきをかき消すように、甲高い木の音が聞こえてきた。

「おっと、これ以上、野暮な話をすることもあるまい……。続きは後ほど」

かくて、後にペルージャンの夜明けの演舞と呼ばれる、姫たちの舞が始まる。

第四話　ペルージャンの夜明け～ケーキのお城の行き着く場所～

カーン、カカーン！

静寂《せいじゃく》を切り裂いて……。

カーン、カカーン！

夜の空気を震わせて……。

カーン、カーン！　カカーン！

舞が始まる。


火の灯された祭壇、風に踊る炎に照らし出されるは、二人の姫君の姿……。

それは、アーシャとラーニャの姉妹姫の姿だった。

その顔を覆《おお》う、薄いベールをなびかせながら、二人は風に揺れる小麦のように、優雅《ゆうが》に祭壇の周りを舞う。

ぎこちなさのない滑らかな動きに、その場に集う民は優しい微笑みを浮かべる。

「ラーニャさま、昨年は、もうちょっと……その、アレな感じだったけど……、ずいぶんとお上手になられた」

「本当だ、ご立派になられて……」

などと、我が子の成長を見守る親のような感想が口々にこぼれる。

くるり、くるり、祭壇を回るようにして、ペルージャンの姉妹姫の舞は続いた。

それは、いつもの年と変わりのない風景。懐かしくも、どこかホッとする、毎年の風物詩《ふうぶつし》だった。

けれど、今年は、そこに変化があった。

カカーン、カカーン、カカーン！

聞き覚えのない木のリズム。それに呼応するように、闇の中から、カーン、カカーンッと音が響いた。

そちらに目をやった人々は、思わず息を呑《の》んだ。

そこに立つ人物、その身にまとう衣装に人々の視線が集まった。

マレビトの衣装、それは、遠き東方の地より来たりし旅人がまとっていたものを模《も》して作られたものだった。

布の色は、澄み渡る青空の色、長く垂れた袖には、金糸で小麦の柄が縫《ぬ》い込まれている。

煌《きら》びやかな帯には、芽吹きから実りに至る、果実の移ろいの刺繍《ししゅう》がされていた。

そして……、それを身に着けたのは、白金色《プラチナ》の髪が美しい姫君、ミーア・ルーナ・ティアムーンその人だった。

その後ろには、ミーアの従者、あるいは血縁の者だろうか？

同じ色の髪を輝かせる、愛らしい少女の姿があった。

二人は、呼吸を合わせ、音に合わせ……、ゆっくりと祭壇のほうまで歩み寄る。

「なるほど、今回は帝国のお客人がマレビトの舞を踊るのか……」

などと、のんびり見つめている彼らの目の前で――ミーアが躍動する！

祭壇の前までやってきたところで、リズムが変わる。

〝静寂と穏やかさ〟から一転、激しい落雷のようなリズムに。それは歓喜のリズムだった。

マレビトの舞は遥か昔、ペルージャンが興るよりもさらに前の、古代の伝承に由来するものだった。

かつて、この地に住まう農民たちは、枯れた土地に苦しんでいた。その時、やってきた旅人が、肥《ひ》沃《よく》なる土地の存在を教え、導いたという。

その時の喜び、歓喜、感謝を表現するのがマレビトの舞なのである。

この激しいリズムはベルには難しく、必然的に中心となって舞うのはミーアだった。

優秀なダンススキルを誇《ほこ》るミーアが、気合十分に踊っている。

――来年も、どうか良き実りを。美味しいキノコをたっぷり、生えさせていただきたいですわ。あと、小麦。ケーキに必要ですし。ああ、それと果物ももちろん。甘いのをたっぷりと、収穫させていただきたいですわ。

などと考えていると、自然、舞にも気合が入ろうというものである。

さっと手を上げる。そのしなやかな動きを追いかけるようにして、袖がふわりと踊り舞う。それを体に巻き付けるように、体を半回転。急停止して逆回転。

流れるような動から完璧な静、その立ち姿は指先すらも美しく、再びの動。緩やかな動き出しから、激しい炎のような動き。高く上げた足を、ターンッとつき、その場で小さくジャンプ。着地と同時に体を回し、両手の木をカカーンッと鳴らす！

激しくも、神々《こうごう》しさすら覚える完璧なる舞に、人々の心は一瞬で魅了されてしまう。

マレビトの舞が行われたことは、過去に何度かあった。されど……、されど、これほどまでに本気で、熱心に舞った者がいただろうか？

誰もが手を抜き、簡単に、お付き合い程度で終わらせようというところを、このミーア姫は、自分たちの姫と同様、否、場合によってはそれ以上に熱心に舞っている。

自分たちの収穫を祝うため、神聖なる演舞を、舞ってくれているのだ。

――キノコ、キノコ、美味しいキノコ。ケーキにフルーツ、ターコース。来年もできれば、みなで一緒に食べたいですわー。

……収穫祭に相応しい神聖（？）な願いを胸に踊るミーアである。

そんなミーアに近づいていくのが、ラーニャだった。

ミーアの舞に呼応するように、ラーニャの動きもまた激しい。時にミーアに近づき、時に離れ、まるでじゃれあう小鳥のように、二人は軽やかに舞い踊る。

笑みをかわしつつ楽しげに舞う二人の姫君に、人々は、あの日を思い出す。

あの日……、そう、黄金の坂を二人の姫が手を取り合って上ってきた日のことを。

帝国の姫が示した最大限の敬意と、ラーニャと共に並んで歩く、あの姿を……。

かくて、人々は熱狂する。

舞の見事さと収穫の喜び、そこに、あの日の歓喜が増し加わり、その熱狂は例年とは比べ物にならないものになった。

やがて、舞が終わっても、人々の歓喜の声は鳴りやむことがなかった。

そこに……、満《まん》を持《じ》してユハル王が歩み出た。

「今年の収穫の感謝を神に！」

「感謝を神に！」

祭壇を背に高らかに叫ぶ王。それに呼応して叫ぶ民。

「そして、誠心誠意、我らに向き合ってくださったミーア姫にも、感謝をしたいと思う」

ユハルは、やり切った顔でホッと一息吐いていたミーアに歩み寄った。

「見事な舞を感謝する、ミーア姫殿下」

「ああ……いえ、上手く踊れていたなら、よかったですわ」

ミーアは、瞳を輝かせているベルを見て、ちょっぴり満足げな顔で頷く。

「ところでミーア姫殿下……、先日の問いの答えを今、この場でしたいのだが……よろしいか？」

そう言うと、ユハル王は再び民のほうに顔を向けた。

「みなに頼みたいことがある。今日の光景を覚えておいてもらいたいのだ。先日の黄金の坂での光景を、熱狂を、感動を、その心に、魂に刻んでもらいたいのだ」

ユハル王の、静かな声が響き渡る。

「みなは、見たはずだ。ここにおられるミーア姫殿下は、我らが知る帝国貴族とは違う。我らに真剣に向き合い……隷属《れいぞく》ではなく、信頼の関係を求めてくださっているのだ」

おおおっ！　と人々の口から驚きの声がこぼれる。

帝国貴族から属国だ、農奴《のうど》だと蔑《さげす》まれた彼らにとって、対等な信頼関係という言葉は、重い。それが、たとえ口先だけのものであったとしても、帝国の姫の口から出ることには大きな意味があった。

そして、彼らは知っている。

目の前の姫、ミーアは……、その言葉を証明するかのように、ずっと行動してきたのだ、ということを。だからこそ、その言葉は決して口先だけのものではないのだ、ということを。

「ゆえに、私は……、ミーア姫殿下と信頼による縁を結びたいと願う。仮に帝国の貴族がなにを言おうとも、我らはミーア姫殿下を信頼する。姫殿下は決して我らの信頼を裏切らぬ方。ゆえに、我らもまた姫殿下の信頼を裏切ることはない。ここに集いし我が民よ、我が同胞よ、ここに誓いを立てよ。これから先、どれほど苦しい時があったとしても、我らとミーア姫殿下との信頼は決して揺らぐことはないと……」

おお……おおおっと、人々の口からこぼれる歓声。それは、さながら波のごとく広がり、やがては王都、黄金の天の農村《オーロ・アルデア》を揺るがした。

ペルージャンの夜明けと呼ばれるこの日は、後の歴史書に刻まれる重大な日となった。

この日こそが、ペルージャン農業国にとっての分岐点《ぶんきてん》となったからだ。

ペルージャン農業国。

ティアムーン帝国の南方に位置するこの国は、長らく帝国の属国と見なされていた。

ろくな軍隊を持たず、軍事的な城を持たぬこの国は、他国から攻められれば単独で対処することは難しく……、それゆえに帝国に依存していた。

けれど、後の世を生きる人々にとって、ペルージャン農業国は、農奴の国などでは決してなかった。

そこは、敬意をもって語られる国だった。

ペルージャン農業国……そこは、飢饉に対する〝国家を超えた相互救済の仕組み〟通称ミーアネットの本部が置かれた場所であったからだ。

ミーアネットの始まりをいつにするかは、専門家の間でも議論が分かれるところである。

正式な立ち上げを考えるならば、ペルージャンの夜明けより三年の後、夏が再び暑さを取り戻した時であるし、その原型となる相互支援の取り組みは、その前ということになる。

そして、専門家の中にはこの年、この収穫感謝祭こそが、まさにミーアネットの始まりであった、という説を唱える者がいた。

なぜならば、ミーアネットの中核を担う人物たちが、その本部が置かれる土地であるペルージャン農業国にて、一堂に会したのが、実にこの時だったからである。

ミーアネットの代表として手腕を振るったクロエ・フォークロード。

迅速《じんそく》な食糧運搬のため、商人たちの協力を取り付け、強固な輸送網を確立したマルコ・フォークロードとシャローク・コーンローグ。

農業知識の普及に尽力し、大陸に安定した生産体制を確立したラーニャ・タフリーフ・ペルージャン。

そして……、大陸の貧困国を中心に、医療体制の充実を図った聖白衣の女神、タチアナ。

帝国の叡智ミーア・ルーナ・ティアムーンのパン・ケーキ宣言のもとに集った、ミーアの友人たちは、飢饉と疫病《えきびょう》の根絶のために尽力した。

そして、ペルージャンの人々は、それに全面的に協力した。

ケーキのお城は、平和の使者たちの本拠地として長く使われることになるのであるが……。

それは、もう少し先の未来の出来事である。


聖ミーア皇女伝「ペルージャンの夜明け」の章より抜粋

第五話　それがベルの生きる道

——ふぅ、昨夜は少し食べすぎたかしら……。

馬車に揺られつつ、ミーアは小さくため息を吐いた。

収穫感謝祭の二日後、ミーアは帰路《きろ》についていた。

セントノエルまで帰ると、すぐに夏休みになってしまうため、直接、帝都ルナティアに帰る予定である。

ちなみに、シャローク・コーンローグとマルコ、クロエのフォークロード親子は、ペルージャンで商談があるらしく、もうしばらく滞在するらしい。また、タチアナもシャロークに付き添うという。

——セントノエルには、クロエと一緒に帰ると言ってましたし、問題ありませんわね。

ペルージャンに残ったメンバーの間で、非常に壮大な歴史の流れが生み出されつつあることなど、知る由もないミーアである。

ともあれ、現在、馬車には、ルードヴィッヒ、アンヌとベルが乗るばかり。

ラーニャやクロエ、タチアナがいなくなってしまうと、すっかり静かになってしまって……。

「なんだか、ちょっと寂しくなりましたわね」

祭りの後のような、何とも言えない切なさを感じてしまうミーアである。

「にぎやかでしたものね、タチアナさんとの旅行は」

アンヌも、しんみりした様子で言った。

「そうですわね。とっても楽しかったですわ」

果物狩り、王都、黄金の天の農村《オーロ・アルデア》のケーキのお城での日々、演舞の練習……、その一つ一つが夏の思い出として、キラキラ輝いているように感じられた。

「はい。大変、有意義な時間でした……」

ルードヴィッヒが、軽く眼鏡を押し上げながら言った。

「できれば、もう少しペルージャンに残りたいぐらいでしたが……」

珍しく、そんなことまで言っている。

——あら、ルードヴィッヒにしては珍しいですわね。夏の思い出とか、そういうのには興味がないほうなのだと思ってましたけど……。

などと首を傾げつつも、ミーアはベルに目を向けた。

「そういえば、ベルもよかったですわね。今年の夏は帝都で過ごすことができますし、リーナさんとも遊べますわよ」

昨年は、追試で涙目になっていたベルだが、今回はテストを受けに帰ることもなし。まぁ、夏休みが終わったら、地獄のテストが待っていると思うのだが、今を刹那《せつな》的に生きるベルは、そんなの気にしないいんじゃないかしら……などと思いつつ話しかけると……、

「あの……ミーアお姉さま、ボク、わかりました」

ベルは、神妙な顔で言った。

「わかった？　はて？　なにがですの？」

「お金でお礼をすることの危なさが、です」

そう言って、ベルは、真っ直ぐな視線をミーアに向けてきた。

「…………ふむ」

ミーアは、一瞬、なんのことやら……と思ったが、もちろん、それを口に出すはずもなく。腕組みして、とりあえずベルの話を聞く態勢に入る。

「シャロークさん、あの方は……、お金の魔力にとらわれて、なにより大切なものと考えて、道を踏み外してしまっていました。働くことの目的がお金になってしまいました」

「確かに。労働と賃金の不均衡《ふきんこう》は、人々から働く意欲を奪う。過ぎたる大金を得てしまった者は、えてして、楽をしてたくさんのお金を儲けようと思うもの。少ない労働で多くの賃金を求めるようになります」

ルードヴィッヒが補足する。それを受けて、ベルは静かに頷いた。

「だから、安易に大金を渡したらいけない。それが結果的に相手を不幸にするかもしれない、って、よくわかりました」

それから、ベルは改めてミーアを見つめる。

「ミーアお姉さまは、ずっとずっと、大事なものはお金ではないんだって言ってきました。お金以上に大切なものがあるんだって、そうやって行動されてきました」

そう言われ、ミーアは自らの行動を思い出す……。

――なるほど、確かに、お金がすべてじゃないって言ってきましたわ……、シャロークさんを見返すためですけど。

いささか、孫娘には見せづらい動機であった。まぁ、正直にそれを口にするミーアではないが……。

「もしかして、自らの行動を通して、ボクに教えてくださろうとしていたのですか？　帝国の姫としての、在り方を」

――はて……？　帝国の姫としての在り方……？

内心で首を傾げっぱなしなミーアである。なんなら、肉体のほうもそれにつられて、若干、首が傾いていたが……、それを誤魔化すように、ミーアは首を動かした。

それは……、まるで、深々と頷いているかのような動きだった！

「やっぱり……そうなんだ」

「ベルさま。僭越《せんえつ》ながら、ミーアさまは、よくそのようなことをなされます。けれど、時折、そのお考えは二重、三重の深みを持っていることがあります。念のために、間違いがないかどうか聞いたほうがよろしいかと思いますが……」

ルードヴィッヒが、くいっと眼鏡を押し上げながら言った。帝国の叡智《えいち》との長い付き合いを誇る、先達《せんだつ》としての自負《じふ》があふれる……そのような口調だった。

「はい、わかりました。ルードヴィッヒ先生」

ベルは、しれっと、迂闊《うかつ》にも先生呼びをした後に、ミーアに言った。

「ミーアお姉さまは、帝国の姫は、恩を受けた者に相応しく生きよと、そう教えておられるのですね」

ベルは胸に手を当てて、そっと瞳を閉じた。

「あの演舞、そして、帝国とペルージャンとの間に結ばれた条約の改定……、新しい関係の構築……、それはすべて、ペルージャンの民から恩を受けた者に相応しい行動だったと、ボクは思います。良くしてもらったことを忘れず、それに相応しく生きる……、ミーアお姉さまはそれを実践しておられました」

澄み切った瞳で、ベルが見つめてくる。

ミーアは、

「…………ぇ？　あ、お？　あ、ええ、も、もちろんですわ、おほほ」

目を泳がせまくりながら、言った。

「……でも、そうですわね。結局のところ、それしかないのだと思いますわ。ベル、あなたは受けた恩を返すべく、精一杯、生き抜くこと、それに相応しく生きること。そして、幸せになること……。それが、あなたに優しくしてくれた人たちの望むことなのではないかしら？」

難しいことはわからない。でも、ベルのことを見ていると、きっと未来のアンヌもルードヴィッヒも、エリスも、その他のベルに愛情をかけてくれた人たちも、それを望んでいるのではないかと、ミーアは思うのだ。

「まぁ、あなたが返せなかった恩は、わたくしが国を良くすることで返しておきますわ。あなたは、もう少し気楽にしていいと思いますわ」

優しく微笑むミーアに、ベルは……、

「はい、ミーアお姉さま！」

力の抜けた、なんとも無邪気な笑みを浮かべて頷くのだった。

番外編　小麦秘話ヒストリー～幻の大飢饉～

歴史に「もし」は存在しない。

それでも、空想の翼を広げてしまうのが人間というものである。もしもあの偉人が未だに健在ならば、もしも、あの戦争の勝者が別の国だったら……。そんなたくさんの「もし」の一つに、学者たちを青ざめさせるものがある。

もし、あのタイミングで寒さに強い小麦が誕生しなかったら、どうなっていたか……？

空前絶後の大飢饉が、もしかしたら、大陸を襲っていたのではないか……？

現在、大陸で広く収穫されている小麦「ミーア五号」だが、その基となる原種の小麦が、アーシャ・タフリーフ・ペルージャンとセロ・ルドルフォンの二人によって発見されたのは、大陸を寒冷期が覆う、その初期であった。

帝国北方、ギルデン辺土伯領にて、その小麦を見つけた二人は、それを基にして品種改良に着手する。その結果、発見から二年後に「ミーア二号」が開発され、市場に出回ることになるのだが……、当初、その小麦は不評《ふひょう》だった。

「あーあー、勘弁してもらいたいな。まったく、なんで小麦がこんなに高いんだ？」

帝都の市場にて……、一人の男が嘆きの声を上げた。

市場に並ぶ小麦の価格は、例年の一・五倍ほどだった。買えないほどではないにしても、文句の一つも言いたくなろうというものである。

「どうやら今年も不作だったらしいぞ。各地で不足の傾向にあるとかで、値段が上がることはあっても、当面下がることはないんだそうだ」

「やれやれ、たまらんなぁ……。おっ、なんだ、こっちの小麦は安いじゃないか」

ふと、男が目をとめた小麦袋、そこに書かれた値段は、例年の小麦の価格と変わらないものだった。

「ああ、そいつは政府から供給されてる小麦だよ」

「政府から……？」

怪訝《けげん》な顔をする男に、商人は苦笑いを浮かべた。

「かなりの量が流通してるんだが……、質がね」

「いまいちなのか？」

「パンにすると、ちょっとね……。どうも粘り気がありすぎて……、焼くと堅いし、味もね……」

商人の言葉に、男は呆《あき》れ顔を見せた。

「おいおい、何を考えてんだ、お偉いさんは。こんなもの市場に流して……」

不平屋の男は、いつも通り毒を吐こうとして……ふと、その小麦袋につけられた名前に目をやる。

「ミーア二号小麦……？　なんだい、こりゃ」

「ああ、その麦の名前らしい。なんでも、ミーア姫殿下の学園都市で作られた麦らしい」

「へぇ、ミーア姫殿下のね……」

不平屋の男の脳裏に、あの、気前の良い姫殿下の姿が思い浮かぶ。

あの冬の日、あの生誕祭で……。貴族たちによって供された食事。それをみなで腹一杯食べて、姫の誕生日を祝いあった、楽しい思い出が瞼《まぶた》の裏に浮かんで……。

「そうか……。姫殿下が作った小麦なのか……」

ふっと、彼の頬が緩んだ。

「おや、どうかしたのかね？」

「いや、なんでもないよ……」

こんなことを言ってしまったら不敬罪になるだろう、と男は言葉を呑み込んだ。

ちょっぴり使い勝手の悪いこの小麦が、なんだか、あの姫殿下の姿に被る、などということを口にしては……。

気前が良くて、でも、少しだけ抜けているような……そんな風に見えてしまった、あの姫さまが作った小麦なんだと……、そう聞いてすごく納得してしまったなどということを、まさか口に出して言えるはずもない。

「まぁ、けど、そうだよな。よくよく考えると、食いものがなくって飢えるより全然いいな」

男はそう笑って、ミーア二号を買った。

人々の反応は、おおむね似たようなものだった。

あの、ミーア姫殿下の名前がついた小麦なのだから、と。親しみをもって、その小麦は受け入れられていったのだ。


そんな状況を一変させる出来事が起きたのは、ミーア二号が出回り始めてほどなくした頃だった。

一人の忠義の男が立ち上がったのだ。

「ミーア姫殿下の名を冠した小麦の出来が悪いなどと、到底看過できることではない」

そう声を上げたのは、帝国一の料理の腕を誇る男、宮廷料理長、ムスタ・ワッグマンだった。

美味しい料理が作れないのは小麦が悪いのではない。料理法が悪いのだ、という信念のもと、彼は調理法の確立に取り組んだ。

パンに使うのに適さないというのであれば、別のものを……。

柔軟に、既存の料理法のみならず、様々な調理法を試した彼は、ついに完成させる。

ミーア二号に最適な料理法を。

ミーア二号は、焼いてはいけない。茹《ゆ》でるのだ……。

できあがった、白くてモチモチしたものを、意気揚々と料理長はミーアのもとに持っていった。

そうして、一口食べたミーアが、あっさり放った言葉に、料理長は度肝《どぎも》を抜かれる。

ミーアは、言ったのだ。

「……これ、あの甘い豆のペーストと合いそうですわね」

少し前、フォークロード商会に依頼して、取り寄せていた甘い豆……。それが合うのではないかという発想は、料理長にはないものだった。

急ぎ、それを試した料理長は、そこに、自らの料理の完成を見る！

こうして、料理長withミーアの考案した料理は、満月団子、またの名をミーア団子と呼ばれ、人々の間に広く浸透することになった。

白くもちもちの食感の団子に、あまーい黒豆のペーストをかけた、その絶妙な味は、子どもから大人まで大人気となった。

その状況に、帝国の民はみな、首を傾げたものだった。

「おかしい……。小麦の不作で飢えるはずが……なぜ、我々は美味しい新料理を味わっているのだろう……」

と。

ほどなくして、アーシャとセロの手による品種改良の小麦「ミーア三号」「ミーア四号」が市場に出回り始める。二号よりは、より従来の小麦に近い性質をもった後発のミーアシリーズであるが、それでもミーア二号は人々の間で根強い人気を博すことになるのだった。

「ギルデン辺土伯に協力を求めていたこと……、セロ・ルドルフォンとアーシャ姫を送り、寒さに強い小麦を発見し、品種改良を進めさせたこと……、フォークロード商会に依頼して取り寄せていた甘い豆……」

五年前に起きた出来事を、一つ一つ書き出しながら、ルードヴィッヒは深々とため息を吐いた。

平穏を享受する人々は知らない。この帝国がどれほどの危機的状況にあったのかを……。

未然に防がれ、泡と消えた『幻の大飢饉』。

されど、ルードヴィッヒの目は、しっかりとそれを捉えていた。

「もしも……ミーアさまが行動されていなかったら……」

備蓄をしていなければ、遠方からの食糧輸送を確保していなければ、多くの餓死者が出ていたはず。

あるいは、食糧をめぐり周辺国との戦争に突入していたかもしれない。それは、双方の国力を疲弊させ、民をより苦しめることになったはず……。

「ミーアさまが、備蓄を取り崩してでも困窮する国を救うべきとおっしゃられた時には、お諫《いさ》めするべきか、ずいぶん悩んだものだったが……」

結果として、ミーア二号小麦の出現により、食糧の不足は免れた。

小麦の品種改良に成功し、寒さに強い小麦を作ったと聞いた時、それがギルデン辺土伯の領地から発見されたと聞いた時、ルードヴィッヒは度肝を抜かれたものだった。彼の同輩たちも同じだった。

ミーアは帝国内のみならず、周辺国をも大飢饉から救ったのだ。

「大陸を悲劇で覆う大飢饉……、もしもミーアさまがおられなければ、それが起きていたかもしれない」

ルードヴィッヒは戦慄《せんりつ》を禁じ得なかった。

歴史に「もし」はない。それでも、ルードヴィッヒは考えざるを得ない。

もし、この時代に、ミーア・ルーナ・ティアムーンという英才が現れなかったとしたら……、いったいどうなっていたのか？

歴史に「もし」はない。

だから、帝国に新しいスイーツが考案される以外の歴史は存在していない。

それでもなお、人は空想の翼を広げてしまうものなのだ。

もし、そうなっていたなら、どうなっていたか、と。


だが、いずれにせよ、幻の大飢饉を葬り去ったこの小麦が、長く歴史に刻まれることになるのは、間違いのないことのようであった。ミーア二号。それは帝国の叡智の名を冠した小麦だ。

帝国の叡智、すなわちそれは、帝国初の……。

第六話　それぞれの夏

帝都へと向かう途上、おもむろに、ルードヴィッヒが話し始めた。

「改めまして、このたびのペルージャン平定の件、お見事でした、ミーアさま」

「ふむ……、まぁ、たいしたことではございませんわ。このぐらい、わたくしにかかれば……」

などと、胸を張るミーア。

まぁ……実際のところミーアがやったことは、果物狩りをして、裸足で坂を上って、踊って、お友だちのお父さんと仲良くなってきただけであるが……。

なんだかんだで、楽しい夏休みを満喫中のミーアである！

それはさておき……、

「女帝を目指すにあたり、やはり、他国の要人の支持は不可欠なものでしょう。そういう意味で、ペルージャンは小国とはいえ隣国で友好国。その王家の支持を取り付けたのは大きいと思われます」

神聖ヴェールガ公国を中心とした文化圏では、セントノエル学園に見られる通り、各国の関係が緊密である。

貴族同士の関係性は国内にとどまらない。ミーアがセントノエルで築きたかった人脈も、まさにそれである。

「女帝として、戴冠の日を迎えるまでに、他国の有力者とも続けて関係を築いていただければと思います」

「そうですわね。なにしろ、帝国初の女帝ということになりますから、人脈はとても大切ですわ」

できれば、避けたいところですけど……などと心の中で付け足すミーアである。

「はい。しかし、それはそれとして、ラフィーナさまとシオン王子殿下を味方につけることができたのは、やはり大きいのではないかと思います。あの生誕祭で貴族たちに見せつけたのはお見事でした」

「うふふ、別に大したことはやっておりませんわ」

実際のところ、本当に大した政治工作をしていなかったわけだが……、それはともかく。

――あら、そう考えると、もしかして、わたくし……、もう女帝になれちゃったりするんじゃないかしら？　ラフィーナさまだけじゃなく、シオンの……未来のサンクランド国王の支持が得られるんですもの。これだけ状況が整っていれば、もしかしたら……。

ふと、そんなことを思ってしまうミーアである。

――ふむ、そういえば、最近は皇女伝を読んでおりませんでしたわね。帰ったら、チェックしてみようかしら……。

かくしてミーア一行は帝都への帰還を果たすことになるのだった。

さて……、一方のセントノエル学園にて。

ラフィーナ・オルカ・ヴェールガは、自室にて客人を待っていた。

本を読みつつ、待つことしばし……、やがて一人の男がやってきた。

ノックの音も軽やかに、部屋に入ってきたのは精悍《せいかん》な容貌《ようぼう》の青年だった。後ろで結んだ長い黒髪、その引き締まった体躯《たいく》は、思わず見とれてしまいそうなほどに鍛えられていた。

ラフィーナは、そんな男……、林馬龍《リンマーロン》に涼やかな笑みを向ける。

「どうも、お久しぶりね。馬龍さん」

「ああ、ラフィーナの嬢ちゃん、久しいな」

馬龍は、いつもと変わらず、堂々とした態度で片手を上げた。

「卒業したのに、馬の面倒をお願いしてしまって」

「いや、なに。俺自身も気になっていたことなんでね……。それに、騎馬王国は、定住地を持たないから、ヴェールガの近くにいる時に来る分には、さほど大変でもないさ」

勧められるままに、馬龍はラフィーナの正面に座る。そこには、騎馬王国で親しまれている夕紅茶が用意されていた。

熱いお茶を、躊躇《ちゅうちょ》なく一息で飲み込んでから、馬龍はラフィーナのほうを見た。

「で……、俺になにか用なのか？」

「あら？　遠路はるばるいらしていただいたお客さまにお茶をご馳走したいと思っただけですけど……」

「とぼけるなよ。多忙なラフィーナの嬢ちゃんは、俺なんかとお茶を楽しむなんて趣味はないだろう？」

「騎馬王国で最大の勢力を誇る林の一族の、次期族長候補、林馬龍殿との会合は、政治的に見ても意味があると思いますけれど……」

ラフィーナは、一度、そこで言葉を切り、

「私はともかく、馬龍さんは、少しお忙しいとお聞きしておりますから、本題に入りましょうか」

それから、静かに馬龍の顔を見つめる。

「昨年の冬、ミーアさんたちが命を狙《ねら》われた件、ご存知かしら？」

「ミーア嬢ちゃんが？　いや、初耳だな」

馬龍はわずかばかり驚いた顔で言った。

「ついこの前、見た時には元気そうだったが……」

「なんとか、事なきを得たのですけど……、その時に、ミーアさんたちの命を狙った者がいた……。

その男は、月兎馬《つきとば》である荒嵐《こうらん》よりも速い馬を乗りこなし、巧みに剣を使い、そして……、二匹の狼を連れていた」

「荒嵐に匹敵するほどの馬と、それを乗りこなす狼使いの戦士……ねぇ」

馬龍は腕組みする。いつも飄々《ひょうひょう》とした顔をしていることの多い彼であったが、この時は、少しだけ厳しい表情を浮かべていた。

「ええ、もしかしたら、心当たりがおありなのではないかと思って……」

ラフィーナはそっと、自らの紅茶に口をつけてから、上目遣いに見つめる。

「確か、以前、お聞きしたことがあったと思うのだけど……。騎馬王国の失われた部族のこと……」

馬龍は無言のまま、静かに頷いた。

「去年の冬、か……。サンクランド近郊で暴れてる盗賊と、なにか関係があるかもしれないな……」

第七話　シオンの危機とミーアの考察

帝都に戻ったミーアは早速、ベルから借りた皇女伝を開いた。

……ほんの軽い気持ちでのことだった。

ルードヴィッヒから、周辺国の王侯貴族の支持が大事と聞かされたミーアは、実は、完全に油断していた。なにせ、自分はラフィーナとシオンの二人と、比較的良好な関係を築いているのだ。

大陸の権力者でいえば、ほぼ最高の二人と仲良しなのである。あの二人が呼びかけてくれれば、それになびく者も多いことだろう。

これは、案外、女帝になるのは楽ちんなのではないか？　もしかして、もうすでに女帝になることになっていて、暗殺されない未来が書かれているんじゃないか？　などと……、そんなことまで考えてしまう始末で……。

同時に、そうは言いつつも、どうせ変わってないんだろうな、なども思っていた。

どうせ大きな変化なんかないんだろうなぁー、なんて思いながら……。自分が暗殺される記述を見るの嫌だなぁ、怖いなぁ、なんて思いながら……、それでも頑張って開いたのだ。

恐る恐る薄目を開けて、ページを眺めた……結果……！

「なっ、なな、なんですのっ！　これはっ⁉」

ミーアは見つけてしまった。

その衝撃的な記述……、シオン・ソール・サンクランドが、若くして死ぬ、という記述を。

「そんな……まさか……。シオンは、サンクランドの国王になるはずじゃないんですの？　天秤王《てんびんおう》だとかなんだとか、格好つけた名前で呼ばれることになるんじゃ……」

ミーアは急いで、その記述に目を通す。と、シオンはどうやら盗賊団との戦闘で命を落とすことになるらしい。

「まったく、なにをやっておりますの！　シオンは！　そんなの、兵士に任せておけばよろしいですのに……あっ！　しかも、これ、あと三十日ぐらいしかありませんわ！」

などと愚痴りつつも、実にシオンらしい行動だと、ミーアは思ってしまう。

なにしろ、正義感の塊のような少年である。悪さをしている盗賊団がいると耳にすれば、ほいほい出ていきかねない、そんな危うさがあるのだ。

それに、サンクランド自体にそうした雰囲気があることを、ミーアも聞いていた。

王族は民の模範《もはん》たれ。戦場では常に先陣を切るべし……。

そのような「常識」のある国だからこそ、王族であっても城にこもっているわけにはいかない。

民が賊《ぞく》に虐《しいた》げられていれば、王族や貴族自らが軍を率いて対応に当たらなければならない。そうしなければ「高貴な身分に相応しい正義」を疑われるのだ。

その点、レムノ王国にも近しい常識があった。

王は常に勇猛たれ。軍を率いない王族は王の資格なし。そのような常識に従い、かつてはアベルも反乱の鎮圧に軍を率いてきたのだ。

「あるいは……、その常識に則《のっと》って、シオンの足をすくってやろう、などという者がいたのかもしれませんわ」

そそのかして、シオンを賊の討伐に追いやった者がいるのかもしれない。

ミーアは腕組みしつつ、考え込む。

「ま、まぁ、別に？　シオンが死んじゃっても、わたくし、気にしませんし……？　あいつは、わたくしの首を落とした張本人でとっつきにくい奴ですし……それに」

などと、ぶつぶつつぶやくも、長くは続かなかった。

「……やはり、あいつが死んでしまうのは、後味が悪そうですわ……」

ふいのことならばともかく、すでにミーアは未来を知っている。防げるかもしれないことなのに、なにも行動しないのはさすがに気が引ける。

「なんだかんだ言って、わたくしのことを助けにきてくれた恩もございますし……。それに、そうですわ。シオンの次の王位継承者がわたくしのことを支持するかは不透明ですわ。それに、ベルも、シオンのファンみたいですし……」

などと悩むことしばし、ミーアは決断を下す。

「やはり、なんとかする必要がございますわね」

これが、ただの事故ならば問題ない。シオンなりキースウッドに連絡して、派遣される兵を増やさせればいいし、シオンの周りの警護をがっちり固めればいい。

「シオンが討伐に派遣されないようにするというのはさすがに無理かしら……」

サンクランド王国内のことに口出しはできないし、シオンの性格を考えれば、警告したとしても素直に聞いてくれるとは思えない。

「それに……、これが蛇《へび》の陰謀という可能性もありますわ……」

あのシオンが、ただの盗賊との戦いで命を落とすというのは、少し考えづらかった。

「シオンの剣の腕前は確かだったはずですわ。キースウッドさんもいるのに、ただの盗賊なんかに殺されるとは思えませんわ」

もしそれが、蛇の陰謀であるというならば、一筋縄ではいかないはず。

「本当であればディオンさんを派遣できればいいのですけど……。サンクランドにもプライドがあるでしょうね……」

帝国最強のディオン・アライアを派遣できれば、どのような罠《わな》が張られていても、軽々と喰い破ってくれるだろうけれど……、弱小国が相手ならばともかく、相手は帝国と同等の大国である。

帝国から護衛を派遣するなどと言ったところで、聞いてくれるとも思えない。

「しかし、サンクランドにも腕利きの兵はいるでしょうけれど、それをシオンの護衛につけていただくこともできませんし……」

帝国内のことであれば、ある程度はミーアの自由になるのだが、場所がサンクランドとなるとそうもいかない。

「未来の出来事がわかっている、と言えないのがもどかしいですわ。なんとかできないものかしら……」

今のままでは、せいぜい、気をつけろと注意するぐらいである。陰謀が企《たくら》まれている可能性あり、などと言えば、あるいはなんとかできるかもしれないが……それだけでは少し心もとない。

逆に、それを利用して、陰謀の主を捕らえてやろう、などとシオンならば考えそうだ。

「ぐぬぬ……厄介《やっかい》ですわね……」

「失礼いたします。ミーアさま、エメラルダさまが、いらっしゃっておりますが……」

ふいにアンヌに呼びかけられて、ミーアは思考の沼から浮上する。

「あら……？　エメラルダさんが……ふむ」

それから、ミーアはお腹を軽くさすってみる。

「ふむ……、やはり、考え事をする時には甘いものが必要ですわね！」

エメラルダの持ってくるお土産に期待するところ大、なミーアなのであった。

第八話　エンプレス・ミーア号（大船）に乗った気分で……

「ミーアさまっ！　聞いてくださいましっ！」

部屋に入ってきて早々、エメラルダは声を上げた。

「まあまあ、どうしましたの？　エメラルダさん、そんなに慌てて……」

などと言いつつも、ミーアはチラリとエメラルダの手元を見た。

……お土産は、なかった！

見る見るうちに、しょんぼりしぼんでいくミーアであったが……、

「ミーアさま、エメラルダさまから、お土産の焼き菓子をいただいておりますので、すぐに準備いたします」

「まぁ！　そうでしたのね、いつも申し訳ありませんわね」

アンヌの言葉でシャキッと復活する。ミーアのテンションは甘いお菓子の有無にかかっているのだ。

「おほほ、ちゃんと持ってきてますわよ。もっとも、商人がお土産に、と持ってきたものなのですけど……」

ちょっぴり申し訳なさそうな顔をするエメラルダだったが……、ミーアは逆に感心する。

要するにエメラルダは、無駄遣いするなというミーアの言葉を守っているのだ。だからこそ、高級なお菓子を買ってきたりということはしなかったわけで……。

「さすがはエメラルダさんですわ……無駄遣いは慎むようにと言ってありましたものね」

ミーアにとって、甘いものに貴賤《きせん》なし。どのような経緯で入手したものかなど、論《ろん》ずるに及《およ》ばず。

節約して手に入れたのであれば、むしろ評価の対象にすらなるというわけである。

さて、ミーアとエメラルダが椅子に座り、目の前のテーブルにお茶菓子が並んだところで、

「聞いてくださいまし！　ミーアさま、お父さまったら、ひどいんですのよ！」

改めて、エメラルダが言った。

「まぁ、どうなさいましたの？　確かエメラルダさんは、御父上と仲がよろしかったと思いますけれど……」

などと、話半分に聞きつつ、ミーアの注意は、すでに焼き菓子のほうを向いていた。甘い砂糖の香りに、鼻をひくひくさせていると……、

「許せませんわ。お父さま、私に結婚するように、なんて言いますのよ！」

エメラルダのそんな声が耳に入ってきた。

「あら……、そうなんですのね。それは、めでたいことではありませんの」

貴族の女性にとって、縁談は重大なものだ。

エメラルダはまだセントノエルの学生ではあるのだが、年齢的に考えれば縁談話の一つや二つ来てもおかしくはないお年頃である。

「めでたくなんかありませんわ！　相手は、サンクランド王国の貴族だっていうんですのよ？」

「あら……サンクランド王国……」

ミーアは、ぽつり、とつぶやいた。

「あっ、もちろん、私が嫁いでいくことになっても、ミーアさまとの約束は……」

と、慌てた様子のエメラルダだったが、ミーアは、うつむいたまましみじみと言った。

「そう……、帝国ではないんですのね。寂しくなってしまいますわ」

うつむいたまま……、というか、やや視線を下に向けて……焼き菓子に目を向けたまま、ミーアは言ったのだ。

なにせ、ミーアはエメラルダが持ってくるお菓子とお茶会を楽しみにしているのだ。それに加えて、なんだかんだでエメラルダは気兼ねなく会話ができる貴族令嬢、親戚のお姉ちゃんなのである。

サンクランドに嫁いでいくのであれば、今ほど頻繁《ひんぱん》にお茶会はできないだろうし……、ついつい寂しく思ってしまうミーアである。

「ミーアさま……」

ふと見ると、エメラルダが、なぜか、瞳をウルウルさせていた。

はて……？　などと首を傾げるミーアに、エメラルダは力強く言った！

「ええ、ええ、もちろん、こんな縁談、断ってやるつもりでしたわ！　親友のミーアさまを置いて、外国に嫁ぐなど、とても考えられませんわ！」

拳をギュッと握りしめて、決意のこもった口調で言った！

「え？　や、そんな無理しなくても大丈夫ですけれど……」

「いいえ、決めましたわ。すぐにでもお断りの連絡を入れてやりますわ。サンクランドのお城でのパーティーにもお呼ばれしておりますけれど、それもきっぱりとお断りを……」

「ん？　今、なんとおっしゃいましたの……？」

ふと、聞き捨てならない単語を耳にして、ミーアはエメラルダへと視線を向ける。

「ええ、実は先方からお誘いを受けておりますの。嫁いできたら、王家ともお近づきになれるから、と……。その証として、サンクランド王家のパーティーに誘われましたの。でも、縁談を断るのであれば、別に……」

「あら？　それはもったいないですわ。せっかくのサンクランドでのパーティーなのですから、行ってきたらいいですわ」

ミーアの脳裏に、今、一つの考えが形を成そうとしていた。

「なんでしたら、わたくし、一緒に行って差し上げますわ」

シオンを助けるための最善手はなにか？

それは彼を護衛すること。ディオン・アライアをシオンのそばにいさせることである。

だが、もし仮に、一度の襲撃からシオンを守ったところで、はたして、運命は変わるだろうか？

――たぶん、そうはなりませんわ……。

ミーアの直感が告げていた。

冬以来、すっかり大人しくなっていた『蛇』だが、そう簡単に活動を止めるなどとは思えないミーアである。

もしも、シオンの暗殺が、連中の仕業であるとするなら……。

――一度、防いだぐらいでは、その陰謀は止まりませんわ。きっと、また皇女伝に、形を変えたシオンの死が描き出されるのですわ。

そして、それを帝国の地で確認したところで、ミーアには手の打ちようがない。

ならば、どうするか？　答えは決まっている。

――わたくしが、サンクランドに赴くのが確実ですわ。護衛にディオンさんを引き連れて。それと……そうですわね。毒の専門家であるシュトリナさんも連れていくのがよろしいかしら？　暗殺といえば毒ですし。それとあちらでの生活の時、近くで守ってくれる方がいるとよいですわね。ティオーナさんとリオラさんにも声をかけて……。

普通に考えれば、突然に帝国皇女であるミーアがサンクランドに行くのは難しい。護衛の問題もあるし、あちらとしてもいろいろと準備があるだろう。

先のペルージャンの場合には予定を少し早めただけで、もともと訪問することになっていたから、なんとかすることができたし、レムノ王国を訪れた時には、そもそも無茶を通したのだ。

けれど、今回の場合は、秘密裏に行って帰ってくるというわけにもいかない。シオンのそばに行くためには、身分を明かす必要があるだろう。

そこで、

――帝国皇女ではなく、四大公爵家の令嬢の一行として行くならば、実現できるのではないかしら？

なにしろ、エメラルダはティアムーン帝国の令嬢の中では、ミーアに次ぐＶＩＰ、星持ち公爵令嬢《エトワーリン》である。

そんなエメラルダが、もともと行く予定になっていたのだから、それなりの準備を整えていただろう。それをほんの少し強化してもらえばいい。

そう考えれば、実現は、そこまで難しくないのではないか……などとミーアは思ったのだ。

実際には、かなりの無茶が必要になるわけだが……、文官たちの悲鳴などミーアの耳には聞こえないのだ。

そうして、ミーアの思考は徐々に皮算用へと向かっていく。

——ふむ……、シオンを助けてやって、サンクランド王家に恩を売っておくこともできるかもしれませんわ。そうなれば、女帝になる時に役に立ちますわ！

うむうむ、と腕組みしつつ頷くミーア。

「そういうわけですから、ぜひ、エメラルダさん、わたくしも同行を……はぇ？」

と、そこで、ミーアは気付く。

エメラルダが、再び瞳をウルウルさせていることに……。

「うう、ニーナ……、みっ、ミーアさまが、私のために、直接、断りに行ってくださるって……」

「はい。よかったですね、エメラルダお嬢さま」

メイドのニーナがいつも通り、感情のこもらない声で言って、そっとエメラルダにハンカチを渡した。エメラルダは、それで目のふちを押さえてから、

「ありがとうございます、ミーアさま。私のために、わざわざ……」

などと、大変、殊勝なことを言った。その喜びように若干罪悪感を刺激されたミーアは、

「え？　あ、ええ、もちろんですわ。エメラルダさんは、わたくしの親友ですもの。大船に乗った気でいていただいても大丈夫ですわ！」

豪語するのであった。

かくして、エメラルダとシオンの未来を乗せたエンプレス・ミーア号（大船）は船出した。

波乗り船長ミーアが嵐を上手く乗り越えられるか……、今の時点で知る者は一人もいなかった。

第九話　ルードヴィッヒ、察する

サンクランド行きを決意したミーアは、善は急げとばかりに行動を開始する。

まずはルードヴィッヒを呼んで、護衛などもろもろの手配をする。

「……わかりました。皇女専属近衛隊《プリンセスガード》から、腕利きを編成いたします」

ミーアの突発的な思い付きには慣れっこのルードヴィッヒは、諦めのため息交じりにそう言った。

「よろしくお願いしますわね。ああ、それとディオンさんも護衛に連れていきたいのですけれど、大丈夫かしら？」

「ディオン殿を、ですか……」

ルードヴィッヒは、眼鏡を押し上げつつ、ミーアのほうを見た。

「なにか、そのような危険があると……」

「ああ、念のためですわ。もちろん、危険がないに越したことはありませんけれど、サンクランドに大軍を率いていくわけにもいかないでしょう？　ならば、少数で強力な護衛をお願いしたい、と、それだけの話ですわ」

まさか、シオンが殺されるのを止めに行く、などと素直に言うわけにもいかない。すでに冬に、相当無茶をしているのだ。ルードヴィッヒもかなり心配していたらしいし、いかにシオンを助けるためとはいえ、絶対に止められるに違いない。

　ということで、ミーアは誤魔化しにかかったわけだが……、

「……なるほど」

　ルードヴィッヒは、じっと……じぃぃぃっと……ミーアのことを見つめていたが、眼鏡の位置を直してから言った。

「では、今回は私も同行させていただきます」

「……へ？」

「急のことですし、不測の事態も起こるでしょう。それに、サンクランドの行政官とも話がしたいと思っておりました」

「え？　あ、いや、ルードヴィッヒ……」

「では、私は引き継ぎの仕事などございますので、いったん失礼いたします」

　言うが早いか、さっさとミーアの前を去っていくルードヴィッヒであった。

「ふむ、まぁ、ルードヴィッヒがいるとなにかと助かりますし……、構わないかしら……？」

　そもそもの話、ミーアが行ったところで陰謀を見抜けるはずもなし。せいぜいミーアは、ディオンという最強の駒をサンクランドへと送り込むための呼び水に過ぎないわけで……。

　となれば、当然、知恵働きができる人間の同行が必要となるわけで……。

　懸念されることとしては、これから、帝国内もいろいろゴタゴタがあるはずだが、その場にルードヴィッヒがいなくて大丈夫か……ということだが。

「それは、ルードヴィッヒならば上手く手配するでしょうし……ふぅむ」

などと唸りつつ、ミーアはとりあえず準備を進めていく。

次にしたのは、ルドルフォン辺土伯領に帰っているはずのティオーナに書簡《しょかん》を送ることだった。冬の時にも実感したが、ティオーナとリオラは戦闘面で、割と頼りになりそうである。

「女だけしか入れない場所というのもありますし、武力面でアンヌに頼るわけにもいきませんわ」

そして、もう一人、いざという時のために連れていきたい人材……それは……。

「ふむ……。やはり、彼女もついてきていただくのがよいですわね。アンヌ、少し出かけたいので準備をお願いいたしますわ」

「はい。わかりました……けれど、どちらにお出かけですか？」

ちょっぴり心配そうな顔をするアンヌに、ミーアは微笑みかけた。

「大丈夫ですわ。帝都の中の、貴族街に出かけるだけですから」


シュトリナ・エトワ・イエロームーンは、現在、帝都ルナティアにある別邸に滞在していた。

ちなみに、なぜミーアがそれを知っているのかといえば、今朝、ベルと遊ぶためにシュトリナがやってきたからである。

ペルージャンからベルが帰ってくることを聞きつけたらしいシュトリナは、意気揚々、白月宮殿に現れて、ベルを別邸に招待したのだ。

「……一応、名目上はお勉強をするため、などと言っておりましたけれど……あれは絶対に遊ぶ気ですわ」

そもそも、厳しいお目付け役がいなければ、ベルが勉強するなどとは思えないミーアである。

「リンシャさんがお国に帰っている今、わたくしがしっかりしてやらなければなりませんわね」

そんなことを思いつつ、ミーアはイエロームーン公爵家の別邸を訪れた。

他の貴族の邸宅より、一回り大きな館。壁に這《は》う蔦《つた》、庭を彩る植物たちに、ミーアは思わず目を奪われる。

——これ、もしかして、全部、毒だったりするのかしら……？

などと思いつつも、護衛を引き連れ屋敷内へ。案内されたのは広い中庭だった。

よく手入れされた花が、控えめに彩る庭内、その一角に設《しつら》えたテーブル席にシュトリナが座っていた。そして、そんな彼女の目の前でベルが…………踊っていた！

「それで、ここを、こうして、楽器を鳴らして」

鳴子の代わりに手を、パンパン、と叩く。どうやら、先日のペルージャンでの演舞を、シュトリナに見せているようだ……よう……なのだが……、

「それで、こうっ！」

くるくるりん、っと回って、もう一度、パンパンがパン、っと手を叩き……ドヤァッと胸を張るベル。

「って、全然違いますわ、ベル」

すかさず、ミーアのツッコミが飛んだ。

ベルの演舞はこう……なんというか、こう…………なんなんだろう？

——どこが、とは言いにくいけれど、全体的におかしなことになっておりますわ。というか、相変わらずすごいですわね、あの子……。間違ったダンスをあんなにも堂々と……。しかも、なにか偉業を成し遂げたかのような、あの表情……あの度胸は見習いたいところですわね……。

感心しつつも、ミーアはベルのほうへと歩み寄った。

「あっ、ミーアお姉さまもいらっしゃったんですね」

ミーアを見つけたベルは、ニコニコと笑みを浮かべた。

「こんにちは、ミーア姫殿下。ようこそ、我がイエロームーン邸へ」

シュトリナも、すっと立ち上がり、スカートをちょこん、と持ち上げた。

それから、野に咲く小さな花のような、可憐な笑みを浮かべた。

――相変わらず、お人形さんみたいに可愛いですわね、リーナさん……。

などと感心しつつも、ミーアは笑みを浮かべた。

「ご機嫌よう、リーナさん。イエロームーン公爵はご壮健かしら？」

「はい。お気遣いありがとうございます。おかげさまをもちまして……」

「そう。あ、でも、クッキーの食べすぎはほどほどにするように言っておいてくださいましね。知ってまして？　甘いものの食べすぎは寿命を縮めるんですのよ？」

早速、タチアナから得た情報を、なにか偉業を成し遂げたようなドヤァな顔で披露するミーアなのであった。

第十話　ミーア姫、本当にすべきことを始める！

「それにしても、ベル、あまり適当なことをやってはいけませんわ」

「適当なこと……？」

きょとりん、と小首を傾げるベルに、ミーアは苦言を呈する。

「ペルージャンでやった演舞を見せていたのではなくって？」

「あ、はい。そうなんです。リーナちゃんが、どうしても見たいって言うから……」

そう言ってから、ベルはシュトリナのほうに顔を向ける。

「リーナが見せてって頼んだんです。ベルちゃんのダンス見たかったなぁ、って」

「それはいいんですけれど、ベル、ところどころ違っておりましたわよ？　やるならきちんと踊らなければいけませんわ」

などと言いつつ……、シュトリナの様子を観察して、ミーアは、ふむ、と鼻を鳴らす。

――リーナさん、ベルと一緒にペルージャンに行けなかったのが残念そうですわ。将《しょう》を射《い》るにはまず馬からと言いますし……。つまり、リーナさんを一緒に連れていきたければ、ベルを先に連れていけ、ですわ！

ミーアは、いち早く相手のウイークポイントを看破《かんぱ》！　それからベルのほうに目を向ける。

「ベル、実は急な話なんですけど、エメラルダさんと一緒にサンクランド王国に行こうと思っておりますの」

「えっ？　サンクランド王国⁉」

ベルがキラッキラと目を輝かせるのを見て、ミーアはにっこりと微笑んだ。

ミーアにとってベルを操ることは、そう難しいことではないのだ。なにしろ、ベルは……ミーハーベルなのだから！

――シオンの故郷であるサンクランドを訪れる機会を、ベルが逃すはずもありませんわ。

そんなミーアの予想通り、ベルは二つ返事で同行を了承する。

はたで様子を見ていたシュトリナは、しょんぼり肩を落とした。

「せっかく、ベルちゃんと遊べると思ってたのに……」

……やっぱり、遊ぶ気満々だったらしい。まぁ、今はそれはいいとして……。

「それなんですけど、せっかくですし、リーナさんにもぜひご同行いただけたら、と思っておりますの」

「え……？　リーナも……？」

ぱちぱちと瞳を瞬《まばた》かせるシュトリナ。ミーアは優しげな笑みを浮かべたまま頷いた。

「ええ。もちろん、ほかに予定があ……」

「絶対行きます！　お誘いいただきありがとうございます、ミーアさま！」

シュトリナはそう言うと、深々と頭を下げた。

「リーナの心からの忠誠心をお捧げ致します」

「……こんなことで心からの忠誠心を捧げられても困ってしまいますけれど……でも、大丈夫ですの？　お父さまにおうかがいを立てなくても……」

「ふふ、大丈夫です。お父さま、リーナのこと大好きですから。このぐらいのわがままなら許してくれますから」

にっこり笑みを浮かべるシュトリナ。その、花のような笑みは……、花は花でも魔性の花、どこか妖艶《ようえん》な雰囲気を持ったものだった。

「あー、まぁ、リーナさんがそれでよろしいのなら、いいのですけど……。それと……」

と、ミーアは、そっとシュトリナに耳打ちする。

「できれば、暗殺によく使われる毒の解毒薬を、揃えて持っていくようにしていただけないかしら？」

「……解毒薬……？　毒薬ではなくってですか？」

眉を顰《ひそ》めるシュトリナに、ミーアは静かに首を振る。

「覚えておいていただきたいのですけれど、暗殺というのは、わたくしにとっては下策《げさく》ですわ。ゆえに、わたくしが毒を用いて他人を害することは決してございませんし、それを許すつもりもありませんわ」

なにしろ、暗殺した人間に過去に戻ってやり直し、などと始められたら大変だ。

——わたくしは、温厚で寛容な性格ですからシオンやティオーナさんを害そうなどと、物騒なことを考えませんけれど、ほかの者がそうとは限りませんし……。

ゆえに、他人を殺すことで、やり直しをさせる危険を冒すことはしないし、もし、過去に戻ってやり直しを誰かがやった時のために、極力恨みも買わぬように立ち回るのがミーアの基本線である。

「それに、ベルのお友だちの手を汚させるようなことは、決していたしませんわ」

そう断言してやってから、ミーアは続ける。

「ただ、リーナさん……、今回は少しばかりの危惧《きぐ》を抱いておりますの」

「危惧……ですか？」

「ええ……。時期的にもそろそろあの蛇たちが動き出すやもしれませんし……、一応、念のために備えをしておきたいんですの。イエロームーン公爵家が持つ、その知恵をわたくしに貸していただけないかしら？」

そのミーアの言葉に、シュトリナはそっと背筋を伸ばした。

「はい、わかりました、ミーア姫殿下。リーナの持てる知識のすべて、我がイエロームーン家のすべての知恵をもって、ミーアさまのご期待に応えてご覧に入れます」

「ええ、よろしくお願いしますわね」


シュトリナの了承を得たことで、ミーアはあらかた必要な陣容《じんよう》を整えた。

盗賊団をはじめ、武力的な事態に対する備えとしてディオンと皇女専属近衛隊《プリンセスガード》を。

陰謀などの知略的な事態に対する備えとしてルードヴィッヒを。

毒を用いての暗殺に対する備えとしてシュトリナを。

あとは、医学的な人材としてタチアナを連れていければベストなのかもしれないが、今は遠くの地にいる彼女を呼び寄せるわけにもいかない。

「ふむ、このぐらいで満足するべきですわね。あと、わたくしがやるべきことは……」

そうしてミーアは、ようやく、自らが本当にしなければならないことを始める。

それは……、

「サンクランドの名物料理……。名産のキノコは……」

かくて、ミーアはグルメ旅行……もとい、シオン王子救出のためのサンクランド行きの準備を進めていくのだった。


さて、もろもろの根回しを終えたミーアだったが……、肝心なところへの根回しを忘れていたことを思い出すことになる。

それは……皇帝、マティアス・ルーナ・ティアムーンへの根回しである。

「サンクランドへ行くだと⁉」

ミーアから話を聞いた皇帝は激怒した。

「せっかく……、ミーアと一緒の夏を過ごせると思っていたのに……。こうなれば、ミーアと一緒にサンクランド旅行に……」

「やめてくださいまし、お父さま。話が大きくなりすぎですわ！」

かくて、ミーアは出立の日まで父親の説得に、頭を悩ませることになるのだった。

第十一話　たぶん……きっと……

――サンクランド行きを決めてから、ミーアさまの様子がおかしい。

ティアムーン帝国の大図書館にて、うんうん唸っているミーアを見つけたルードヴィッヒは、眉根を寄せる。

――やはり、此度《こたび》のサンクランド行きには、なにか重要な理由があるということか……。

今回の話を聞いた時、ルードヴィッヒが予想したのは二つの理由だった。

一つはもちろん根回しだ。

サンクランドはティアムーンに匹敵するほどの大国である。ミーアが女帝を目指すというのであれば、シオンのみならず、広い根回しが必要となるだろう。

もう一つは、エメラルダの縁談である。

四大公爵家の一角、星持ち公爵令嬢《エトワーリン》のエメラルダは、ミーアにとって最大の味方だ。他の公爵家の令息、令嬢ともきちんと関係を築いているミーアであるのだが、おそらく最も信頼を置いているのが、エメラルダのはずだった。

帝国内の中央貴族を治めるのに四大公爵家の協力は必須のものである以上、彼女の存在は、ミーアにとって極めて重要なものといえる。

そんなエメラルダを国外に出そうとする者がいる。

——ミーアさまが女帝になるのを阻《はば》もうとする、そんな力が働いているということか……。ミーアさまの派閥の力を、何者かが削《そ》ぎに来たと考えるべきだろうが……。

そう、そこまではルードヴィッヒも理解できる。

それを阻むため、ミーアがサンクランドに乗り込むというのも、十分に頷ける行動だ。国内への牽《けん》制《せい》と、反女帝派と結びついたサンクランド王国内の勢力の見極め、さらにエメラルダに対する鼓《こ》舞《ぶ》、などの効果を狙ってのことだろう。

しかし……、

——ディオン殿を連れていこうというのが気にかかる。

いざという時の備えが必要なことはルードヴィッヒにも理解できる。けれど、それならば、皇女専属近衛隊《プリンセスガード》で十分足りるはずである。にもかかわらず、ディオン・アライアという圧倒的な武力を同行させるというのは、どういうことなのか……。

「それほどの危機が待ち受けているということか……。こちらもそのつもりで準備を進めておくべきだな」

ぽつりとつぶやいてから、ルードヴィッヒはミーアのそばに歩み寄った。

「ミーア姫殿下……」

「あら、ルードヴィッヒ。調べものですの？」

「ええ、先日、痛感いたしました。ベルさまには、やはり、基礎的な教育が必要なようです」

今度のサンクランド行きにはベルも同行すると聞いたルードヴィッヒは、その間に、みっちりと教育を施そうと考えていた。

無論、本当はミーアの様子が心配で来たのだが、それを素直に言うこともない。

「ベルさまを見る限り、一応は師がいるようですが……。少々、力不足のようですね。教え方に甘さが見られます。厳しくするところは厳しく、緩めるところは緩める。そうしたメリハリが教育には必要なのです」

そう言うと、ミーアは、なんとも言えない複雑な顔をした。

「……そう。まぁ、ほどほどにお願いいたしますわね。くれぐれも、その……、心が折れないように……」

「心得ています。生徒の心を折ってしまうのは、教える者としては最低なことですから」

「いえ……あなたが、なのですけれど……」

「え……？」

首を傾げるルードヴィッヒに、ミーアはまたしても、なんとも言えない顔をして、

「まぁ、いいですわ。お願いいたしますわね」

「かしこまりました。ところで、ミーアさまも調べものですか？」

「あ、ええ、まぁ、そうですわね。せっかくですし、いろいろとサンクランドの状況を見て回りたいと思いまして。旅の計画を立てておりますの」

ミーアの目の前の机には、サンクランド王国の地図が広げられていた。

さらに、開きっぱなしになった本には、各地の産業や町の様子などの情報が書かれていた。

「なるほど、さすがはミーアさま」

思わず感心してしまうルードヴィッヒである。

今回のサンクランド旅行には、重要な目的がある。されど、その目的のみにとらわれず、ついでにサンクランド内の各地の視察もしてしまおうというミーアの合理性に、ルードヴィッヒは感心した。

——食べ物は産業の基本的な部分だ。今後の帝国の発展には不可欠な要素、女帝として他国の事情を把握しておきたいと、きっとそういったことなのだろう。この貪欲《どんよく》さ、この合理性が帝国の叡智たるゆえんということか……。さすがだ、ミーアさま……。


——さすが……？　はて……？

ミーアは首を傾げつつ、手元の本……サンクランドのグルメ本に目を落とした。

各地の名産品や、各町の名物料理などがまとめられた本である。

正直、ルードヴィッヒに感心される要素は、あまりないように思うのだが……。

——まぁでも、確かにわたくし、今は褒められてもいいことをやっておりますし、気分は悪くありませんわね……。

そうなのだ。ミーアは、現在、非常に真面目に頭を使っているのだ。

ミーアは考えた末、自分がエメラルダに同行することをサンクランドに伏せていた。エメラルダのお友だち枠で、サンクランド入りをするつもりなのだ。

それは、不確定な要素を排除するためであった。

未来予知的読み物の第一人者であるミーアは知っている。

自分の行動が予期せぬ影響を与え、未来は案外簡単に変わってしまうのだということを。

今回の場合も同じだ。シオンが殺される場所や時間が、変化してしまうかもしれない。

——例えば、わたくしが行くなどと言えば、おそらく学友であるシオンが迎えに来る可能性が高いですわ。

それにより、シオンは危険から遠ざかるかもしれない。けれど、そうはならないかもしれない。迎えに来るというのは絶対のことではないから、皇女伝の記述通りの場所で死ぬ可能性も当然残される。

逆に、ミーアの出迎えに来るがゆえに、別の危機に巻き込まれることだってあり得る。

ただの盗賊との抗争であるならまだしも、これがシオンの暗殺を企図したものであるとするなら、形を変えてシオンは危機に陥ることになるのだろう。

——それはとても厄介ですわ。それよりは、この本の記述の通りに物事が進んでいってくれたほうがいいですわ。

ゆえにミーアは腐心《ふしん》していたのだ。シオンが死ぬ日に自分がそばにいるという状況を作り出すために。自分が……というよりは、ディオンが、であるが……。

——そのために、どこで寄り道をするのか……、それが問題ですわ！

それこそが、一番の悩みどころだった。

エメラルダが想定していた通りのルートで行ったのでは、シオンが殺される現場には行けない。さすがに、そこまで都合よくはいかないのだ。

——美味しいお食事が食べられて、珍しいキノコでもあれば理想的。果物狩りやキノコ狩りができる環境ならば言うことなしなんですけれど……。

いずれにせよ、ミーアが寄り道してもおかしくない場所を選ぶ必要があった。そうしないと不自然だからだ。

何もない田舎町などに数日滞在などというのは、いかにも不自然。その上、エメラルダが同行するとなれば、退屈したエメラルダが何をするかわからない。

——ふむ、サンクランドの名物料理は……ほう、川魚が美味しい……。なるほど、ということは、この川沿いの街を予定に入れて、それで……。

あくまでも、自然に、シオンを助けに行くためである。

別に、サンクランド旅行を楽しみ倒そうというわけではない。

あくまでも……真面目な理由なのだ。たぶん……。

「ほほう、この干しキノコ、サンクランド特産のものなんですのね。どこで買えるのかしら……」

……きっと。

第十二話　御前会議

サンクランド王国の王城、ソルエクスード城の一室にて。

四角いテーブルを囲むようにして、七人の男たちが座っていた。

中心に座るのは、白銀の髪に鋭い瞳をした男、引き締まった長身を豪奢《ごうしゃ》な服に包み込んだ、その男こそこの国の王、エイブラム・ソール・サンクランドであった。

宰相からの報告を受けたエイブラムは思わず、眉を顰めた。

「巧みに馬を駆る盗賊団……か」

「さようでございます、陛下。我が国の精兵を置き去りにするほどの乗馬技術、ただの盗賊とも思えませぬ。あるいは、かの騎馬王国の手の者ということも……」

「ほう……。シオン、お前はどう思う？」

王の視線を受け、シオン・ソール・サンクランドは背筋を伸ばした。

「はい。陛下……、私は……、軽々に判断すべきことではないと考えます」

「……理由は？」

「国同士の争いが起これば、多くの民が苦しむことになりましょう。騎馬王国の仕業と決めつけてしまうのは、時期尚早《しょうそう》というもの。それに、理由もなく騎馬王国が、我が国を攻めるはずがない」

「ははは、シオン殿下は、まだお若いですな」

参加者の一人が、豪快な笑い声をあげる。

「すべての国が、我が栄光あふれるサンクランドのように賢明な判断ができるなどとは、思わぬことです」

サンクランドへの誇り、自分の仕える国王へのあふれるばかりの忠誠、それを隠そうともせずに男、ランプロン伯は言った。

「安直な領土拡大のために、大義なく他国を侵略する、そのような愚か者も世の中にはいるのです」

「言葉が過ぎるぞ。ランプロン伯。貴公の言いようは、平時に乱を起こすもののように聞こえるな」

「おや、これは心外な……」

御前会議は政治の場、貴族同士の駆け引きの場。

そこはシオンの好む場所ではなかった。

セントノエルを卒業するまでは、そこまで積極的に政《まつりごと》に参加しようとは思っていなかった彼であったが、多くの出会いを経て、少しだけ考えを変えていた。

特に多大なる影響を受けたのは言うまでもなく、自分と同い年ながら、国の改革に邁進《まいしん》する、かの帝国皇女の姿だった。

——今頃、ミーアたちは何をしているだろうな……？

瞼《まぶた》の裏に浮かぶのは、紫の衣を身にまとったミーアの凛々しい姿。

されど、耳に響くのは、別の少女の言葉だった。

——話せる時に話さなければ後悔する……か。

ティオーナ・ルドルフォンの切実な言葉が、耳の奥に木霊《こだま》する。

ミーアに言いたい言葉があるのは、確かなこと。

――おそらく俺は、ミーアのことが……。でも、今の俺にそれを言う資格があるだろうか？

レムノ王国での失敗。胸に刻み込まれし苦い後悔と、自らの未熟が、シオンがその言葉を口にすることを許さない。

――汚名返上の機会は自分で作る……。そう思っていたのだがな……。

そんな風にシオンが物思いに耽《ふけ》っている間に、事態は動いていた。一人の者の発言に、場が騒然とした。

「最近は、騎馬王国の部隊が国境付近で何やらやっているとの情報もあります。やはり無関係とは思えませぬな。民の苦しみを和らげるためにも、すぐさま、軍を国境に派遣するのが肝要《かんよう》かと……」

声を荒げ、興奮するのは、先ほどのランプロン伯だった。

彼は、サンクランドの伝統的保守層に当たる「領土拡大派」の貴族だった。

無能な王に統治されるより、栄光あるサンクランド国王に統治されたほうが人々の幸福になるだろう、というのが彼らの主張だ。

それは、あの白鴉《はくあ》のグレアムが持っていた考え方にほかならない。

そして、その思考から、必然的に、彼らは他国の主権を軽んじる傾向にあった。

シオンは静かにため息を吐き、それから、凛とした声を上げる。

「陛下、現段階では軍を動かすには及びません。私が直接、一隊を率いて対応に当たり、なにが起きているのかを見極めたく存じます」

様々な思惑が絡み合う会議。そして、清濁併《せいだくあわ》せ呑《の》むのが政治というもの。その渦中にあっては、迷い、悩むことは数多くある。されど、シオンは揺らぐことはない。

それは、彼の中にある正義という信念によるもの……、ではなかった。

あの日の苦さが、彼の正義の天秤の傾きを調整する。

――ミーアならば、どうするだろうか？

帝国の叡智という見本（大いなる勘違い）、彼女が正してくれた価値観に照らし合わせれば、おのずと答えは出るものだ。

「我ら王族に与えられし、不正を正す剣は鋭い。ゆえに、使いどころを誤れば、多くの民を苦しめることになります」

そう言って、シオンは自らの父を見つめる。

「シオン殿下御自らがご出陣とは、いささか危険ではありますまいか？」

慎重論が出る中、シオンは断固として首を振る。

「民の苦しみを放置するは、サンクランドの王家がよって立つ根拠を揺るがすことにも繋がります。されど、新たな民の苦しみを生み出すような、短慮なことはするべきではない。真実を見極めるためにも、どうか、陛下、ご命令をいただきたく」

そうして、シオンは立ち上がると、父の足元に片膝をつき、頭《こうべ》を垂れる。

国王は、そんなシオンを満足げに眺めてから、深々と頷いて見せた。

「そうか……。それならば、特別にお前に命じよう。シオン、兵を率いて盗賊の討伐に当たれ」

「はっ。必ずや、陛下のご期待にお応えしてご覧に入れます」

かくして、シオンが盗賊団の討伐部隊を率いることが決まったのだった。

「相変わらず、無茶が過ぎますよ。シオン殿下」

討伐隊の指揮に就くと聞いた時、キースウッドは、呆れたように首を振った。

「殿下になにかあったら、サンクランドがどうなるのか、とか、お考えにならないわけではないでしょうに……」

「そう言うな、キースウッド。これもまた、善き王になるための修行だよ」

涼やかな笑みを浮かべるシオンではあったが……、キースウッドとしては一抹の不安を拭《ぬぐ》えないでいた。

――最近のシオン殿下は、どこか焦っているように見えるんだよなぁ。

最近……というよりは、明確に冬以降のことだった。

ティアムーン帝国の帝都にて、皇女ミーアの生誕祭に参加して以降のこと……。

――あの日、なにかあったのか？　しかし、特に気になるようなことはなかったが……。

と、その時だった。

「兄上！」

出陣の準備をしていたシオンのもとに、駆け寄ってくる者がいた。

年の頃は、十代の初め、シオンとよく似た白銀の髪を綺麗に切り揃えた少年だった。その体は、鍛練により引き締まった体躯《たいく》のシオンとは違い、華奢《きゃしゃ》で儚《はかな》い印象すら受けてしまう。

少年の名はエシャール・ソール・サンクランド。今年、十歳を迎えることになる、サンクランドの第二王子である。

「兄上、聞きました。御自ら盗賊の討伐に出られるのですか？」

心配そうに瞳を瞬かせるエシャールに、シオンは安心させるように笑みを浮かべた。

「ああ、そうだ。まぁ、油断をするわけではないが、ともに行く者たちは、みな手練れだ。キースウッドもいるし、心配には及ばない」

「ですが、兄上……、もしも兄上になにかあれば……」

「ははは、ご心配めさるな。エシャール殿下。シオン殿下は、エシャール殿下ほどの時には、もう大人顔負けの剣を振るっておりましたからな」

なおも心配そうなエシャールに、老境の騎士が豪快な笑い声を上げた。

それに続くように、周りの騎士たちは口々にシオンを褒めたたえる。

「シオン殿下は剣の天才。盗賊団ごときに後れをとったりはいたしませぬよ」

「エシャール殿下も、シオン殿下に剣を習えばわかりますぞ？　どうです？」

それを聞いて、エシャールは、少しひきつった笑みを浮かべていた。

──そういうのは、あまりよろしくないんだがな……。

はたで見ていたキースウッドは、苦いものを感じる。

エシャールが、兄へのぬぐい難い嫉妬《しっと》、プレッシャーに苛《さいな》まれていることに気付いていたからだ。

そして、二人の王子の不和は、派閥抗争を好む貴族たちにとっては、つけ入る隙となる。

──といって、俺が声をかけるわけにもいかないんだけど……。

兄弟王子の間に生じた微かな亀裂《きれつ》……、それが大きくならないことを祈るキースウッドであった。

第十三話　ガールズトーク……ガールズトーク？

巡礼街道、それは、神聖ヴェールガ公国から大陸の各国へと延びた幹線道だ。

古くから、すべての道はヴェールガへと通ずといわれているが、この巡礼街道は、まさにその言葉を表していた。

中央正教会により維持されているその道は、舗装がしっかりとされていて、人通りの多さに比例して道幅も広い。馬車がすれ違うことができるぐらいの余裕があった。

そんな道を、ミーアたち一行の馬車が進んでいく。ヴェールガを経由して、サンクランドへ。その途上で、ティオーナたちとも合流を果たした一行は馬車七台、その周りを護衛の騎兵が取り囲むという、なかなかの大所帯となっていた。

まぁ、それでも、一国の皇女一行と考えるならば、大規模すぎるとも言えないのだが。

「なかなか、お父さま、手ごわかったですわ」

馬車に揺られながら、ミーアは深々とため息を吐いた。

自分も一緒に行くと言って、まったく譲らない父親。ミーアが「パパだーいすき！（棒読み）」をすることで、どうにか納得させたわけだが……。

「説得するのに苦労しましたわ。本当に、頑固者で困ってしまいますわ」

精神的疲労でげっそりした顔をするミーアに、エメラルダは小さく首を振った。

「ふふ、そんなことありませんわ。陛下は、ミーアさまのことを、とても大切にされておりますわよ」

エメラルダは優しい笑みを浮かべて、それから、ミーアに負けず劣らずな深いため息を吐く。

「それに、そんなことを言ったら、私のお父さまのほうが頑固ですわ。私が、縁談は気が進まないと言っても全然聞く耳をもってくれませんのよ？　ミーアさまのおっしゃる通り、こうして、直接、お断りに来て正解でしたわ」

「まぁ、でも、それだけ良いお相手なのかもしれませんし……。同格の公爵家であれば、悪い相手とも言えませんわ。グリーンムーン公もエメラルダさんのことを思ってのことかもしれませんわよ」

などとエメラルダをたしなめつつ、ミーアは思っていた。

――グリーンムーン公は、もしかすると、エメラルダさんを家から遠ざけたいのではないかしら……？

実は、エメラルダの下には五歳違いの弟がいる……のだが、年の離れた姉に頭が上がらないどころか、結構な姉好き《シスコン》として育っているのだという。

シスコンというか、エメラルダを親分として慕う子分のような関係になっているとか……。

――まぁ、エメラルダさん、わがままですけど意外と面倒見は良いほうですから、わがままですけど、慕われてるのでしょうね……。わがままですけど……。

ともあれ、このままでは、次期グリーンムーン家を継ぐ者が、姉に頭の上がらない軟弱者に育ってしまうかもしれない。

ちなみに、その、エメラルダに頭の上がらない弟だが、一度、ミーアとの婚姻《こんいん》が検討されたことがある。

けれど、それが実現することはなかった。

「濃い血は濁り、不幸を呼ぶ」

それは、古《いにしえ》より言い伝えられていることであった。それゆえ、ティアムーン帝国では近しい血族同士の婚姻を避ける傾向にあった。一応はエメラルダの弟とミーアでは、関係的にはギリギリで許容範囲ではあったのだが……、

「うちの弟とミーアさまとでは、釣り合いませんわ！」

エメラルダが頑《がん》として認めなかったのだ。

「ミーアさまは、帝国皇女なのですから、それに相応しいお相手を見つけて差し上げないといけませんわ。我が弟では少々……、いえ、まったく力不足ですわ！」

イケメンソムリエでもあるエメラルダは、身内にも大変厳しいのである。

まぁ、そんなわけで……、エメラルダが実家に残るようなことになっては大変だと、グリーンムーン公も思ったのではないか……、などと予想するミーアである。

「ちなみに、エメラルダさん、もしもお相手がものすごく見栄えの良い殿方だったら、どうしますの？」

「うーん、そうですわね。まぁ、私の親衛隊の一員に加えて差し上げるぐらいはいたしますけれど……。そもそも、この星持ち公爵令嬢《エトワーリン》の私に相応しい者などそうはいないと思いますわよ」

などと笑ってから、エメラルダは、パンッと手を打った。

「あ、そうですわ。どうせでしたら、私と婚儀《こんぎ》を挙げたいのなら、王子でも連れてこいと言ってやる、というのはどうかしら？」

「あー、シオンはやめておいたほうがよいですわ。とても、エメラルダさんで相手ができるような者ではございませんし……」

想像しようにも、あのシオンとエメラルダが結婚するなどという光景が、まったくもって想像できないミーアである。

「性格的に言えば、シオンと釣り合いそうなのは……それこそラフィーナさまか、もしくは……」

ふと、ミーアは、後方の馬車に乗る一人の少女のことを思い出す。

かつて、ミーアを断頭台へと追いやった、元祖帝国の聖女、ティオーナ・ルドルフォンの顔を……。

──ふむ、そういえば、ティオーナさんとシオンは、わたくしが処刑された後、結ばれたのかしら……？

今まで気にしたことはなかったが……。前の時間軸、ミーアから見てもお似合いだった二人……。その二人がどんな運命を辿《たど》ったのか、なんとなく気になってしまうミーアである。

そんなミーアの視線を追ったエメラルダが、ちょっぴり不満そうな顔をする。

「それにしても、ティオーナさんまで同行させるとは、なにかお考えがあってのことですの？」

「……一応言っておきますけれど、ティオーナさんは、わたくしの友だちですわ。辺土貴族だなんだと、つまらないことを言い出したら……」

と、釘を刺しにかかるミーアに、エメラルダは訳知り顔で頷いた。

「ええ、もちろんわかっておりますわ。ミーアさまのお友だちは、私のお友だちですもの。ティオーナさんがいじめられておりましたら、私が助けて差し上げますわ」

と、そこで、エメラルダは一度、言葉を切り……、

「なにしろ、私は、ミーアさまの一番の親友ですもの。ミーアさまを悲しませるようなことはいたしませんわ！　なにしろ、私は一番の親友なのですから！」

「そ、そう……。それならば、いいのですけど……」

堂々と胸を張るエメラルダに、一抹の不安を感じるミーアであった。

第十四話　熱狂的ファンの集い

「やれやれ、まいったな……」

ルードヴィッヒは、馬車の中から、外の景色を眺めた。

のどかな田舎道、空から降り注ぐ日の光は柔らかな朝の日差しから、力強い昼のものへと変わろうとしていた。

本来ならば、とっくに出発していなければならない時刻であるのだが、彼の乗る馬車が動き出す様子はなかった。

ふいに、馬車の扉を開け、ディオン・アライアが入ってきた。腰につけていた剣を外して、どっかりと椅子に腰かける。

「まだ、修理に時間がかかりそうだ。やれやれ、こんな場所で足止めとはね……」

ミーアたち一行の馬車がトラブルに襲われたのは、今朝方、宿泊した村を出発してすぐのことだった。一台の馬車の車輪が壊れてしまったのだ。

その一台を後に残して先を進もうという話もないではなかったが、壊れたのがグリーンムーン家の高級な馬車であったことなどもあり、修理を終えてからの出発になったのだ。

幸い、あたりに遮蔽物《しゃへいぶつ》はなく、接近してくる者があれば察知しやすい。待機場所としては、悪くないように思えた。

「それで、異常は？」

ルードヴィッヒの問いかけに、ディオンは小さく肩をすくめた。

「異常なしだよ。まぁ、皇女専属近衛隊《プリンセスガード》もいるし、グリーンムーン家の護衛も頭数は揃ってる。それに、サンクランドのほうも、さすがは四大公爵家の令嬢を迎えようというのだから、それなりに準備はしてるみたいだ。単なる賊じゃ太刀打ちできないどころか、手を出そうとも思わないだろう」

それから、ディオンはそっと外の景色に目を細める。

「たぶん、姫さんもそのことはわかってるんじゃないかな？　警戒すべきは、野盗や賊じゃない。兵士が何人いたとしても、対処できない敵なんだって……」

ルードヴィッヒは、無言で頷いてみせる。

「確かに、例の狼使いが逃亡していったのは、方向的にはこちらのほうだったな」

混沌《こんとん》の蛇の刺客、狼使い。ミーアを襲った男が、ルードヴィッヒが手配した追手を振り切って姿をくらましたのは、サンクランド近郊だった。

そして、それ以降、かの暗殺者は姿を見せていない。

「あいつが出てきたら、並の護衛じゃ太刀打ちできないからね。十重《とえ》二十重《はたえ》に囲んで、ようやく対処できるぐらいだし、あの狼も厄介だ。姫さんの懸念はよくわかるよ」

「そうか。ともかく、護衛のほうはよろしく頼む。これでミーアさまになにかあったら、みなに合わせる顔がない」

「例の女帝派とかいうお仲間のことかい？」

「ああ。そうだ、そういえば、ジル以外のメンバーは紹介してなかったかな。いずれ紹介したいと考えているのだが……」

そうして、ルードヴィッヒは思い出した。

帝都にて、彼は自らの仕事の引き継ぎのため、何人かの女帝派のメンバーと会っていたのだ。


その日、ルードヴィッヒは会合場所への道を急いでいた。そこは、帝都の一角。今は使われていない館の一室だった。

「よう、ルードヴィッヒ。ペルージャンへの旅は、上々だったようだな」

部屋に入ると、一番にバルタザルが話しかけてきた。彼のほかに、ジルベールをはじめ、十人前後の者たちが集まっていた。

「ああ、バルタザルか。何を慌てているんだ？」

応じつつ、ルードヴィッヒは小首を傾げた。基本的に、バルタザルは冷静な男だ。滅多なことでは、このように声を荒げるようなことはないと思うのだが……。

「これが落ち着いていられるか！　ミーア姫殿下はペルージャンとの条約の改定を匂わせたというじゃないか」

「ああ。そうだ。ペルージャンとの間にある不平等条約を変えることを示唆《しさ》された。それをもって、ペルージャンと新たな関係を築きたいと……、ペルージャンの信頼を得たいと、そうおっしゃったのだ……。無謀だと思うか？」

上目遣いに見つめてくるルードヴィッヒに、バルタザルは、なんとも言えない顔で肩をすくめた。

「そうは言わんが……、姫殿下の本気の熱意には、いささか気圧《けお》されるものがあるな」

「気圧されるなんてもんじゃないっすよ。詳しい話を……」

「まぁ待ちなさい。そう慌てるものではあるまい」

口々に、ルードヴィッヒに質問を投げかけようとする者たちを、静かな声が制する。

部屋の奥、穏やかな笑みを浮かべる老人……、賢者ガルヴの姿を見て、ルードヴィッヒは深々と頭を下げた。

「お久しぶりです。我が師」

「壮健そうでなによりじゃ、我が弟子、ルードヴィッヒよ」

「師匠も、お元気そうでなによりです」

そう言ってから、ルードヴィッヒは師の服装を興味深そうに見た。

以前、森の中で見たのとは違い、今の彼は、高級官吏が着るような、仕立ての良い服を着ていたのだ。

「ん？　おお、これか。ふふ、さすがにあの格好では学園長の仕事は務まらぬのでな」

そうして、ガルヴは穏やかな笑みを浮かべた。

そのことに、ルードヴィッヒは安堵のため息を吐いた。

ガルヴは放浪の賢者。ひとところにとどまることを好まない性格であることから、いささか心配ではあったのだが、どうやら杞憂《きゆう》だったらしい。

「ああ、そういえば、ペルージャンでは、アーシャ姫殿下にも助けられました。あの方も、師匠の教えを受けておられるのですか？」

同じく、ミーア学園で教鞭《きょうべん》をとるアーシャの話を振ってみる。と……、

「はは、かの姫は、なかなかに聡明な方じゃ。わしなどに教えを請わずとも、しっかりとご自分の考えで、真実に行き着くことができるじゃろう」

「なるほど……」

「さて……それでは改めて聞かせてもらおうか。ミーア姫殿下、帝国の叡智がペルージャンで、どのように振る舞われたのか……」

そうして、部屋の奥へと招かれたルードヴィッヒは、椅子に座り、ワインで喉を湿らせて一呼吸。それから、ゆっくりと口を開いた。

「ミーアさまが初めにされたこと、それは、果物の収穫を手伝うことでした」

初めは、ミーアが満喫したルビワ狩りのエピソードからだ。

「なるほど。ともに、額に汗することで、民の信頼を得るか……。ペルージャンの姫君は、農民の先頭に立って農作業に勤《いそ》しむと聞くが、かの国のやり方に倣《なら》ったということか」

「それだけではなく、その場で供されたルビワの実を食べられました」

それを聞き、一人の男が驚きの声を上げた。

「ルビワは確かに良い味のする果物だが……、あれは果汁で手が汚れる。高貴な身分の令嬢には好まれない食べ物だが……」

ミーアのことをまだ理解できていない同輩に、先達として、ルードヴィッヒは優しく声をかける。

「ミーアさまは、そのようなことは気にされない方なのだ」

そう、ミーアは確かに、甘い果物を食べるためならば、手が汚れることなど厭《いと》わない人間である。

ルードヴィッヒはなにも間違ったことは言っていない。言っていないのだが……。

「労働のお礼の気持ちとして……、ともに額に汗した親愛の証として供されたものを素直に受け入れること……。ペルージャンのことを属国と見下している中央貴族の者たちには、とてもできないことだ……」

なぜだろう……、なにかが、ズレていく……。

「それから、黄金の坂のことがあった。みな聞き及んでいるだろうか？　ペルージャンが帝国貴族に対してするもてなしの話……。師匠はご存知かと思いますが……」

「ああ……王都へと続く坂道に収穫した小麦を敷き詰め、その上を馬車で通らせる愚かな風習じゃ。おそらく、帝国貴族のアホウが言い出したことなのじゃろうが。相手の誇りを折り、屈服させる、ただそれだけの意味しかない行為じゃな」

吐き捨てるように言ってから、ガルヴはルードヴィッヒのほうを見た。

「さりとて、それを無碍《むげ》にもできまい。姫殿下はどのように応じられたのか？」

興味深げに視線を向けてくるガルヴ。ルードヴィッヒは、わずかばかり得意げに答えようとして……、

「あ、俺、わかったっす。馬車から降りて坂道を上ったんじゃないっすか？」

その前にジルベールが口をはさんだ。その答えに、周りの者たちも、納得の頷きを見せる。

「なるほど。それは妙案。確かに、馬車が通ってはせっかくの小麦が台無しになるが、足で踏んでいくだけならば、そうはならない。相手の心遣いを無駄にせず、さりとて、プライドを傷つけすぎることもない、落としどころとしては最善策だ！」

少壮気鋭の能吏たちの出した答えに……、けれど、ルードヴィッヒは首を振り、

「惜しいが、それでは半分だ。ミーア姫殿下は……、靴を脱ぎ、裸足《はだし》になって坂を上られたのだ」

「なんと！　裸足にっ⁉」

「馬鹿なっ！　そのようなことを、皇女殿下がっ⁉」

ミーアの熱狂的なファンたちは盛り上がり……、ルードヴィッヒの自慢話は続く。

第十五話　帝国の叡智の深淵

「それから、収穫感謝祭は佳境を迎えるのだが……、そこでミーアさまは舞を披露されてな」

ルードヴィッヒは、静かに目を閉じて、あの時の光景を思い出す。

「あれは、なんとも素晴らしきものだった。まるで、ペルージャンとティアムーンとの、新しい関係を示しているかのような……。ミーアさまのダンスの技量が高いことはお聞きしていたが、まさか、あそこまでとは……」

ちょっぴり陶酔した口調で言うルードヴィッヒ。どうやら、少し前に飲んだワインで酔いが回ってきたらしい。

そんな、ちょっと素面《しらふ》じゃないルードヴィッヒに、ガルヴが深々と頷いて……

「舞には、心根が表れるともいわれる。人々の安寧を祈願するミーア殿下の想いが、舞を清らかに、美しくしたのだろう」

もっともらしいことを言った！

威厳のある師の言葉に、弟子たちは「なるほど……」と納得の頷きを見せる。

「はい。まさに、そのような舞でした」

そして、ルードヴィッヒは、その波に乗る。波乗りミーアの右腕の面目躍如《めんもくやくじょ》である！

「そして、舞が終わった時にペルージャン国王、ユハル陛下が宣言された。ペルージャンは、ミーア姫殿下と信頼関係を結ぶと……」

「だが、それでは、良いところはペルージャン国王に持っていかれてしまったような……」

「いや、ミーアさまは、殊更に功を誇る必要を覚えなかったのだろう。それよりも、ペルージャンの信頼を重視なされたのだ」

あの時の静かなる興奮を思い出し、ルードヴィッヒは身震いする思いがした。集った民の目に宿る希望の光……、歓喜の声……。それを見て、満足げな顔をするミーア。

あれは、生涯忘れえぬ光景であったと、ルードヴィッヒは改めて思う。

「けれど、ミーア姫殿下の狙いは、それだけではなかった」

「なんだと？　それはどういう意味だ？」

「これは、あくまでも俺の推理なのだが……」

状況証拠から組みあがる予想。

複数の国をまたがる食糧の相互援助という壮大な構想。

際限なく膨らんでいく妄想。

ルードヴィッヒの披露したメイスイリに、賢者ガルヴの弟子たちは……、少壮気鋭の能吏たちは……、無邪気な子どものように沸き上がる！

「なんと……、フォークロード商会だけでなく、かの大商人シャローク・コーンローグを巻き込んでとは……」

以前、シャロークと会ったことがある者は、かの金の亡者の変容に驚愕《きょうがく》する。

とてもではないが、そのような慈善活動に尽力しようという人間には見えなかったのに……、と、しきりに首を傾げている。

「あらゆる者たちが、ミーアさまのパン・ケーキ宣言のもと、一つに固まっていった……、そのような印象だった」

だいぶ陶然とした口調でルードヴィッヒは言った。先ほどまで、なみなみと注がれていたワインは、すでになくなっていた！

そんな、だいーぶシラフじゃないルードヴィッヒに、賢者ガルヴは深々と頷いて、

「ふむ。多くの人間の心を動かす言葉は確かに存在する。ミーア姫殿下のお言葉には、力があるということだろう」

またしても、もっともらしいことを言った！

師の含蓄ある言葉に、弟子たちは納得の頷きを見せる。さらに、その中の一人が、

「ルードヴィッヒ……。その仕事、ぜひ、俺にも関わらせてもらいたい」

名乗り出る！

能力はあるが、それゆえに使いどころを見つけ得ぬ者たち。そんな彼らにとって、帝国の叡智の示した〝未だ見たことのない組織のありよう〟は、とても魅力的に見えたのだ。

「ああ、行ってくれるか。ことの経緯から、帝国から人材を出さないわけにはいかないと思っていたんだ」

他にも数名、興味を示した者がいたため、ルードヴィッヒは資料の提供を約束する。

「小麦の品種改良にも人材を割かねばならんだろうが……。その道に詳しい者は軒並み帝国に絶望して国外に行っていてな。呼び戻しておるんじゃが……、一番頼りになりそうなのは、今、海を越えていてな……」

苦い顔をするガルヴにルードヴィッヒは首を振る。

「できる限りのことをするしかないでしょう。ミーアさまの発想についていくのは、我々でも難しい」

その言葉には、多くの者が頷きを返すばかりだ。

「それにしても、恐るべき方だな。ミーア姫殿下は……。これほどの事態、人の身に予想できるものなのだろうか？」

「すべては計算の内っすか。恐ろしくすらあるっすね」

そんなことをつぶやくジルベールに、他の者が笑った。

「なんの。悲観することもあるまいよ。むしろ、すべてが何の計算もない偶然であったほうが恐怖だ」

「ふむ、言われてみるとそうっすね」

そうして、一転、和やかな笑顔が室内にあふれた。

……彼らが真実を知って、その笑顔が凍り付く日が来ないことを願うばかりである。

「とまぁ、そんな形で我々は備えを進めているわけだが……」

「着々と、勢力固めに励んでいるわけか」

「ああ。だが、時間は敵にとっても平等に進んでいる」

「なるほど……。万全の体制が築かれつつある中で、敵は切り崩しにきたというわけか。一番、崩しやすいところを」

「当然のやり方だな。貴族とは保守的な生き物だ。あの冬の日、ミーアさまが紫の衣を身にまとってから、それなりの時間がたった。反感を抱く者たちが動き出してもおかしくはないさ」

そう言って、ルードヴィッヒは眼鏡を押し上げる。

「ということは、令嬢のほうはともかく、グリーンムーン公爵本人は、姫さんが女帝になることに反対であると？」

「ミーアさまが帝位を継がれないのであれば、自分の子が皇帝になる目も出てくるからな。反対する理由はあっても、支持に回る理由はないが……、どうだろうな」

と、ここで、ルードヴィッヒは腕組みする。

「案外、娘に良い結婚相手をあてがってやっただけのつもりかもしれない。人の心はわからないものだ。何を考えているのか、得体が知れなく思えても、案外、くだらないことを考えている可能性だってあるさ」

帝国の叡智の深淵《しんえん》に届いてしまいそうなことを言いつつ、ルードヴィッヒは笑った。

「なんにしろ、我々がすべきことは、あらゆる敵対者からミーアさまを守ることだ。蛇にしろ、反女帝派にしろ、降りかかる火の粉はすべて払いのけなければ……ん？　どうかしたのか？」

突如、立ち上がったディオンにルードヴィッヒは眉を顰める。

「いや、なに……。何者かが近づいてきた音が聞こえたものでね」

それからディオンは、腰の剣に軽く手を置いて……、

「ともあれ、足音からすると大した相手じゃなさそうだ、やれやれだね」

肩をすくめながら、ディオンは馬車を出た。

第十六話　バシャガイドミーア

「ふぅむ……」

馬車の中に、ミーアの唸り声が響く。

皇女伝の記述を思い出して、ミーアは憂鬱《ゆううつ》な気分に浸っていた。

「あら？　どうかされましたの？　ミーアさま」

ふと視線を上げると、そこには心配そうに、こちらを覗き込むエメラルダの顔があった。

その後ろでは、ティオーナやシュトリナ、ベルまでもが心配そうな顔で見つめている。

「ああ、いえ、なんでもありませんわ。昨夜は、あまり寝られなかったので、少し眠たいだけですわ。ふわぁ……」

言っていて、あくびがこぼれてしまう。

そうなのだ、昨晩はとても大変だったのだ。

グリーンムーン家の馬車を二台連結させ、そこに、ミーア、エメラルダ、ティオーナ、ベル、シュ

トリナの令嬢たちに、アンヌ、リオラ、ニーナの従者勢も集まって、夜通しのガールズトークで大いに盛り上がったのだ。

リオラの森にまつわる怪談や、ティオーナの、決して入ってはいけない廃村の話、シュトリナの、記憶にすら残せないぐらいの恐ろしい話……などなど。

もぐもぐお菓子を食べながら、興味深げに聞いているベルとは違い、ミーアは心底から震え上がった。こんな時に頼りになるアンヌは、残念ながら、ニーナと従者トークで盛り上がっていた。

ということで、ミーアが寝不足なのは、本当のことであった。

しかし、実のところミーアが気鬱になっているのは、そのせいではなかった。

——確か、もう少し北上したところにある村の近くで、商隊を襲っている盗賊団と戦闘になった、と書かれておりましたわ。それで、敵に討ち取られた、と。

旅は、ここまで順調に、計画通りに来ていたのだが……。

——この馬車の故障は予定外でしたわ。このまま予定通りのコースを進んでいたのでは、間に合わなくなりますわ。くっ、仕方ありませんわ。近くの町でお土産を買うのは諦めて……。

すっかり、バシャガイドさんのようになっているミーアである。

ともあれ、寄り道をしたのでは間に合わないから、と泣く泣くショッピングの予定を改めようと考えていた、まさにその時のことだった。

こん、こん……と。

馬車のドアがノックされたのだ。

「失礼いたします。ミーア姫殿下、よろしいでしょうか？」

現れたのはサンクランドの護衛隊の隊長だった。彼は、エメラルダを招待した貴族、ランプロン伯から派遣された兵士だった。

サンクランド王国の常備軍は大別すると二つに分けられる。

一つは軍全体の半分を担う王軍、もう一つは、各地の貴族の私兵団である。

今回、エメラルダのために派遣されてきたのは、ランプロン伯の私兵であるという。

深々と頭を下げる隊長に、ミーアはニッコニコと笑みを浮かべる。

「あら、隊長さん、警備お疲れさま。なにか御用かしら？」

優しい声をかけられた隊長は、少しだけ驚いた様子で目を瞬かせた。

はて？　と首を傾げるミーアは、無理やりエメラルダについてきたわがまま姫という設定を完全に失念していた。

『わたくし、エメラルダさんのお友だちの、ミーア・ルーナ・ティアムーンですわ！』

などと自己紹介した時の、今にも泣きそうな隊長の顔は、しばらくは忘れられないだろうな、と思っていたのだが……。必要のないことはコロッと忘れるミーアなのであった。

「実は、近くを商隊が通りかかったようなのですが……」

「ほう、商隊……ですの？」

「はい。王都に向かっている途中だそうで。いかがでしょう？　途中で買い物をする予定でしたが、ここで、商人から直接に、買い付けを行うというのは……。出発の準備には、まだ時間がかかるでしょうし……」

「なるほど……、それは悪くないですわね。ちょうど退屈していたことですし……」

ミーア的には、町で買う予定であった、サンクランド名物のお菓子や食べ物が買えるならば文句はない。

それに、サンクランドといえば、銀細工品も有名だ。馬車の中で退屈していた令嬢たちも、楽しめるのではないだろうか。

——商人に扮した賊ということも、考えられなくはありませんけれど……。

その点に関しては、ミーアは心配していなかった。

なにしろ、護衛を担当しているのはディオン・アライアである。あの、ディオン・アライアである。

笑いながら金属を両断できるあの恐ろしい男なのである！

彼の目の届くところで、凶刃をふるうことは、とてもではないが不可能だろう。

おそらく知らせに来たのがサンクランドの側の隊長であることを考えると、ディオンのほうは商人たちを見張っているのではないだろうか。

——それに、ルードヴィッヒも同行しておりますし……、万に一つも危険はないものと判断できますわね。

などと思いつつも、

「どうかしら、エメラルダさん？」

念のために、今回のメインゲストであるエメラルダに聞いてみる。っと、

「いいですわね！　サンクランドの商品、気になりますわ！」

エメラルダも乗り気のようだった。

「ふむ、タイミング的にも、ちょうどいいかもしれませんわね」

などと、のんきにつぶやくミーアは……気付いていなかった。

シオン・ソール・サンクランドが死亡した時の記述のこと。

彼の命を奪う盗賊団……それが襲っていたものが、はたしてなんであったのかを……。

第十七話　ミーア姫、キノコの目利きを始める！

「お目にかかることができ、光栄にございます。ミーア姫殿下」

縮こまった商人を前に、ミーアは、ちょこん、とスカートの裾を持ち上げ、

「これは、ご丁寧な挨拶、痛み入りますわ。巡礼商人殿」

にっこりと笑みを浮かべる。

巡礼商人──それは、巡礼街道を移動しつつ、商売を行う者たちの総称である。

彼らは巡礼街道を通り、様々な国をめぐっては商品を買い付け、別の地に売りに行く交易商だ。巡礼者に対しての旅の物資の売買もするため、各国で重んじられている。

「今は、どちらに向かっているところなのかしら？」

「はい。私どもは、王都を目指しております」

「あら？　あなたたちも王都に？　それは奇遇ですわね。わたくしたちもですわ」

ミーアの言葉に、男は苦笑いを浮かべた。

「縁があったのが、ミーア姫殿下ご一行であったことに、我ら一同、胸をなで下ろしております」

「あら？　それはなぜですの？」

「実は、この辺りに盗賊団が現れるという情報を得まして。さりとて、進路を変えるのもなかなかに難しく……、盗賊団と遭遇してしまったらどうしようかと、頭を悩ませていたのです」

商隊は、馬車三台の、それほど大きな規模のものではなかった。

どうやら、三人の馬車持ちの行商人が、向かう方向が同じということで、行動をともにしているだけらしい。

当然、しっかりとした護衛を雇うだけのお金もない。

「サンクランドは治安が安定した国ではありますが、賊がまったく出ない地というのはどこにもございませんので……」

「ふむ、なるほど……」

ミーアの脳裏に、シオンの命を奪う盗賊団の姿が浮かんだ。

――その噂《うわさ》になっている盗賊団が、シオンを殺すことになるのかしら……。

「あの、どうかなさいましたか？」

「はぇ？　あ、ええ、なんでもありませんわ。それよりも、これもなにかの縁というもの。よろしければ、あなたたちの売り物を少し見せていただけないかしら？」

「それはもちろんでございます。品質の良い商品を取り揃えておりますよ」

商人は愛想のよい笑顔を浮かべ、もみ手を始めるのだった。

「まぁ、ミーアさま！　この布、なかなか上質なものですわよ？」

「あら、そうですわね。手触りが、とてもよろしいですわ」

エメラルダの歓声に、ミーアは優雅な、皇女然とした笑みを浮かべた。

ミーアだってやろうと思えば、姫っぽく振る舞うことはできるのだ。なにしろ、ミーアは帝国の皇女。疑義を差しはさむ余地なく、正真正銘、お姫さまなのである！

〝っぽく振る舞う〟もなにも、そもそもがお姫さま。自然にしていれば、その風格は否が応でもにじみ出てくるはず……はずなのだが……。とても、不思議なことである。

――ふむ、みなさん楽しんでいるようですし、よかったですわ。

ティオーナやシュトリナ、ベルも、それぞれに商品を見て楽しんでいる。

貴族の令嬢に相応しい、華やかな光景を尻目に、ミーアは、とある場所で立ち止まった。

「まぁ、これは、紫偉茸《しいたけ》を干したものですわね。ここからだいぶ離れた場所が産地だったから、諦めていましたけれど、まさか、出会えるとは思っておりませんでしたわ！」

それは、サンクランドの東方でとれるキノコだった。乾燥させることで味に深みが生まれるというそのキノコは、高貴なる偉人が好んで食べたものとして知られている。

「あら、それにこちらのは、抹茸《まったけ》ですわね。煎じてお茶にすると、独特の甘みがあるという……」

緑色のキノコに歓声を上げるミーア。

「おお、お詳しいですね。ミーア姫殿下」

「うふふ、それはもう。このぐらい当然ですわ」

ミーアは、予習の成果を存分に披露《ひろう》していく。ドヤァ顔で、別のキノコに目をやり……、

「これは、旨芽慈茸《しめじだけ》ですわね。とっても美味しそう」

アベルに食べさせてあげたいな、なぁんて思っていると……、商人はおかしそうに笑い声をあげた。

「ははは、惜しいですな。それは、紅旨芽慈茸《べにしめじだけ》という毒キノコです」

ミーア、見事に毒キノコを引き当てる！　危うく食べさせられそうになったアベルは今頃、背筋に寒気を覚えている頃かもしれない。

「どっ、毒キノコっ⁉　なぜ、そのようなものを売っているんですの⁉」

悲鳴を上げるミーア、っと、その後ろからそっと近づいてきたシュトリナが説明してくれる。

「この毒キノコは、じっくりと煮込めば毒気が抜けます。珍味として、一部の地域では親しまれていると聞きます。それに、このキノコの陽毒《ようどく》は、陰毒《いんどく》と打ち消しあうので解毒剤にも用いられることがあります。もっとも、かなり強い毒なので、これを使って拮抗《きっこう》させなければならないような毒はあまりありませんが……」

「おお、そっちのお嬢さんも詳しいですな。確かに、これを解毒剤として使うことは、今ではほとんどありますまい。昔は、狩猟に毒矢が使われておりましてな。誤って指にでも刺したり、口に入ってしまった、などという時には、これを使って治療したとのことですが」

シュトリナの言葉を、商人の男が補足する。

「わぁ、リーナちゃん、すごい！」

「ふふ、それほどでもないけど……」

などと言いつつも、ベルに手放しで褒められて、嬉しそうに笑みを浮かべるシュトリナである。

一方、ミーアは、

「ふーむ、そうなんですのね」

ドヤっていたのを邪魔されて気を悪く……する様子もなく、むしろ感心した顔で頷く。

そうなのだ……キノコ女帝ミーアにとって、キノコの知識を与え、自らを成長させてくれるものは貴重な師。尊敬をもって接するべき人物なのだ。

——さすがはリーナさん……、素晴らしい知識量ですわ。

腕組みしつつ唸ってから……、

「ならば……、買っていってもよろしいかしら……」

とんでもないことを言い出した！

——珍味などと聞いてしまえば、試してみない手はありませんわね。専門家のリーナさんがいれば、処理にも困らないはず……。

キノコ向学心《きのこうがくしん》の塊のミーアである。

それから、ミーアはシュトリナのほうを見て、

「リーナさん、処理をお願いできるかしら？」

美味しく仕上げてね、という思いを込めて、ミーアは、シュトリナを見つめた。

対して、シュトリナは、真剣そのものの顔で、こくりと頷き、

「……かしこまりました。ミーアさま」

商人からキノコを買うと、すぐにその場を去っていった。

新たなる珍味を手に入れたミーアは、ほくほく顔で、ほかの商品も見て回る。

すっかり、商人たちと仲良くなってしまったミーアは、ちょうど向かう先が同じだった商隊と、同行することにしたのだった。

第十八話　叡智持つ策略家（）ミーア

――うふふ、ああ、とても上手くいきましたわ。

今回の旅行に際して、ミーアは珍しくしっかりとしたタイムスケジュールを組んでいた。いかにして、問題の日、問題の場所にディオンを送り込むのか、きっちりしっかり、計画を立てていたのだ。

そして、計画は思いのほか順調に実現しつつあった。馬車が壊れたこと以外には、ほぼ予定通りであるといっていい。

その馬車の遅れにしても、途中で町に立ち寄る予定を中止にし、商隊と同行することで、修正した。

計画の実現まで、あとわずかといったところだった。

――さて……最後の問題は、どうやってディオンさんをシオンたちのところに送るか……ですわね。

偵察に行っていただくという名目で先行してもらうのがよいかしら……。

ミーアの目的は、シオンを、ディオン・アライアによって守らせることであって、自らが助けにいくことではない。断じてない！

当たり前である。いくらシオンを救うためとはいえ、まさか、ミーア自身が危険な場所に飛び込むわけがない。というか、行ったとしても役に立つとも思えない。

そう、ミーアはあくまでも陰で動く存在。

――そうですわ。わたくしは策略家なのですわ。自分で手を下すことなく、この叡智によって事態を操るのですわ……。うふふ……。

などと……、今まさに、大きな大きな波の頂上にいるミーアは、完全に忘れていた。

人生とはままならぬものなのだ、と……。波の頂上に上ったからには、あとには落下が待っているものなのだ、と。

ミーアは、忘れていたのだ。そんなミーアの油断が招いたのか……、唐突に、ガクンッと馬車が揺れた。

……直後！

「盗賊だっ！　襲ってくるぞっ！」

前方から、声が聞こえた。

「…………はぇ？」

事態は、あっさりと、策略家ミーアの支配を外れていった。

「盗賊かー……」

前方から回り込むようにして接近してくる者たちに、ディオンは静かに目を向ける。

「それにしては、よく訓練されてるなぁ……」

一糸乱れず隊列を組んで馬を駆る彼らは、帝国正規軍の騎兵に勝るとも劣らない練度を誇っているように見えた。

「鮮やかな包囲だ……」

「ディオン隊長！」

「もう、隊長じゃないよ」

そばに寄ってきた元の部下に、ディオンは苦笑いを浮かべた。

「それより、護衛の動きは？」

「商人たちの雇った護衛はお察しですね。グリーンムーン家の護衛も頼りない感じで。ああ、ランプロン伯の兵は、さすがに我々に匹敵するぐらいの練度じゃないかと」

「ふーん。なるほど。まぁ、普通の盗賊なら、それで事が足りるんだろうけど……」

あの盗賊、ちょーっと普通じゃないっぽいんだよね……などとつぶやいている間にも、盗賊たちの乗る馬は、こちらの脱出路をつぶすように動いていた。

「どうします？　我々で切り込みますか？」

「んー、バノスがいるんなら、それでもいいんだがなぁ。ちょっと被害がシャレにならないか……。ふーむ」

「おや？　珍しいですね。ディオン隊長が悩むだなんて……。てっきり単騎でも突っ込むのが隊長かと思ってましたが……」

怪訝そうな顔をする元部下に、ディオンは苦笑いを浮かべた。

「いや、なに……。姫さんが、なぜ、この僕を呼んだのかと思ってね……」

普通に考えれば、まさに、あの盗賊のような者たちに対しての備えであろうし、例の狼使いが襲ってきた時の対処だろう。

けれど……、

――うちの姫さんは、人死《ひとじ》にを嫌うからなぁ。そのための備えとして僕を呼んだのだとしたら……。

脳裏に浮かぶのは、以前、レムノ王国の革命騒動を、被害を出さずに、解決へと導いたミーアの手腕だ。

「今回も同じようなことを期待されてるとしたら……、そして、例のあの男とあの盗賊たちに繋がりがあるのだとしたら……？」

そうして、ディオンは、やれやれ、と首を振った。

「で、どうしますか？　俺らはいつでも行けますが」

「ああ、そうだねぇ。まぁ、剣を交えずして勝つというのが、どうやら最上の策だという話だからね。とりあえずは、試してみるさ……はっ！」

馬を駆り、ディオンが前方に進み出る。それに続いて来ようとする近衛たちに、声をかける。

「お前たちは、姫さんの守りを頼む。もしも、狼を連れた男がいたら、すぐに僕を呼べ。命を懸けろとは言わないよ。死んで時間を稼げ」

「ひゅー、さすが隊長！」

「相変わらずの鬼っぷりだ！」

部下たちの歓声を背に、ディオンは盗賊たちに一直線に向かっていく。

剣を抜き、馬上で構える。

「無駄な抵抗をするな！　荷物さえ渡せば、命は保証する」

そう言って、先頭にいた盗賊が弓を放った。

風切り音を鳴らしながら、迫りくる矢。

それをしっかりと見据えたディオンは、闘争の気配に、豪胆な笑みを浮かべて、

「ああ、命を張るのは久しぶりだ」

剣を真横に振るった。

ザンッと鋭い音を立て、真っ二つになった矢が地面に落ちる。

「勇敢なる盗賊の諸君！　命が惜しければ、もっと矢を放ったほうがいいぞ。この僕が、君たちの命を刈り取りに行かぬうちにね」

高々と放たれた挑発、それに応じたのは、数十にも及ぶ必殺の矢だった。

第十九話　帝国の叡智の剣として

「うん、なかなかいい腕だ」

自らに向かってくる矢を見やりながらディオンはつぶやく。

山なりの曲線を描き、飛来する矢の、そのどれもが的である自身を外してはいないことに、ディオンは満足の笑みを浮かべる。

狙いがつけやすいよう、わざと一定の速度で馬を走らせてはいるのだが、それを差し引いてもなお、敵の腕はかなりのものだった。

地面はおろか、馬にまで向かっているものはなく……それゆえに……、

「防ぎやすくて助かるよ」

あえて躱《かわ》すことなく、ディオンは正面から迎え撃つ。

神速の剣閃《けんせん》が、複雑な軌道を描いて走る。稲光のごとき光は、まるで、初めから予定されていたかのように、矢の軌道を正確に走り……。そのすべてを弾き飛ばした！

それは、まるで結界。

さながらディオンの前方に、風の壁でもあるかのように、放たれた矢のことごとくが軌道を変え、明後日の方向へと飛んでいく。

「しかし、馬上であるにもかかわらず、これほど正確に弓を射るとは……。我が帝国の騎兵でも無理だろうね」

馬上で的を射るのは、非常に難易度が高い芸当だ。

帝国における弓兵とは、しっかりと安定した足場で狙いをつける狙撃射手《スナイパー》か、あるいは、大集団によって、面で狙いをつける弓兵かのいずれかだ。

「馬の上から狙撃射手《スナイパー》並みの精度で撃ってくるとはね。やっぱり、ただの盗賊じゃなさそうだ……っと」

直後、ディオンは左手を上げる。首筋あたりに伸ばした手には、刹那《せつな》の後に一本の矢が握られていた。

「時間差をつけての狙撃か。んっ……？」

矢の先端、ぬめりのある樹液のようなものを見て、ディオンは目を細めた。

「しかも毒矢、ね。かすっただけでも致命傷ということか。なるほど、並みの兵士なら死んでいただろうけど……。これでやりやすくなったかな？」

快活に笑うと、ディオンは盗賊たちのほうに目を向ける。それから、手に持った矢を、高々と真上に投げ、

「我が名は、ディオン・アライア。栄えある帝国の叡智、ミーア皇女殿下の剣である！　命一つ懸け

ることなく、安全圏から射殺せるとは思わないでもらおうか」

次の瞬間、落ちてきた矢を一閃、二閃、三閃。

四つに切り裂かれた矢を、わざとらしく見せつけてから、

「命のいらぬ者から、かかってくるといい。ああ、三人以上、同時に襲ってくるのをお勧めしておこうか。いらぬ命とはいえ、無駄遣いを見過ごすのは、心が痛むからね」

そう言ってから、ディオンはすかさず、盗賊たちを見据えて威圧する。

彼の名を聞いた盗賊たちに、かすかに広がる動揺の波。それをディオンは見逃さない。

――なるほど。僕の名前を知っているか……。やはり、狼使いと繋がりがあるのか……。あるいは、僕の悪名は、ついにサンクランドまで広まったということかな？

ディオンが名乗りを上げた目的は二つあった。

一つは、盗賊団と狼使いとの間に繋がりがあるか確認すること。

もう一つは、その名を誇示することによる、恫喝《どうかつ》だ。

――もしも、僕が狼使いだったら、ディオン・アライアには、なにがあっても手を出すな、と言うだろう。もちろん、ディオン・アライアに匹敵する剣の腕を持っているならば、別だが……。

いずれにせよ、自らの名前は、相手に撤退を促す武器となるかもしれない。

「まともにぶつかり合っても、負けはしないだろうけどね」

一兵士としては、それでもいい。相手を打ち負かし、全滅させるか、あるいは、撤退に追い込めば、とりあえずの勝利といえるだろう。

だが、兵を率いる立場からすると、それは最善手ではない。

なぜなら、兵は戦えば疲弊《ひへい》する。体力ならば回復するだろう。あるいは、治る怪我ならばいいかもしれない。されど、死ねば……、あるいは重傷を負い、二度と戦えなくなれば、軍は消耗するのだ。鍛え、練度を高めた、手塩にかけた兵士たちが消耗する……。それは看過できぬ損害だ。ゆえに、軍にとっては、戦端が開かれてしまった時点で、最善ではない。

――戦わずして勝つ、ね。ああ、まったく……。この僕が将のようなことを考えなければならないとは……。

一兵士であれば……、ただ、己が剣腕をもって、敵をねじ伏せればよかった。

されど、帝国の叡智、ミーア・ルーナ・ティアムーンの剣としては、それでは不足なのだ。

「とまぁ、僕にできるのはここまでかな……。これでもかかってくる命知らずなら仕方ない。我が剣の錆《さび》になってもらおう」

未だ引かず、さりとて、一気に攻めてくることなく、緩やかに包囲網を形成する盗賊たち。ディオンには彼らの心情がなんとなく理解できた。

「馬車を守りつつ戦う相手なら、あるいは、たった一人の相手ならば、討ち取ってしまえるかもしれない。ここで、ディオン・アライアを討ち取ることができれば、事を有利に運べるかもしれない……。そんなところかな。あるいは、後ろの馬車が乗せている人物に興味を持ったか……」

いずれにせよ、それは死に至る選択だ。

「狼使いがいれば、迷うことなく撤退の判断をしただろうけれど……、ああ、でも、あいつがいたら、今度は僕のほうが斬りかかってただろうな。そのほうが楽しいから」

さて、どうなるか、事態をもう少し見守ろうとしていたディオンだったが……、直後、事態が急変する。

「王国軍だ！」

悲鳴のような声、と同時に遠くに見える土埃《つちぼこり》。

軍馬の蹄《ひづめ》が大地を削る音とともに、遠く、騎馬の一団が見える。

帝国最強の鬼神、ディオン・アライアと王国軍の双方を相手取るという無謀を、盗賊たちは選択しなかった。

直後、盗賊団の放つ殺気立った空気が減ずるのをディオンは感じる。と同時、賊の馬首が一斉に翻《ひるがえ》った。襲撃してきたのと同じ、一糸乱れぬ動きで、その場から逃げ去る盗賊団に、ディオンは、ほう、と感心の声を上げる。

「やはり見事だ。あれでは、追跡も叶《かな》わないだろうな……おや？」

「ディオン殿！」

視線を転じたディオンは、王国軍の先頭に、見慣れた少年の姿を見つける。

「シオン殿下直々に騎兵を率いるか。アベル王子といい、なかなかに勇ましいが……はてさて、これもミーア姫殿下の計画の内なのかな……」

小さな声で独《ひと》りごち、ディオンは剣を収めた。

第二十話　ミーア姫、ひどく寛容な気分になる……

「盗賊だ！　盗賊が襲ってきたぞっ！」

外から聞こえてきた声。それを聞いて、ミーアは、自らの失敗を悟った。

――ああ、失敗ですわ。当事者になってしまいましたわ。

それでも、落ち着いていたのは味方にディオン・アライアがいるからであり、敵にディオン・アライアがいないからだ。

帝国最強、否、大陸最恐のディオン・アライアが味方にいるのだ！　かつて、かの男に追われた、修羅場マイスターのミーアとしては、

――まぁ、盗賊程度の危機であれば、ね……。

ぐらいの危機感である。なんと、珍しく余裕があった！

――どうせ、シオンのことですから、盗賊ぐらいと油断して命を落としたのでしょうけれど、ふふふ、わたくしには油断はありませんわよ！　図らずも、わたくし自身が危機のど真ん中に突入するようなことになってしまいましたが、恐れるに足らずですわ！

そうなのだ。ミーアには自信があるのだ。

今回の旅行は、万全の備えをしてきたのだ。肝心なところで、ちょこっとだけ失敗したけれど、それ以外は上手くいっている。思いもよらぬショッピングで、滅多に手に入らない珍味だって手に入っ

たのだ。

この程度の盗賊、どうにかできないはずがない。

「ミーアさま……」

不意に、自分を呼ぶ声。情けない声に視線を向ければ、エメラルダが不安そうな顔をしていた。そばにいるニーナに半《なか》ば抱きつくような感じで、なんとも情けない様子である。

──ふぅ……、まったく。いくら怖いといってもメイドに抱きつくなんて……。子どもみたいですわ。

それから、ミーアはアンヌのほうを見た。

アンヌもまた不安げな顔をしていたが、そこまで取り乱してはいなかった。

──ふむ、わたくしだったら、いくら怖くってもあんな風にアンヌに抱きついたりはしませんわ。アンヌが怖がってる時には、仕方なく抱きついて差し上げることもありますけれど……自分が怖いからといって、あんな情けない姿をさらしたりは致しませんわね。まったく、エメラルダさんは怖がりですわね。

やれやれ、と首を振りつつも……、

「大丈夫ですわよ、エメラルダさん。この程度の盗賊、わたくしの近衛たちがいれば十分に蹴散らすことができますわ」

安心させるように微笑んで見せた。

──それにしても、これは、わたくしがいなかった場合には、どうなっていたのかしら？

巡礼街道を通っていた商人たちは、おそらくエメラルダたちの一行を追い抜いて行った先で盗賊団に襲われたのだろう。そこで戦闘が起き、シオンは命を落とす。

——いや、そもそも、エメラルダさんの旅行日程は、わたくしが調節したから、このようになっておりますけれど、実際には数日間のズレがあったはずですわ……。

ゆえに、このようにタイミングよく盗賊団と鉢合わせすることはなかったはずである。

けれど、ルート的に言えば微妙に重なっているわけで……。

——気にはなりますわね。こんなでもエメラルダさんは、帝国の四大公爵家の令嬢ですわ。いろいろと利用価値はありそうですし……。

そうなってくると、ミーアは考えざるを得ない。

——盗賊の討伐隊にシオンは無理矢理に参加させられたのかしら？　それともシオンが介入しなかった場合には、なにか別の事態が起きていたのかしら？　この盗賊団の騒動は、シオンを暗殺するための陰謀だと思っておりましたけれど、あるいは、エメラルダさんを巻き込むためのなにかだった可能性もありますわね……。

皇女伝に書かれていたのは、シオンが死亡したという記述のみ。その裏に隠されたものを調べることは困難で……。

——いずれにせよ、一筋縄でいかないものを感じ……、はぇ？

突如、エメラルダが抱きついてきた。

「ちょっ、エメラルダさん、どうしましたの？」

見れば、エメラルダは、目に涙を溜めつつも、懸命に虚勢を張っていた。

「み、ミーアさま。怖いんでしたら、無理しなくってても大丈夫ですわ！　い、いざとなれば、この星持ち公爵令嬢《エトワーリン》たる私が、この身に代えてでもお守りいたしますわ。私の兵たちも、きっと私のために命を懸けてくれるはず……。で、ですから、ご安心くださいませ」

どうやら、エメラルダ……、うつむいてぶつぶつ言っているミーアを見て、怯《おび》えていると思ったらしい。

「いいえ、エメラルダさん、ですから、この程度はなにほどのこともないと……」

「ええ、ええ、わかっておりますわ。ミーアさま。ですけれど、怖いならば、怖いと言っていただいても、かっ、構いませんわ！　私がついておりま……ひぃっ！」

怯えつつも、燃え上がるお姉ちゃん魂を炸裂《さくれつ》させるエメラルダ。それを見たミーアは、

――もしも、革命の時に、エメラルダさんと一緒に逃げたら、こんな感じだったのかしら？

などと、想像してしまうのであった。

あの時は、グリーンムーン家が国外に逃げてしまったため、エメラルダと逃避行、などということはなかったわけだが。あの不安しかなかった逃避行も、こんな風に慌てふためくエメラルダとなら、案外、気楽でいられたかもしれないな、なんて思ってしまって……。

――ふむ、まぁ、仕方ありませんわね。少々暑苦しいですけれど、エメラルダさんも怖いのでしょうし、このぐらいのことは許してあげますわ。

ひどく寛容な気持ちになるミーアなのであった。非常に珍しいことである。

ちなみに、同じ頃ティオーナとリオラが乗る武闘派令嬢たちの馬車では、二人が弓と矢の具合を確かめていた。

「リオラ、馬車の中から狙える？」

「問題ない、です。やれる、です」

自信満々に頷いて、リオラは微笑みを浮かべた。

「そう。うん、私もなんとか当てるだけならできると思うから、いざとなったら……」

「胴体の真ん中を狙うといい、です。体は鎧《よろい》で防がれるかもしれない、けど、遠くからでも当てやすいし、上手くいけば首を貫ける、です……」

剣呑《けんのん》な会話が繰り広げられる一方、さらにその一台前の馬車では……、

「ふわぁ！　もしかして、ディオン将軍の戦いぶりが見られるんでしょうか？」

「あれ？　ベルちゃん、あのディオンって人のこと知ってるの？」

きょとん、と不思議そうに首を傾げるシュトリナ。対して、ベルは嬉しそうに頷いて、

「はい。ボクの大恩人なんですよ」

「そうなの？　でも……、ううん。そっか、そうなんだ」

なにか、納得がいかないような顔をしていたシュトリナだったが、すぐに笑顔で首を振る。

事前に調べていた情報の真偽など、今の彼女にはなんの価値もない。

大切なお友だちが嬉しそうに、自分の過去のエピソードを語ってくれる！　そこにこそ、シュトリナは価値を置いているのだ。陰謀よりも、お友だちとのお話が大事！

そう、今の彼女は立派な『貴族女子』なのだ。さらに……！

「ねぇ、ベルちゃんは、ああいう強そうな男の人のことが好きなの？」

「へ？　ボクですか？　うーん……、ボクはどちらかというと、強くて格好いい人がいいな……」

「へー。具体的にどんな人？　強くて格好いいというとアベル王子とか？」

「えへへ、みんなにはナイショですよ？　ボク、てんび……じゃない。シオン王子みたいな人が好きで……」

……アベルお祖父ちゃんは泣いていい。

第二十一話　ミーアの信頼は揺らがない！

盗賊団襲来の声が響いてから、しばらくして……。

馬車が唐突に止まった。

息を呑み、身構えるエメラルダ。対して、ミーアはやっと終わったか、とため息を吐く。

——先ほど、ディオンさんが一人で行きましたし、問題ないとは思いますけれど……。ああ、でも、外の景色はあまり見たくありませんわね。きっと血の海ですわよ！

矢除けの防御板を下ろしてしまったため、それ以降、外で何が起きたのかはわからない。

けれど、ミーアのディオンに対する信頼は揺らぐことはない。

並の盗賊団であれば、ディオン・アライアに対抗しえないということ。戦闘にすらならず、きっと一方的で凄惨《せいさん》な殺戮《さつりく》が繰り広げられるのだろうな、ということを……、ミーアはまったくもって、疑っていない。

ミーアのディオンに対する信頼は揺らぐことはないのだ！

やがて、馬車の扉がノックされた。

「失礼いたします、ミーア姫殿下」

続いて響くのは、ほかならぬディオンの声だった。

嫌だなぁ、見たくないなぁ、などと思いつつも、ミーアは、戸のそばにいたニーナのほうに目を向けた。エメラルダと同じく、少しだけ顔色の悪いニーナを安心させるように微笑んで、

「大丈夫。ディオンさんですわ。開けて差し上げて」

ニーナは一瞬の躊躇の後、馬車のドアを開ける。と、はたしてそこには、帝国最強の騎士、ディオン・アライアが立っていた。

再び、嫌だなぁ、見たくないなぁ、などと思いつつも、ミーアはディオンに視線を向ける。その鎧は、返り血で真っ赤に染まって…………はいなかった。

――さすがですわ、ディオンさん。返り血を避けながら惨殺するなんて……相変わらずの恐ろしい手腕ですわ！

ミーアのディオンに対する信頼は、どこまでも揺らぐことはないのだ！！

「ディオンさん、無事に終わりましたのね。外のさん……じゃない。被害は、どのような感じですの？」

きっと馬ごと斬り殺された死体とか、鎧ごと真っ二つの死体とか、怖いのがいっぱい転がってるんだろうなぁ、などと思っていたミーアは、うっかり「外の惨状……」などと言いかけて慌てる。

対するディオンは涼しい顔で、

「敵味方ともに死傷者なしです。サンクランド軍にタイミングよく介入してもらったおかげで、戦闘

を避けることができましてね」

「サンクランド軍が介入……？　ま、まさか、盗賊の討伐はサンクランド軍に任せて、引いたなどというわけではないですわよね？」

それでは、何の意味もない、と大いに慌てるミーアだったが……。

「いや、生憎《あいにく》と、我々の目前で逃げていってしまったよ」

その声に、ハッと視線を転じる。っと、ディオンの後ろに、一人の少年が立っているのが見えた。

それは……。

「ああ……、シオン……」

いつもと変わらない、涼やかな笑みを浮かべるシオンだった。

「よかった。あなた、無事なんですわね？」

確認のために、いそいそと馬車を降りてシオンのそばに歩み寄る。と……、

「ははは、なに、このぐらいの盗賊相手ならば、よくあることだしね」

なぁんて、気軽に言いやがった！　それはもう爽《さわ》やかーな感じで言いやがったのだ！

ミーアはむぅっと頬を膨らませつつ、

「だとしても、駄目ですわよ、シオン。王子であるあなたが最前線に出て戦うなどと……もしものことがあったら、どうするつもりでしたの？」

それを聞き、シオンの後ろ、キースウッドが深々と頷いていた。

良いこと言うなぁ！　とその顔に書いてあるかのようだった。

一方のシオンは、思わずといった感じで苦笑いを浮かべた。

「君にそれを言われるのは、少し複雑な感じがするな」

お前が言うな！　とツッコミを入れないだけ、実に紳士なシオンなのであった。

「しかし、ずいぶんとひさしぶりだね、ミーア。それに、エメラルダ嬢も」

シオンの浮かべる華やかな笑みに、エメラルダがホウッと息を吐いたのがわかった。

「まぁ！　これはシオン王子、このような場所でお会いできるなんて！」

緊張から一転、大好物のイケメンの出現にエメラルダのテンションはうなぎ上りだ。

──まったく、単純ですわね。先ほどまであんなに怯えていたのに……。

やれやれ、とミーアは首を振った。

──本当に困ったものですわ。高貴な血筋の令嬢が、そんな風にはしたない……。

などと呆れていると……、

「シオン王子！　おひさしぶりです！　お元気でしたか⁉」

隣の馬車から、ベルが飛び出してきた。頬を紅潮させ、ニッコニコの笑みを浮かべる孫娘に、ミーアは……、思わず頭を抱える。

──ベル……。まったく、いったい誰に似たのかしら？

などと思っていると、ベルに次いで、シュトリナ、ティオーナ、リオラが降りてくる。

「ティオーナまで……いったい、サンクランドになにをしに来たんだい？」

名だたる令嬢たちの出現に少し驚いた様子で、シオンが言った。

「ええ、実は、こちらのエメラルダさんの付き添いで来ましたの。なんでも、サンクランドの、いずれかの公爵家のご長男と縁談の話があるとかで……」

「公爵家の長男……？」

シオンは小さく首を傾げた。

「それは妙な話だな……。公爵家の長男というと……、俺の知る限り、年頃の者はみな結婚していたように思うが……」

「まぁ、そうなんですの？」

エメラルダはびっくりした顔で首を傾げた。

「でも、確かに将来的に公爵以上の地位に就く、有望株の相手だとお父さまは……」

「公爵以上の地位に、いずれ……？」

シオンは怪訝そうな顔で眉を顰めて、

「ちなみに、この話は、どなたが仕切っておられるのだろう？」

「ランプロン伯、と父からは聞いておりますけれど……」

微妙に歯切れが悪いエメラルダ。おそらくは、あまり詳しい話は聞かされていないのだろう。

特に不思議なことではない。貴族の結婚は国同士、家同士の繋がりという要素が大きいもの。場合によっては、婚儀を挙げる当日に初めて相手と会うなどというケースもあるのだ。

しかしながら……、

――いくらなんでも、相手がどこの家の方とか、そういうことは聞いてると思ってましたけれど……。

ジトッとしたミーアの視線を受けて、エメラルダは言い訳するように言った。

「しょ、しょうがないではありませんの。お断りするつもりでいたのですから、相手のことなど、知らずとも問題ありませんし？　それに、ほら、ものすごく良いお相手でしたら、お断りするのがもったいなくなってしまうかもしれませんわ！」

どうやら、この縁談話を蹴る気満々だったエメラルダは、ろくに父から話を聞かなかったらしい。

「ちなみに、もしかしてそのランプロン伯というのは適当……、というか、あまり信頼できない方なんですの？」

「いや、そんなことはない。サンクランドでは古くから続く名家だ。伯自身もいささか独善的な人だが、名誉にかけて適当なことはしないと思うが……」

腕組みしつつ、シオンが唸った。

「まぁ、いい。とりあえず、護衛の必要はないようだし、俺はこのまま盗賊団を追って……」

「だっ、ダメですわ！　シオン、あなたには、わたくしたちを護衛して、王都まで行っていただきますわ！」

ミーアは慌てた。もしも、ここで別れた後、シオンが盗賊との戦闘に巻き込まれて死んでしまったら大変だ。なんのために、こうしてサンクランドまで来たのか、わからなくなってしまう。

多少、わがままでも、ここはシオンについてきてもらわなければならない。

「え？　いや、しかし……」

「ここは、あなたの国ではございませんの？　帝国からの客人であるわたくしが危険な目に遭っても構わないと言うんですの？」

その言い分に、シオンはきょとん、と瞳を瞬かせたが、

「そうか……。まぁ、そうだな、わかった。では、王都にあるランプロン伯邸まで、エスコートさせてもらうよ」

涼しげな笑みを浮かべるシオンに、今まで護衛を受け持っていた隊長は……、青くなっていた！

「しっ、シオン王子まで……」

そんな隊長に、少し離れたところから、同情の視線を送る者が一人。

シオンの忠実なる従者、キースウッドはその哀れなる護衛隊長に深く、共感を示すのだった。

第二十二話　恋の花は枯れて

初恋は実らない。

特に貴族同士、王族同士の恋が実ることは極稀《ごくまれ》なこと。

だからこれは、そんなありふれた、幾百の恋物語の一つ。

歴史の波に呑まれて枯れた恋のお話だ。


ティオーナ・ルドルフォンが、初めてシオン・ソール・サンクランドと出会ったのは、彼女がセントノエルに来た日のことだった。

従者のリオラと一緒に、貴族の令嬢たちにからまれていた彼女を、颯爽《さっそう》と現れたシオンが助けてくれたのだ。手を差し伸べる彼にエスコートされて、セントノエル島を巡った彼女は……、心が救われるのを感じた。

新入生歓迎ダンスパーティーで、その後の学生生活で、幾度も助けてもらううちに、ティオーナがシオンに好意を抱いていったことは当然のことだったのだろう。

手を取り合うと心が躍った。

その真っ直ぐな瞳を見つめるだけで頬が熱くなった。

それはたぶん……ティオーナの初恋だった。

素敵な笑みを浮かべる少年だった。

優しく、気高く、純粋な人だった。

なにより、王族として……、力を与えられた者として、正しくあることを自分に課して、そうあるのだと信じている……、そんな姿に、ティオーナは憧れた。と同時に、自国の貴族たちを嫌悪した。

ラフィーナ・オルカ・ヴェールガとの付き合いも、その思考に影響を与えた。

正しくありたい。強くありたい。人の上に立つ貴族として……。

幼くも純粋な、そんな願いがティオーナの胸に芽生えつつあった時、まるでその志を試すかのように大飢饉が大陸を襲った。

疫病の流行、財政破綻《はたん》、民衆蜂起……革命。

父を暗殺されたティオーナは否応もなく、その波の中に投げ出された。

でも、怖いとは思わなかった。彼女には支えてくれる人たちがいたから……。

シオン・ソール・サンクランドは、ティオーナの怒りを共有し、帝国のために〝正しいこと〟を行ってくれた。

腐った帝室を倒し、大貴族たちを一掃した。

民のために、新しい帝国のために尽力してくれたのだ。

でも……、いつからだろう？

彼のことを遠く感じるようになったのは……。

傍らで見ていたティオーナは知っていた。

シオンの心に傷があるということ……。正義のためとはいえ、かつて学び舎を共にした皇女ミーアを処刑したのだ。傷にならないはずがない。

シオンは強いから、強くあろうとするから、臣下の前ではそんなところを見せない。あるいは、彼自身、その傷のことに気付いていなかったかもしれない。認めたくなかったのかもしれない。

でも、ティオーナは明確に、シオンが傷ついていることに気付いていた。

おそらく……それは、ティオーナがシオンのことが好きだったから。

ずっと見てきて、憧れてきた相手だったから……、気付くことができた。

「シオン王子の、支えになりたい……」

そんな気持ちが、ティオーナの心にはあった。

……だけど、ティオーナは踏み出すことができなかった。

シオンは大国の王子。自分とでは釣り合わない。それは厳然たる事実だった。革命の主導者として、ティアムーンの政権に関わるようになったとはいえ、自分とでは立場が違うのだ。

だけど……、それよりなにより、ティオーナの足を止めたもの……、それはシオンがミーアを殺したのは、ティオーナのためだったという事実だ。

父を皇帝一派によって暗殺されたティオーナ。その非道を正すため、シオンは剣を取り、命を懸けて戦ってくれたのだ。

それによって傷を負った彼に……、いったい、なにを言えばいいというのだろう？

自分のために傷ついた彼を、当事者である自分が癒やす？

それは傷ついたシオンの心の隙を突く、卑怯《ひきょう》な行いなのではないか？

自分の顔を見るたびに、シオンは幾度も、殺したミーアのことを思い出し、苦しむのではないか？

葛藤《かっとう》にがんじがらめにされて、ティオーナは一歩も動けなくなった。

ただ、恋慕の赴くままにシオンのもとに駆け寄れるほど、ティオーナは子どもではなかった。

革命後の忙しさも手伝って、ティオーナはすっかり考えることをやめていた。

そうして、サンクランドに帰国したシオンとはそれっきり疎遠になってしまった。

連絡は取りあってはいたけれど、そこには、かつてのような親密さはなくなっていた。

しばらくして、シオンが国内の貴族の娘と婚儀を結んだことを聞いた。その時ですら、ティオーナは悲しいとは思わなかった。

ただ……、胸を緩やかに締め付ける寂しさとともに、シオンと結ばれた女性が、彼の傷を癒やすことができる人であることを、心から祈った。


それはミーアの死が歪めてしまった淡い恋心の、一つの結末だった。


「…………あっ」

そうして……、ティオーナは目を覚ました。

目覚めに特有の、ぼんやりとした頭で、つい先ほどまで見ていた夢のことを考える。

忘れてはいけない夢だったような気がして……、その形が崩れる前に、懸命に、手を伸ばして掴《つか》もうとするけれど……。見る間に、それはあっさりと消え去り、後に残るのは、何とも言えないもやもやのみだった。

「……変な夢……」

ベッドの上、半身を起こして……、つぶやく。

細かいことは覚えていないのだけれど、それでも、それだけはわかる。

とても奇妙な夢で、ひどく大それた夢で……。でも……。

ティオーナは、そっと胸を押さえる。そこにかすかな焦燥《しょうそう》と、消し得ない切なさを見つけて、戸惑う。

せっかくの、安らかな昼寝《シエスタ》の時間だったのに……、気持ちはまったく休まっていなかった。

「慣れない場所で寝たから……かな」

ミーアたち一行がランプロン伯邸に来てから、三日が経っていた。

ドレスに着替え、来客用の部屋を出たところで、ちょうど、同じように部屋から出てきたミーアと鉢合わせになった。

「あっ、ミーアさま……」

夢の中、悪役として処刑された皇女、ミーア・ルーナ・ティアムーンは……、なぜだろう、口をアワアワさせながら、部屋から出てきた。

第二十三話　メイ探偵ミーア、犯人を、カンニングする

ランプロン伯邸について、ミーアはようやく一人になる時間が持てた。そこで、満を持《じ》して、ミーアは皇女伝を開いた。

「エメラルダさんと一緒にいると、どうしても、ゆっくりと読めませんでしたけど……」

問題の、シオン死亡の記事を目で追っていく。っと、ミーアの予想通り記述が変化していた。

「ふむ……、まぁ、そうですわよね。それはそうなんですけれど……問題はどう変わったか、ですわ」

盗賊団との戦闘に、シオンが巻き込まれることは回避できた。

それで問題は解決なのか……、はたまた。別の死がシオンに迫っているのか……。

続きを確認したミーアは、深くため息を吐く。

皇女伝には、新たにシオンが毒により暗殺されるという記述が示されていたからだ。

「ということは、やはり、最初の盗賊団というのも、シオンの暗殺を目論んだものと見るべきですわね……。いや、まだ偶然の一致という線も捨てられないかしら……？」

ぶつぶつつぶやきつつ、読み進めてみる、と……、なんと、今度は犯人の名前まで書いてあった！

「ふっふっふ、やりましたわ！　これで一気に解決ですわ！」

快哉《かいさい》を叫んだのも束の間……、ミーアは再び考え込んでしまった。なぜなら、そこに書かれていた犯人の名前は……、エシャール・ソール・サンクランド。すなわち、それは……、

「サンクランド第二王子、エシャール王子……。シオンの弟君ですわね。そんな人物がなぜ……？」

意外な人物の登場に、ミーアは頭を抱える。

基本的に、ティアムーンにとって重要な王侯貴族の名前は、覚えるようにしているミーアであるが、エシャールについては名前ぐらいしか知らなかった。

当然、彼がなにを思って暗殺などしたのか、わかるはずもない。

「それにしても困りましたわ……。相手がそこらの貴族ならばなんとかなりそうなものですけれど……、まさか第二王子殿下が犯人だなんて……」

これでは、最悪にして最後の手段、ディオンを差し向けて……などという暴力的な手段に出ることもできない。

「まぁ、やる気はありませんでしたけれど……。幸いにも、暗殺の日はエメラルダさんが招待されている、王宮のダンスパーティーの日ですわ。水際で防ぐことも不可能ではありませんわね……。ただ、その場合にも、犯人をなんとかしなければなりませんし……ふーむむむ……」

腕組みして考えているミーアの頭から、突如、もくもくもくもくっと煙が立ち上る。

いわゆる、知恵熱というやつである。

ミーアは、腕組みをしたまま、こてんっとベッドの上に倒れて、

「だっ、ダメですわ！　なーんにも思い浮かびませんわ！　どうすれば、いいかしら……。ああ、甘いものが食べたいですわ！　やはり、考え事の際には、甘いものが必要ですわ！」

そうして、部屋を出ようとしたミーアは、ちょうど廊下を歩いてくる、自らの知恵袋の存在を見出だしたのだ！

「あっ、そうでしたわ！　こんな時のために、ルードヴィッヒを連れてきたのでしたわ！」

ミーアの特技、丸投げである。

なにしろ、今回のミーアは、万全の態勢を整えてきているのだ。

思考についてはルードヴィッヒ。武力の面ではディオン。毒の面ではシュトリナ。

これだけの陣容を揃えているのだ。利用せず、自分だけで考えるなど、愚かなことである。

ということで……、ミーアは早速、部屋の中にルードヴィッヒを連れ込んだ。


「エシャール王子、ですか……？」

ミーアの部屋を訪れたルードヴィッヒは、部屋に入るや否やの質問に首を傾げた。

「そう、エシャール王子。シオンの弟君なのですけれど……、なにか噂を聞いているかしら？」

問われたルードヴィッヒは、腕組みして黙り込んだ。

「申し訳ございません。正直なところ、特にこれといって気になる情報はございません。必要であれば、少し調べてみようと思いますが……」

「そうですわね……、それならばお願いしようかしら……」

けれど、それをする時間は残念ながら与えられなかった。なぜなら、次の瞬間、

「ミーアさま！　ミーアさまっ！」

ドアを開け、血相《けっそう》を変えたエメラルダが入ってきたからだ。

「まぁ！　どうしましたの、エメラルダさん。そのように、青い顔をして……」

「きっ、きっ、聞いてくださいまし！　わっ、私の、こっ、婚約の相手が……相手が……」

アワアワと、口を震わせるエメラルダに、ミーアはふぅーっと深いため息を吐いた。

「お相手がわかりましたのね？　で、どなたでしたの？」

「えっ、えっ、えっ……」

「落ち着いてくださいまし。そんな風に淑女が慌てなければいけないことなんて、この世の中にはありませんわよ……」

「わっ、私の婚約の相手は、エシャール王子だそうですわ！」

「…………はぇ？」

きょとりん、と瞳を瞬かせるミーア。口をぽっかーんっと開け、ちょっぴり間抜け面を晒《さら》してしまっているのだが、今のルードヴィッヒには、それを気にする余裕はなかった。

なぜなら、彼は衝撃に打ちひしがれていたからだ。

この時、彼は遅まきながら、自らの主がなにを考えていたのか……、ようやく悟ることができたような気がした。

帝国四大公爵家の一角、グリーンムーン家のエメラルダと、サンクランド王国第二王子エシャール・ソール・サンクランドの婚姻。そして、それを取り持つ者が、サンクランドの伝統的保守思考の持ち主、ランプロン伯ということになれば……。

もし、それが成った際にでき上がる権力構図は……。

――ミーア姫殿下とシオン殿下の繋がりに対抗する軸として、グリーンムーン公爵家とエシャール殿下という勢力が誕生することになる。

ミーアが掌握したはずの四大公爵家から、グリーンムーン家を引き抜き、それをもって反女帝派を糾合《きゅうごう》。さらに、グリーンムーン家には男児もいる。彼は、ミーアが帝位を継がなかった場合の、皇帝候補でもあるのだ。

さらに、サンクランド王国内においては、領土拡張に慎重なシオンに対抗して、エシャール王子のもとに、保守層の貴族たちを糾合するという構図でもある。

──なるほど。それで、エシャール殿下のことを調べろと、ミーアさまは言っておられたのか！

遅まきながらに気がついて、ルードヴィッヒは歯噛《はが》みする。

──少し考えれば、わかりそうなものだ。サンクランドの国内情勢と勢力図を把握していれば……、この時期に星持ち公爵令嬢《エトワーリン》とサンクランド貴族との間の縁談話が持ち上がれば、その裏の狙いを推察することなど造作もないことだったのに。

忸怩《じくじ》たる想いを胸に、ルードヴィッヒは頭を下げた。

「申し訳ありません。ミーア姫殿下、私の思いが及ばず、このような失態を……」

「はて……？　失態とはなんのことやらわかりませんけれど……」

ミーアは、きょとんと首を傾げる。まるで、本当に失態など存在しなかったかのように、心の底から不思議そうな顔をして。

ルードヴィッヒは、その思いやりに感じ入る。

──俺の菲才《ひさい》を責めることなく、俺が気に病むことのないように、とぼけてくれているのか……。

「働きに、より一層期待しておりますわよ、ルードヴィッヒ」

そうして、優しい笑みを浮かべるミーアに、ルードヴィッヒはただただ、頭を下げるのだった。

第二十四話　土俵際の姫ミーア、流れ矢を受ける

「わっ、私の婚約の相手は、エシャール王子だそうですわ！」

「…………はぇ？」

突然のことに、ミーアは度肝を抜かれてしまった。

――なっ、なな、なにが？　いったいなにがどうなってるんですのっ⁉

混乱に口をアワアワさせていると……、

「申し訳ありません。ミーア姫殿下、私の考えが及ばず、このような失態を……」

突如、ルードヴィッヒが頭を下げた。

はぇ？　などと、またしても間の抜けた声を出しそうになるも、ミーア、そこで踏みとどまる。土《ど》俵際《ひょうぎわ》、見事な踏ん張りである！　土俵際の粘りには定評がある、足腰の強いミーアなのである！

――あっ、これ、まずいやつですわ。ここで下手なことを言ったら、ルードヴィッヒがへこんで、使い物にならなくなるかもしれませんわ！

刹那の思考……、けれど、いくら考えても、ルードヴィッヒがなんの失態をしたのかがわからない。

なので……、

「はて……？　失態とはなんのことやらわかりませんけれど……」

素直に尋ねることにする。

放置は危険。なれば、状況を把握するのが急務である。ルードヴィッヒを前に、わからないことを、わかったかのように振る舞うのは危険なのだ。

されど……、ルードヴィッヒは質問に答えようとせず、何事か感じ入ったように目を閉じ、頭を垂れるのみであった。

――なっ、なにが失態だったのか、言ってくれないとわかりませんわ。くっ、ただでさえ、エメラルダさんの婚約者のこととか、暗殺のこととかで頭がいっぱいですのに、ぐぬぬ……っ！

それでも、ミーアはなんとか、態勢の立て直しを図る。

「働きに、より一層期待しておりますわよ、ルードヴィッヒ」

なにか、失態があったのであれば、それは仕方がない。それで落ち込んでしまわぬよう、ちゃんと頭使ってサポートしてね！　という願いを込めて、ミーアはそう言った。

それから、ミーアは改めて、エメラルダのほうに目を向けた。

「では、エメラルダさん、詳しいお話を聞かせていただけないかしら？」

「え、ええ、わかりましたわ」

エメラルダは、静かに頷いて……。

「実は、今朝方、ランプロン伯に呼び出しを受けましたの」

「ああ、そういえば、そうでしたわね」

おそらく、ランプロン伯は、ずっと、エメラルダと話がしたいと思っていたのだろう。

今でも思い出す。

シオンの護衛のもと、ランプロン伯邸に着いた時のこと。ミーアの身分を聞いたランプロン伯は、卒倒せんばかりに驚いていたのだ。

それを見て、ミーアは感づいた。

「ははぁん、これは、わたくしには聞かせたくない話があるのですわね。エメラルダさんに持ちかけたい悪だくみが……」

突然、帝国皇女が訪ねてきたら、大体、そんな反応になるんじゃ……？　などと思わないでもないが、ミーアにツッコミを入れる者はいない。

「例の縁談のことを相談したいと、そうおっしゃいますの。だから、はっきり言ってやりましたの。お断りだと。私との縁談をお望みなら、王子殿下でも連れてきなさいって。そうしたら……」

エメラルダの言葉を聞いたランプロンは、まさに、我が意を得たりと言った様子で頷いたという。その上で、

「もちろんです。ティアムーンの四大公爵家のご令嬢との婚儀ですからな。そこらの貴族では話にならぬでしょう。ですから、お相手は、エシャール王子殿下を、と考えています。すでに、エシャール王子殿下にも、国王陛下にも話を通してあります」

ドヤァ！　という顔で言ったのだ。

「まさか、本当に王子殿下が相手だなんて、思いもしてませんでしたわ」

そう言って、エメラルダは、頬を赤らめて体をもじもじさせた。

どうやら「王子さまとの結婚」という言葉に、彼女も憧れを持っていたらしい。いざ、それが現実化しそうになって、あたふたしてしまっているようなのだ。

……乙女なのである。

「なるほど……。シオンが王位を継げば、エシャール王子は大公ということになるのかしら……。公爵以上の地位をいずれは継ぐ者、と言えなくもありませんわね」

それどころか、もしもシオンになにかあった場合には、国王の地位に就くかもしれない人物である。

――『皇女伝』の記述を見る限り、自分の力でシオンをどうにかして、王位を狙ったということになるのかしら？　動機としてはわかりますけれど……、あるいは、もしかして、エシャール王子……、エメラルダさんと結婚するのが嫌だから、そんな暴挙に出たんじゃ？

ミーアの脳内に失礼極まりない推理が形成される。が、すぐに、それを否定。

――いや、さすがにあり得ませんわ。なにしろ、エメラルダさん、わたくしと血の繋がりがあるだけのことはあって、黙ってれば美人ですし。わがままですけれど、黙っていれば、そういうのはバレませんしね……わがままですけど。

「あの……、ミーアさま？」

「へ？」

ふと視線を上げると、エメラルダが上目遣いで見つめていた。

「私、どうすればいいのかしら……？」

自分より年下のミーアに相談してくるエメラルダである。

……小心者《チキン》乙女なのである。

「ふむ、気が進まないのであれば、お断りすればいいとは思いますけれど……」

「それは、なかなか難しいのではないでしょうか……」

ルードヴィッヒが険しい顔をして首を振った。

「ちなみに、ミーアさま、皇帝陛下は、この件についてなにかおっしゃっておりましたか？」

「…………はぇ？」

思わぬ流れ矢が飛んできた！

第二十五話　ＦＮＹ……？　Ｎｏ！　ＦＷＡ！

つい数日前、ミーアは思っていた。

「まぁ、相手の家柄まで聞いていないだなんて、エメラルダさん、迂闊《うかつ》ですわ。まったく、しょうがない人ですわね！」

などと……。

いかに、お断りする気満々であったとしても、それはそれ……。

さすがに、相手の家名を聞いていないだなんて、高貴な身分の令嬢として、あり得ない！　と、そう思っていた……のだが……。

ぶんぶん体を回しながらぶん投げたブーメランがものすごい勢いで、ミーアに返ってきた！

「お、お父さま、ですわね……」

そうなのだ、こう見えてもエメラルダは四大公爵家の令嬢なのだ。

縁談の影響も当然、小さくはない。ごくごくごく当たり前の話ながら、皇帝に話が通っている可能性は非常に高い。

逆に、皇帝に話が通っていなければいないで、きな臭さを覚えるべきところ。

つまり、縁談をお断りに行くというのであれば、当然、皇帝に探りを入れておくべき案件なのである。

にもかかわらず、ミーアはそれを怠った。否、より正確に言うならば「自分も一緒についていく!」と言い張る皇帝を説得するので、必死だったのだ! そんな暇などなかったのだ。

が……、

――くっ、そ、それは言い訳にはなりませんわ。明らかに、わたくしのミスですわ。

と自覚しつつ、ミーアはなんと答えたものか、考える。

ルードヴィッヒに嘘は禁物。されど、正直に尋ねていませんでした! などと答えられようはずもない。

しばしの沈黙の後、ミーアは……、

「そっ、そういう話を聞くことはできませんでしたわね……」

微妙な言い回しをする。

探りを入れなかったから、話を聞けなかったという意味と、探りを入れたけど聞けなかったという意味……どちらにもとれるような言い方である。

少なくとも、嘘は吐いていない! そんな確信を胸に、ちらり、とルードヴィッヒのほうを窺うと……、

「ということは、陛下にも知らされていなかったか……、あるいは、陛下御自身がミーア姫殿下の帝位を望まれていない? いや……、しかし、陛下はミーア姫殿下を溺愛《できあい》されている。それはあり得ないか? だが……、親の愛として、ミーアさまが女帝の茨道を行くことを望まないということも

……」

ルードヴィッヒは、腕組みして、思案に暮れていた。

なんとか誤魔化せたことに、ほう、っとため息を吐くミーア……であったのだが、

「しかし、なぜ、断れないとおっしゃったんですの？　えーっと、ルードヴィッヒさん？」

口を開いたエメラルダに驚愕《きょうがく》する！

——まぁ、エメラルダさん、ルードヴィッヒの名前を……。あら？　もしや、エメラルダさん、ルードヴィッヒも美青年認定なんですの？

イケメン好きのエメラルダである。基本的にわがままで知られる彼女であるのだが、ことイケメンに対しては、多少態度が良くなるのだ。

——まぁ……確かに見た目は良いとは思いますけれど、さすがに見境なし過ぎじゃないかしら？

いささか呆れつつも、ミーアはルードヴィッヒのほうを見た。ルードヴィッヒは難しい顔をしたまま、

「星持ち公爵令嬢《エトワーリン》と第二王子殿下の婚姻となれば、これは、国家的な縁談です。ティアムーンとサンクランドの外交的な繋がりを強めるという意味で、この縁談にはとても意味がある」

エメラルダ個人の感情や、ミーアの派閥的な思惑ではどうにもできない問題である、とルードヴィッヒは言っていた。

「ミーアさまもおわかりなのではないですか？　相手が、この時点で情報を公開してきたこと、その一点を見てもわかります。今回の縁談はそう簡単に破談にはできない。だからこそ、ミーアさまは、エシャール王子殿下の情報を欲されていたのでは？」

んなこたぁないのだが……、ミーアは神妙な顔で頷いた。

「……まぁ、そんなところですわ」

ここは乗っておこう、という判断である。さざ波を敏感に察知して流されていく、今のミーアは大海を渡る勇壮《ゆうそう》なる海月《くらげ》に等しい。

ルードヴィッヒは疑うことなく、海月ミーアの言葉を受け入れて、

「無論、この話を素直に受け入れることは、我々、女帝派にとって重大な危機になります。エメラルダさまがミーアさまの味方をしてくださるのと、してくださらないのとでは、状況は大きく変わります。エメラルダさまであれば、完璧な信頼を寄せることもできるのですが……」

「当然ですわ。この私がミーアさまのことを裏切るなど、あり得ないお話ですわ！」

胸に手を当てて、誇らしげに言うエメラルダ。以前までならば、疑わしく思えてしまったその言葉も、今はちょっぴり信用できそうな気がしてしまって……、ミーアは少しだけ戸惑う。

「もしも、婚姻するとしても、私もできる限り、弟やお父さまに働きかけるつもりですけれど……、それは確実とは言えませんわ」

「であるならば、とりあえず、縁談を回避する方向でなにか策を立てる必要があるでしょう。そのために、エシャール殿下の情報が必要と、ミーアさまはおっしゃった……と、私は考えておりますが……。もしや、もうすでに、その回避のための道筋が見えているのでは？」

「まぁ！　そうなんですのっ!?」

二人の期待に満ちた視線を受けて、ミーアは……、ミーアは……！

「え……ええ、まぁ、こう……フワッとは……」

……つい、ふわっと肯定してしまった。

二人の作り出した期待感の波に逆らうことは、海月ミーアにはできなかったのだ……。

「なるほど……。であるならば、私はエシャール殿下の情報をできうる限り集めてまいります。ミーアさまは、御心の赴くままに行動なさりますように」

ルードヴィッヒに尊敬と畏敬の念のこもった視線を、そして、エメラルダに信頼のこもった視線を向けられたミーアは、

「……ええ、よろしくお願いいたしますわね」

神妙な顔で頷いた。

そうして「ちょっと散歩に……」などと言って、部屋から出たところで……、

――どっ、ど、どうしましょう……？　フワッとどころか、なーんにも浮かびませんわ！　くっ、とっ、とりあえず、情報を整理するために、あ、甘いものが食べたいですわ……。

濃密な話し合いに、すっかり熱っぽくなってしまったミーアは、ふらふらと廊下を歩きだそうとしたところで……。

「あっ、ミーアさま……」

っと、声をかけられて、ミーアは顔を上げた。そこに立っていたのは、

「あら……、ティオーナさん？　起きたんですのね」

昼寝から起きてきたティオーナだった。

基本的にルドルフォン家は、朝早く起きて、作業する農民たちの間を回り、時に共に働き、その後、昼寝をするのが一日のスケジュールなのだという。

だから、セントノエルに通うようになってからも昼寝が欠かせないらしい。

ティオーナは笑みを浮かべて、

「ありがとうございます。たっぷり寝させていただきました」

「ふむ……、そうなんですの。あっ、そうですわ。これから、気分転換に街に出ようと思うんですけど、付き合ってくださらないかしら？」

ミーアはティオーナとリオラを誘い、街を散策することにした。

不足しがちな甘いものを得るために！

第二十六話　集う役者たち……

太陽に愛されし国サンクランド王国の王都「ソル・サリエンテ」は、遠くから見ると巨大な城のような外見をしている。

街全体を見下ろす高い位置にある王城、ソルエクスード城、戦城として建築された城を頂点に、その周囲に城下町が広がる。

その街もまた石造りの、堅牢かつ荘厳な造りをしている。

さらに、街並みを守るかのように、ぐるりと強固な城壁が聳《そび》え立ち、外敵の侵入を阻んでいる。

――これ……、もしティアムーンとサンクランドが戦争にでもなったら、攻めるのが大変そうですわね。レムノ王国と同盟関係が築けたとしても、ここを攻め落とすのは難しそうですわ。

軍事の素人であるミーアから見ても、ソル・サリエンテは、きわめて堅牢な都のように見えた。

――ふーむ、やはりシオンには長生きしていただかなければいけませんわね。友好関係を大切にしなければ……。

そんなことを考えながら、ふと、ミーアは隣を見た。

そこには、物珍しそうに辺りを見回すティオーナの姿があった。

綺麗に敷き詰められた石畳を、ティオーナと並んで歩いていると、ミーアは、なんだか不思議な気持ちになってしまう。

――まさか、ティオーナさんと一緒に、サンクランドの王都を歩くことになるとは思っておりませんでしたわ。しかも、あのシオンの命を守るために、わざわざ来るだなんて……。

あの、断頭台の日から考えると、まるで夢の中にいるみたいだった。

アンヌと仲良く話しているリオラを見て、その感慨は深くなる。

自らの命を狙っていたルールー族、その少女ともミーアは友好的な関係を築いているのだ。

――全然、想像できませんでしたわ。なんだか、ずいぶんと遠くに来てしまったみたい……。

などと思いつつ、ミーアは苦笑交じりに話しかけた。

「それにしても、大変な旅でしたわね。まさか、盗賊団に襲われるなんて思ってもみませんでしたわ」

「はい、そうですね……」

「また巻き込んでしまいましたわね。申し訳なかったと思っておりますわ」

「いっ、いえ、そんな……っ！　ミーアさまのせいじゃありません」

そう言った後、ティオーナは静かに首を振った。

「それに、もしも、ミーアさまがあの盗賊たちのことを予想されていて……、それでも私を連れていくことを必要だとお考えだったのなら、私は喜んでお供いたします」

その真っ直ぐな瞳に、ミーア……思わず罪悪感を刺激される。

「そっ、そうですの……うん、そうでしたわね。あなたとはお友だちになったのでしたわ。でしたら、わたくしも、お話しできることはして、協力していただくようにしますわね。おほほ」

などと言いつつ、ミーアは思考を切り替える。

そうなのだ、そもそもミーアは考え事をするために外に出てきたのだ。

——それにしても、実際、難しいですわね。エシャール王子とエメラルダさんの婚姻を止めるのは……。

ティアムーンとサンクランド、両国の関係は、現在のところ良くも悪くもない。

いや、ミーアとシオンが親しいこともあり、その関係はどちらかといえば「良好」のほうに傾くだろう。

けれど、それは完璧なものではない。だからこそ、ティアムーンの四大公爵家の令嬢であるエメラルダとエシャール王子との縁談には意義があった。

ルードヴィッヒが言ったとおり国を利する縁談なのだ。

これを覆すのはなかなかに難しい。

——あ、そういえば、ティアムーンとサンクランドといえば……。前の時間軸で、シオンとティオーナさんが結ばれていたとしたら、ティアムーンは安泰でしたのでしょうけれど……。お互いの気持ちが通じ合っていて、政略的にも有効な婚儀ならば、なんの問題もなかったのでしょうね……。

ふと、そこで、ミーアは思い至る。

「ふむ……当人同士の気持ち、ですわね」

今回の問題の本質に……。

――正直な話、エメラルダさんは面食いですし、シオンの弟君ならば気に入る可能性は高いですわよね……。

今、エメラルダは十八歳、対してエシャール王子は十歳だ。八歳差というのは、少し年が離れているが、それでも王侯貴族の結婚ではない話ではない。

――まして、エメラルダさんは面食いですし、エシャール王子の将来性を見込んでオーケーする可能性は高いですわよね。なにせ、面食いですし……。

となると、ミーアとしては、派閥抗争のためにエメラルダの縁談を潰すのも気が引けるわけで、残る問題はなんといってもシオン暗殺の件である。

それさえなんとかなれば、正直、そこまで反対しなくってもいいんじゃないかしら？　とすら思ってしまうのだが……。

――シオンの暗殺を目論んだとすると、混沌の蛇が絡んでいるかもしれませんし、そうでなくても、どなたかを暗殺しようなどという方に、エメラルダさんを任せてしまうのもどうなのかしら……。

歩きながらだが、だいぶ問題が見えてきた。

「なるほど。要するに、わたくしは、相手がまともな方であれば、この縁談、別に問題ないと思っているわけですわね……」

「あら？　もしかして、ミーアさん？」

ふいに声をかけられ、視線を上げる。と、そこには意外な人物が立っていた。

「らっ、ラフィーナさま？　まぁ、どういたしましたの？　こんなところに……。それに……」

次いで、ミーアは、ラフィーナの隣に立つ人物に、再び驚愕の声を上げる。

「アベルまで……。いったいお二人とも、ここで、なにをなさっているんですの？」

第二十七話　ウザ……かわ……？

ソル・サリエンテの表通りに、その品の良い宿屋はあった。一階が料理屋になっていて、食事だけの客もとっているらしい。

「ここ、私のお気に入りなのよ。お料理がとても美味しいから、ソル・サリエンテに来る時には、いつも寄るようにしているの」

笑顔を浮かべるラフィーナ。それを聞いて、嬉しそうに笑みを浮かべる壮年の男を見て、ミーアは……〝できる男〟の匂いを嗅ぎ取った！

「ほう…………、それは楽しみですわね」

そうつぶやきつつ、メニューを見て……、

「ちなみに……、キノコ料理はどんなものがございまして？」

そのミーアの問いかけに、男の瞳に、一瞬、鋭い輝きが宿る。

「はい。本日は、ラフィーナさまがいらっしゃるということで、ヴェールガ茸のソテーをご用意しております」

「ほほう。あのヴェールガ茸ですの？　サンクランドで食べられるとは思ってもおりませんでしたわ」

「それに抹茸《まつたけ》の土瓶《どびん》蒸し。こちらは、東方の料理でして、抹茸の香りと甘みが溶け出した出汁が大変、美味な料理となっております」

「なんと！　キノコのうま味を凝縮したスープとは！　そのようなもの、聞いたこともございませんでしたわ！」

「さらにさらに……」

などと、ひとしきりキノコ料理談義を楽しんだ後に……、

「さて……」

ミーアは改めて、テーブルの向かいに座るラフィーナとアベルに目を移した。

「まさか、ここでお会いできるとは思っておりませんでしたわ。お二人とも、お元気そうでなによりですわ」

「うふふ、ミーアさんも元気そうでよかった。もしかして、ミーアさんも王室主催のダンスパーティーに招待されたの？」

小さく首を傾げるラフィーナに、ミーアは首を振った。

「いいえ、わたくしは、エメラルダさんの婚約相手のことで、お話しにきましたの。サンクランドの方との縁談話が進んでいるということで……」

と話をしつつ、ミーアは違和感を覚える。

――ラフィーナさまが招待されたのは、エメラルダさんも誘われたというダンスパーティーのことでしょうけれど……はて？

情報を整理しつつ、ミーアはアベルのほうに目を向ける。

「もしかして、アベルもそのために来たんですの？」

ミーアの視線を受けて、アベルは肩をすくめる。

「ああ、実はそうなんだ。もっとも、ボクは兄の代理だけどね。それで、ちょうどラフィーナさまの一行と一緒になったんで、王都まで同行させてもらって……」

「それで、ラフィーナさまと、仲良く街歩きを楽しんでいたと……、そういうことなんですわね」

ミーアはジトーッとした目をアベルに向けた。

「なっ、ご、誤解だよ。ミーア、ボクは別にっ……」

アベルは、あたふたと手を振りつつ、大慌てで否定する。それを見たミーアは、思わず吹き出してしまう。

「うふふ、冗談ですわ。会えて嬉しいですわ、アベル」

……年下の男の子をからかってしまった、ミーアお姉さんなのである。

楽しそうに笑うミーアを見て、アベルは、むっとした顔をしたが……すぐに、ふいっと顔を背けてしまう。

「……そうか。冗談なのか。それは残念だ」

「ん？　残念、とはどういうことですの？」

「いや、なに。てっきり、ボクのことでやきもちを焼いてくれたのだと思って、嬉しくなってしまってね。だから、勝手に喜んで、それが冗談だったと言われてしまったものだから、勝手に落ち込んでしまっただけだよ。気にしないでくれ」

そう言って、しょんぼり肩を落とすアベル。

それを見て、ミーアは大慌てだ。

「あ、アベル、えーと、じょ、冗談だと言ったのはその、そういう意味ではなく、いや、そもそも、やきもちを焼かれて嬉しかったって、そ、それって……」

っと、次の瞬間、アベルは顔を上げた。その顔に浮かぶのは、してやったり、という笑みだ。

「ははは、もちろん冗談だよ。ボクも会えて嬉しいよ、ミーア」

「なっ！」

ミーア、思わず絶句する。

「やられっぱなしも癪《しゃく》なのでね。反撃させてもらったよ」

………年下の男の子にからかわれてしまった、ミーアお姉さんなのである。

「ひっ、ひどいですわ、ひどいですわ！　アベル。意地悪ですわ！」

手をぶんぶんさせるミーアお姉さん。若干、ウザ…………ではなく、ウザかわい…………くもない、ウザうざい仕草ではあったが、それを見守る周囲の目は温かい。

微笑ましげな顔で、年下の妹を見守るかのようなラフィーナとアンヌ。あばたもえくぼなアベル、ティオーナやリオラも、珍しいミーアの子どもっぽい仕草に笑みを浮かべている。

とても優しい世界がそこに形成されていた。

……ミーアの中身が二十歳以上の大人のお姉さんであることを知る者は、幸いなことに一人もいなかったのだ。

さて、ひとしきりアベルとじゃれた後、ふいにミーアは思った。

——しかし、ラフィーナさまや、アベルまでダンスパーティーに呼ばれてるんですのね……。うん？

はて……、なぜ、わたくしは呼ばれてないのかしら……？

先ほども覚えた違和感、不都合な真実に気付きかけるミーア。なんか、みんな招待されてるのに、なぜ、自分だけ呼ばれていないのだろう……、という疑問！

——不思議な話ですわ……。うーん、なぜかしら……？　わかりませんわ。

危うく前時間軸の、ダンス嫌いだと思われていたトラウマが甦《よみがえ》ってきそうになるミーアであった。

第二十八話　恐るべき事実……（恐怖！）

「ところで、ミーアさん、縁談話というのは、なんのことかしら？　それに、ティオーナさんまで一緒にいるなんて、何事が起きたというの？」

アベルとのイチャイチャが一段落したところで、ラフィーナが話を振ってきた。

「ええ、そうですわね」

ミーアは、一瞬、辺りを見回す。はたしてここで話しても大丈夫だろうか？　と。

それを察したのか、ラフィーナは優しい笑みを浮かべた。

「大丈夫よ、ミーアさん。ここのお店のご主人は、とっても口が堅いし、信用できる方よ」

その言葉に、ちょうど料理を運んできた主人が苦笑する。

「そう言っていただけますと、まことに恐縮です。本日はラフィーナさまがいらっしゃるとのことで、貸し切りとさせていただいております。私もお料理をお出ししたら、すぐに奥に下がらせていただきますので」

主人のほうも心得たもので、スムーズに対応してくれた。

「彼はね、実は、ヴェールガの間者なのよ？」

「…………はぇ？」

声を潜めるラフィーナに、ミーアは思わず目を白黒させる。

なにしろ、諜報《ちょうほう》機関だとか、間者などというものは、公にしてはならないもの。

確かにミーアたちは混沌の蛇と戦うための同盟を結んでいる。けれど、それとは別次元で国同士の外交というものは存在しているのだ。

いくらミーアが仲間とはいえ、そう簡単に口にしていいものではないのではないか……？　などと心配になるが、直後、ラフィーナは悪戯《いたずら》が成功した子どものような笑みを浮かべた。

「うふふ、もちろん、間者は間者でも、国を探るための間者ではないの。彼はね、蛇と戦うための間者なのよ」

「ああ、なるほど、そういうことですのね……」

それで、ミーアは納得する。なるほど、蛇は神出鬼没。各国に、蛇に対しての諜報員を配置するというのは、理にかなったことのように思えた。

「ふむ、そういうことであれば……」

意を決すると、ミーアは話し始めた。

……一度、口を開くと、その舌は非常に滑らかに動いた。

なにせ、難しい話が絡んでいるとはいえ、結局のところ、それは男女の関係のお話。ミーアとて一応は女子であるのだから、その手の話に関心がないわけではなく……。怪談話などよりはよほど好物なわけで……。

エメラルダとサンクランドの第二王子エシャールとの間で交わされようとしている婚約のこと、ランプロン伯の手引きと、帝国の反女帝派の動向などを交え、ミーアは大変賢そうな口調で語ったのだ。

まぁ、九分九厘《くぶくりん》ルードヴィッヒの受け売りではあるが……。

そして、もちろん、エシャールがシオン暗殺を企んでいるという危険情報は伏せてである。

「なるほど、帝国内の反ミーアさん派とサンクランドの反シオン王子派が結託しようとしている、と、そういうことね」

ミーアの説明は、実際のところ、まあまあ欠けの多いものであったが、ラフィーナには、きちんとわかってもらえたらしい。

「あの、ラフィーナさま……、もしもご存知でしたら教えていただきたいのですけれど、ランプロン伯というのは、どういう方なんですの？」

「んー、そうね……」

ラフィーナは、ちょこん、と小首を傾げてから、

「典型的な、古いサンクランド貴族という印象かしら……。サンクランドの王室は、正義と公正を重んじる、というのはミーアさんも知っていることでしょう？」

「ええ、まぁ、痛いほど……」

なにせ、そのせいで頭を落とされたほどである。その痛みはギロチンの痛みなのだ。

ミーアにとって忘れようのないことである。

「けれど、サンクランドのそれは、なにも、サンクランド特有のものではない。そもそも、中央正教会の考え方自体が、それを提唱しているのだから」

貴族とは、神よりこの地を治めるように権威の剣を与えられた者。王とは、その貴族たちを率いて、その地の秩序を守るため、より強い権威の剣を与えられた者。

すべてはその地に住まう民が、安んじて生きられるようにするため。王侯貴族は与えられた剣に相応しく、自らを律し、正義と公正をもって悪を裁く者でなければならない。

それが、中央正教会の神聖典が規定する貴族像だ。この地の貴族はその文言を根拠として、各々の領地を治めているのだ。が……、

「それがしばしば都合よく解釈されることがある。貴族は民を治めるよう、神から剣を与えられている、権利を持つのだから、好き勝手に虐げてよいのだ、とか。悪逆な行いをする王もいて、それを正さなければいけないのは確かなこと。そして、時に、正しく民を統治できない領主を裁かなければいけない時もある」

同じ神により、その地を治めるように任じられた王であり、貴族である。神聖典を根拠にした王権である以上、神聖典に反する横暴が行われた場合には、他の王権を持つ者によって咎《とが》められる。

「……そして、サンクランドでは『他国の王族は軒並み腐っているので、善政を敷くサンクランド国王の統治に入ったほうが、民の幸せになる』という価値観が古くから浸透してきた。公正なる民の統治を実現するためには、正義の国王による統治を実現するのが近道である、とね」

そして、その理屈をさらに過激にしたものこそが白鴉だった。

「それは、しばしば他国を侵略する大義名分に使われたりするのだけど、ランプロン伯という人は、そうした覇権争い的な野心とは縁遠そうな人だった。むしろ、サンクランド貴族の信条を素朴に信じる人、という印象ね。正義と公正のため、という大義名分を心から信じている人だと思うわ」

「ああ……、それは少し、面倒くさそうな人ですわね」

相手が覇権を狙う野心家であれば、妥協を求めることができるだろうけれど、素朴な信念の人である場合、自分の正義を疑わないため、説得は容易ではない。

「シオン王子は、レムノ王国事件の時に、サンクランドのやり方に疑問を感じたのでしょう。サンクランドが他国に出ていって、というやり方には少し慎重になっているけれど、ランプロン伯は、それを快くは思っていないでしょうね」

——ふぅむ、なるほど。要するに、シオンのことが邪魔なわけですわね……。とすると、もしやこれは、エシャール王子の裏にいるのがランプロン伯だった、ということになるのかしら？　それとも、エシャール王子が野心によって行ったものだったのかしら？

ミーアはうーむ、と唸りつつ腕組みする。

——シオンとか、ラフィーナさまの評価を聞く限り、どうも、ランプロン伯は、王族の暗殺とか大それたことをしそうにない感じがするんですわよね……。せいぜい、多数派工作とか、そのぐらいで……。

ミーアはなんとなーく、ランプロン伯から、柔軟性を欠いた無能感というか……、ポンコツ臭を嗅《か》ぎ取っていた。

——まぁ、蛇に利用されたということは考えられますけど……、ふーむ。

ところで、ここに恐るべき事実が存在していた。

……この時、シオン暗殺事件について、最も進んだ考察を行っていたのは、なんと……、ほかならぬミーアであった。

ほかならぬミーアなのだった!!

それもそのはず、シオンの暗殺について感づいているのはミーアだけであり、当然、その考察を行えるのもミーアだけだからなのだが……。

当事者であるシオン……以上に、キースウッドがすべてを知ってしまったら、卒倒してしまいそうな事実であった。

第二十九話　二つの匂い

「ふむ……、ところで、ラフィーナさま……。ラフィーナさまもランプロン伯と同じ意見なんですの？　腐った貴族は排除しなければならない、と……」

ふと思いついて、ミーアは聞いてみた。

その問いかけに、ラフィーナは小さく首を傾げる。一度、口を開きかけてから、言葉を探るように、そっと瞳を逸らした。

「そう……ね。そう思っていた時もないことはないわ」

ラフィーナはうーんっと、唸ってから、

「というか、未だに結構そう思っているのだけど……」

――そっ、そう思ってるんですのっ⁉

ミーア、思わず自らの首を撫でる。

基本的にミーアは、ラフィーナのことを友だちだと思っている。というか、ようやく最近、思えるようになってきた。

だからまぁ、いきなり告発されて首を落とされたりはしないだろうなぁ……とは思ってる。でも……、

――うっかりってございますし……。わたくしがうっかり暴君になってしまった時に、もしも、ラフィーナさまの逆鱗《げきりん》に触れてしまったら……。

例えば、友だち同士だって、許せないことはあるはずだ。

ちょっとした悪戯ならば許せるのだろうけど、大切なものを壊してしまったり、食べようと思っていたケーキを台無しにされたりしたら、許せないことはあるはずで……。

ラフィーナの場合には、怒りのポイントが、貴族のわがままや横暴、怠惰《たいだ》、そのあたりにあるらしいことを、ミーアはすでに察していた。

そして……ミーアは知っているのだ。

自分が、ほんのちょっぴりわがままで、時々、少しだけ横暴になることもあって、わずかばかり怠惰なところもあるということを……。

だからこそ、ラフィーナの言葉に首の後ろが寒くなった……のだけれど……。

「でも……、ミーアさんとお友だちになってから、そして、ティオーナさんを見てから、少しだけ考えを変えたわ」

「え……？」

突然、話を振られて、ティオーナは驚いた顔をする。

「生徒会長選挙の時、ティオーナさんは、昔、自分に嫌がらせをした人たちのことを許したって聞いたわ。ミーアさんを応援するために手を取り合ったんだって」

「ああ、そういえばそんなこともございましたわね……」

あの時の、教室での出来事をミーアは思い出す。

――こっそりとラフィーナさまに勝てるように裏工作をするつもりでしたけれど、思えば、そんなことやらなくってよかったですわね。下手をすると、ラフィーナさまに愛想尽かされていたところですわ。

そんな想像をして、ミーアはゾッとした。

――あら、わたくし……、案外、危険なところを歩いてきたのですわね。

ラフィーナは、穏やかな笑みを浮かべたまま、続ける。

「ああ、なるほど、これがミーアさんが目指したものだったんだなぁ、って思ったの」

はて、なんのことかしら……？　と首を傾げるミーア。ラフィーナは懐かしげに瞳を細める。

「あの新入生歓迎ダンスパーティーの事件があった後、ミーアさんは、彼らを許してほしいとお願いに来たでしょう？　覚えてるかしら？」

「ええ、もちろんですわ」

そういえば、そんなことあったなー、なんて思いつつ、ミーアは堂々と頷いて見せる。もちろん覚えてましたよ？　と言わんばかりの様子で……。

「あの時はね、すごいなって思うのが半分、後の半分は甘いんじゃないかなって思ってた。でも……、今は改めて思うわ。ミーアさんがしたことは、忍耐力を試されるけど、でも、その先に豊かな実りをもたらすものだったんだって……」

あの時、疑わしき者たちをセントノエルから追い出していたら、その後のいろいろな出来事は、すべてなかったのだ。追い出された者たちからは恨みを買い、その後の生徒会選挙で、ミーアの陣営は、そこまで力を得なかったはずだ。

「そんなミーアさんの姿を見てしまったから……、今は少しだけ考えるようにしているの」

「なにをですの？」

「ここで、切り捨てることが本当に正しいのか……。説得して、悔い改めてくれるならば、そのほうが良いのではないか、と……」

そんなラフィーナの言葉に、ミーアは、

——そう、それ！　それ大事ですわよ！　ラフィーナさま!!

思わず心の中で、ぐうっと拳を握りしめる。

もしも、ラフィーナが本当にそう考えているというのなら、ミーアが失敗しても、即ギロチンとか、即刻、異端審問にかけられるなどということはなくなる。

——わたくしも極稀にですけれど、やらかしてしまうことがございますし……稀にですけれど……。だから、ラフィーナさまが、そのような考え方をもってくれるなら、助かりますわ！

これで、少しなら気を抜いても大丈夫かも……、などと、ミーアの中に良くない考えが、むくむく

と鎌首をもたげる。

「それにね……、根拠はないことで、完全な勘なんだけど……、その厳しさは蛇に付け込まれる隙になる……、そんな気がするの」

「混沌の蛇に……」

ミーアが思い出すのは、ベルから聞いた未来のことだ。

司教帝となり、世界を恐怖に陥れたラフィーナの姿だ。

徹底的に敵を排除し、処刑する……その潔癖さは、仮に蛇に向けられるものであったとしても、蛇に利用される危険性を秘めている。

ミーアは、ラフィーナの言葉に、一定の正しさを認めた。

「でも、そうなの……ミーアさん、忙しいのね……」

ラフィーナは、さも残念そうな顔をする。

「はて、わたくしが忙しいとなにかございますの？」

「ええ。実はね、私がサンクランドに来たのは、ダンスパーティーのことだけが理由ではないの。先日、馬龍さんから聞いた騎馬王国のことを、国王陛下と話すために来たのよ」

「あら、騎馬王国のことを……」

「本当なら、ミーアさんにもお手伝いしてもらいたいのだけど、しなければいけないことがあるなら仕方ないわね」

——ふむ、これは……。

その時、ミーアの嗅覚が、二つの匂いをとらえた。

一つは……危機感。

ラフィーナ自らがサンクランドまで足を運んできたなんて……これは、ヤバイ話だぞ、と。聞かないほうがいいぞ、と。そんな圧倒的に危険な香りである！

ただでさえ、シオンの暗殺事件とエメラルダの縁談話という厄介事を抱える身だ。やむを得ずということならばともかく、根本的に、ミーアは面倒ごとに関わりたくないのだ。

——ふむ、これは変に好奇心を出してはいけない場面。好奇心、姫を殺す、と言いますし……。

ミーアは素早く判断を下す。関わらないのがベストである、と。

……まぁ、そうはいっても巻き込まれてしまうのが、ミーアの性分というものではあるのだが……。

それはさておき、もう一つ、ミーアの嗅覚がとらえたもの……それは！

「ちょうど、お料理もできたみたいだし、お話はここまでにして、お料理を楽しみましょう」

そう、なんとも食欲を刺激する、美味しそうな香りだった。

ミーアは、テーブルの上に置かれた素朴な土瓶に歓声を上げる。

「ほう！　これが、抹茸の土瓶蒸し？　ああ、これは……なんとも高貴な香りですわ……」

そうして、ラフィーナ推薦の料理に、存分に舌鼓を打った後、ミーアはあふれる満足感とともに、ランプロン伯邸に戻るのだった。

ちなみに……、エメラルダの縁談をどうするのか……、シオン暗殺の真相は、などなど……もろもろの答えは一切出てはいないのだが……。

第三十話　苦労人と二人の令嬢

「ベルちゃん、よかったら、少し街を歩いてみない？」

ランプロン伯邸にて。ルードヴィッヒから与えられた課題を、ひーひー言いながら終わらせたベルに、シュトリナが言った。

ちなみに、客室は、この二人で使っている。

イエロームーン家からの使用人は一人もいなかった。護衛すらも連れてきてはいない。それは、イエロームーン家の没落を意味するものではなかった。

イエロームーン家から、人を送り込んだ場合、あらぬ疑いをかけられるのではないか、という危惧《きぐ》からだった。

ミーアならばまだしも、エメラルダやティオーナらからの信頼を得られないだろう、と、シュトリナの父、ローレンツは考えた。だからこそ、護衛の兵も従者もミーアの側に用意を依頼したのだ。

……ということで、本来であればミーアが用意したベテランのメイドがシュトリナの従者につけられるはずなのだが……。

「あ、大丈夫です。リーナのために、そのようなお気遣いは不要です、ミーアさま」

シュトリナはにっこり笑みを浮かべて、それを固辞した。

「どうぞ、最低限の護衛だけおつけください」

それは……かつて従者たるバルバラに、常に監視の目を向けられ続けるという悲しいトラウマから来た言葉……、などではなかった。断じてなかった。

それは、シュトリナの、この旅行にかける想いの強さゆえの言葉だったのだ！

なにせ、お友だちと泊まりがけの旅行に行くことなど、初めてなのだ。

なんの気兼ねも打算もなく、お友だちと出かけることなど、今までになかったのだ。

それゆえに……邪魔になりそうな要素はできるだけ排除する。

大変、気合が入っていたのだ！

ということで、ベルと遊ぶ気満々のシュトリナである。そんな彼女が、ベルの課題が終わったと聞いて、遊びに誘わないなどということがあり得るだろうか？

一方のベルのほうも、二つ返事でオーケーする。

なにせ、憧れの天秤王の都である。興味が湧かないはずもなし。

ということで、ベルとシュトリナは、にっこにこ顔で、ランプロン邸を出ようとした……のだが、それを見咎める者がいた！


華やかな二人の少女が屋敷から出ていこうとしているのを見かけた時、ランプロン伯邸の警備隊長、コネリー・コルドウェルは深々と疲れたため息をこぼした。ちなみに、伯の信頼厚い彼は、ミーアたちを迎えに行った護衛隊を率いた苦労人でもあった。

神経をすり減らすような気分を味わいつつ、ようやく、超ＶＩＰたちの護衛を終えた彼であったが……、館についてからも、引き続き、客人の面倒を見るように仰せつかってしまったのである。苦労が絶えない人である。

つい先ほども帝国皇女ミーアが、友人の貴族令嬢を伴って街に繰り出していくのを見かけて、大いに焦らされた。

しかも、自らの近衛二名のみを護衛に引き連れて出かけようとしていたのである。

およそ、大帝国の姫に相応しくない行動に、コネリーは大いに焦った。

王都の治安は決して悪くはなく、おそらく護衛を二名も伴っていれば、問題はないとは思うのだが
……、相手はサンクランドと並ぶ大国の姫なのだ。

〜だろう、という希望的な憶測で済ますことのできる相手ではない。

ということで、急遽、彼はランプロン伯の私兵から、二名を護衛として派遣。絶対に邪魔をしない
から、とミーアを説得し納得させたのだった。

「別に、かまいませんけれど。わたくしが連れてきた護衛だけでも……」

などと不思議そうな顔をしているミーアに、思わず、イラッとしそうになったコネリーである。

——少しは身分というものを考えていただきたいものだ……。

そうため息を吐いた矢先、今度は、こっそり遊びに出かけようとしている二人のご令嬢の姿を発見
してしまったのである。

一人は、帝国四大公爵家の令嬢、シュトリナ・エトワ・イエロームーンである。

帝国における最高爵位である公爵家の令嬢だけでも卒倒しそうなのに、さらに、その連れが問題で
あった。

ミーアベルというあの少女が何者かは定かではない。ないが……。

——あのミーア姫殿下にそっくりな顔立ち、他の大貴族の令嬢たちにもまったく引け目を感じていないような、あの堂々とした態度。時にミーア姫殿下にすら気安げに話しかける、あの胆力……、どう考えてもただものではない！

むしろ、コネリーはあのミーアベルという少女のほうにこそ、不気味さを感じてしまう。彼女に何かあった場合、自分の首は飛ぶのではないだろうか……物理的に。

そう考えた瞬間、彼は動き出していた。果断即行の人だった。

「失礼いたします。イエロームーン公爵令嬢、それに、ミーアベルさま」

少女たちは、きょとん、とあどけない顔で振り返った。悪意のまったく感じられない顔ではあったが、二人の動向次第で首が飛ぶ身である。むしろ、その無邪気な顔が悪魔の顔に見えてきそうだった。

「いずこへ行かれるのですか？」

言外《げんがい》に、どこにも行くな、屋敷で大人しくしてろ、いや、いてくださいお願いします！　というメッセージを込めて言う。が……、

「はい。これから、サンクランドの街を見学させていただこうと思ってます」

ルンルンと体を弾ませながら、ミーアベルが言った。

不幸にも、苦労人の心は伝わらない。

——ああ、やはり……。そういうことか……。

キリキリと胃が痛むのを感じながら、コネリーは言った。

「かしこまりました。それでは、不肖《ふしょう》、このわたくしが、お嬢さま方の護衛を務めさせていただきます」

第三十一話　シュトリナの幸せ

館を出て早々に、コネリーは思った。

ああ！　ほんとについてきてよかったなぁ！　くそったれ！　と。

なぜなら、問題のご令嬢二人は……、自由に過ぎた！

「それで、どこに行かれるのですか？」

街の地理を頭に思い浮かべつつ尋ねる。と……、

「んー、特に決めてないですけど。ベルちゃん、どこか行きたいところはあるかしら？」

ちょこん、と首を傾げるシュトリナに、ベルは小さく首を振る。

「いえ、てんび……じゃない、シオン王子の育った街を見られるだけでボクは大満足ですから」

などと言いつつ、なんの躊躇もなくひょいひょい路地に入っていってしまう。

狭くてちょっと薄暗い、ご令嬢ならばまず近づかないような場所にでも構わずに、である。

「ベルさま。失礼ですが、あまり、前にお出になりませんように」

と、懇願《こんがん》するように言うコネリーに、シュトリナが無邪気な顔で首を傾げた。

「あら？　王都なのに、治安に不安があるのですか？」

なんの悪気もない子どもの疑問。だからこそ、それは、コネリーの痛い部分を的確にえぐってきた。

苦笑しつつ、コネリーは言った。

「残念ながら、あまりご令嬢にはお勧めできない場所もございます。もちろん、城に近い一番街区に関しては問題ございませんが……」

あまり、怖がらせるものでもないと思いつつ、それでも注意しがてら話しておく。

「王都の一部は開放市場として、近隣の行商人に広く開放されています。そこには、時に氏素性《うじすじょう》のはっきりしない者も交じっています」

「まぁ、それは……、とても怖いですね」

そう言って、シュトリナは、そばにいたベルの手をギュッと握った。

可憐なご令嬢を怖がらせてしまったことに、罪悪感を刺激されたコネリーは慌てて首を振った。

「ああ、もちろん、滅多なことは起こりません。ですが、あまり縛りを厳しくしてしまっては、街から活気がなくなるものなのです」

コネリーのような立場の者からすると、都の中が全員、国王に忠誠を誓う善良な民衆で占められていることが理想である。

されど異分子をすべて排除し、怪しい者を一切、王都に入れなければ、王都の活気が失われることも肌感覚でわかっていた。

雑然とした、ある種のいかがわしさの中にこそ、人々の活力は育くまれるものであると、コネリーは考えている。ゆえに、少々治安の悪い市場のようなものも、街に活力を与えるためには必要悪なのだ、と思うのだ。

「なるほど。そうしたものも国には必要なのですね……」

ベルが感心した様子で頷いていた。頷いて……、そして！

「ところで、その市場にも連れていっていただけるんですか？」

無邪気な顔で、そんなことを言い出した！

危険性が伝わっていなかったことに、コネリーは頭を抱える。

「ぐぬ……、貴《たっと》き身分の方というのは、どなたもこんな感じなのだろうか。そういえば、以前、エシャール殿下に頼まれて、市場にお連れしたこともあったが……。あの時も、途中でエシャール殿下がいなくなってしまって、肝を冷やしたものだったな……」

などと……ついついキワドイことまで、つぶやき始めてしまう。

もともと、エシャール王子の剣術指南役として、付き合いがあったランプロン伯である。その家臣たるコネリーも、比較的、親しくさせてもらっていたのだが……、あの時はさすがに焦ったものだった。

昔から若干の無茶をすることで知られているシオンならばまだしも、大人しいといわれているエシャールの思いもよらない行動だったのだ。

「幸い、あの時は何事もなく保護することができた。陛下や伯にも黙っておくと言っていただけたので、なんとか首が繋がったが……、もしもバレたら大変なことになるところだった」

っと、バレたら大変になることが、ついつい口から洩れてしまうあたり、心労が嵩《かさ》んでいるコネリーである。

……ともあれ、そんな経験は、二度と御免とばかりに、コネリーは首を振った。

「残念ですが、それは認めることができません。買い物ならば、王都名物のサン・セリーゼ通りでなさるのがよろしいでしょう」

有名商店が立ち並ぶ、華やかなサン・セリーゼは、王都に住む貴族令嬢御用達の商店街である。

入店にドレスコードすらある高級店ならば、彼女たちを満足させられるし、コネリーの内臓も平安でいられるだろう。

「よろしいですね？」

「え？　でも……」

ベルが、シュトリナのほうを横目に窺《うかが》う。確認するようにもう一度、コネリーは声を強める。

「よろしいですね！」

その念押しを受けて、シュトリナは小さく頷いた。


——うふふ、お友だちと手を繋いじゃった！

抜け目なく、ベルと手を繋いだシュトリナは、ご満悦だった。

なにしろ、こんな風に友だちと仲良く手を繋いで出かけることなど、今までになかったことなのだ。

セントノエル学園で、仲よさそうにしているクラスメイトたちに、シュトリナは強い憧れがあったのだ。

この旅行に誘ってくれたミーアに対する忠誠が１２０％アップしてしまうシュトリナである。

——それにしても……、周辺国の行商人、ね……。

シュトリナは、いつもと変わらない華やかな笑みを浮かべながら、コネリーの情報を吟味《ぎんみ》する。

——不特定多数の人間が集まる場所……いかにも蛇が交じっていそう。

混沌の蛇の本領は、一般の民衆に隠れ潜んで、破壊工作を行うことだ。狼使いのような、実働戦力もないわけではないが数はあまり多くない。

となれば、そのように、氏素性の定かではない者たちが集まる市場などは、絶好の隠れ家といえる。

——城壁の兵士の目を誤魔化すのなんか、そう難しいことではないし……。

「よろしいですね！」

っと、コネリーの声が聞こえる。

シュトリナは一瞬、なんのことを言われているのかわからなかったが……、無意識に聞き流していた会話を思い出す。

——王子が行方不明になったとか……なんか、とんでもないこと言ってた……？

後で、それとなく探りを入れようと思いつつ、シュトリナは当面の話題について整理する。

——確か、ショッピングの話をしていたはず……。

小さく頷き、シュトリナは言った。

「はい。サン・セリーゼ通りでのショッピング、楽しみだね、ベルちゃん」

その言葉に嘘《うそ》はなかった。

お友だちの着る服を選んであげて、自分が着る服をお友だちに選んでもらう。

素敵な服が見つかるかどうかは、それほど重要ではない。一緒に笑いあったり、どうでもいいことで頭を悩ませたりする、そんな平和な時間が、シュトリナにはなにより貴重だった。

だから、ショッピングの場所がどこであっても、シュトリナは構わないのだ。

「でも、その開放市場って、珍しいキノコとか買えたりするんじゃないですか？」

その、ベルの唐突な言葉に、コネリーは首を傾げた。

「キノコ……ですか？」

「はい。ミーアお姉さま、すごくキノコが好きなので、珍しいキノコがあったら買っていってあげたいなって思って……」

ベルの話に納得した様子で、コネリーは頷いた。

「なるほど。そういうことでしたら、館の厨房に話を通しておきましょう」

かくてディナーに一品、キノコ料理を確保することに成功したベル。大変、お祖母ちゃん孝行な子なのであった。

第三十二話　会食の誘い

さて、ミーアがランプロン伯邸に戻ったのは、夕刻を迎える頃だった。

部屋に戻ると早速、エメラルダとルードヴィッヒが訪ねてきた。

「すっかり、ラフィーナさまと話し込んでしまいましたわ」

そうつぶやくミーアに、ルードヴィッヒが驚愕の目を向けてきた。

「ラフィーナさまも、この地にいらしているのですか？」

「ええ。今度のパーティーに出席する予定みたいですわ。アベルも一緒に来ておりましたのよ？」

「なるほど、そうですか……ラフィーナさまと……」

眼鏡をキラリと光らせるルードヴィッヒ。その視線の鋭さに、ミーア、いささかたじろぐ。

――あっ、ヤバイですわ。エメラルダさんの縁談どうしようとか、シオンの暗殺をどうやって防ごうとか、ぜーんぜん考えないで、ラフィーナさまとの会食を楽しんでしまいましたわ！　言い訳しなければ……。

刹那の思考。ミーアは、軽い言い訳を差し挟む。

「あ、も、もちろん、情報収集してきましたわよ？」

一応、ランプロン伯の人物評を聞いたし、帝国にはない土瓶蒸しという調理法も情報を仕入れた。

――あの土瓶蒸しというのは、いいものでしたわ！

料理長に教えて研究してもらえば、帝国の食文化に貢献できるかもしれない。それは素晴らしいことである。

――そうですわ！　食事をしてきただけではございませんわ。わたくしは、ちゃーんとやるべきことをやってきましたわ！

などと自分を納得させつつも、ルードヴィッヒのほうに目を向ける……と、

「うっ……」

「なるほど……、さすがです、ミーアさま」

ルードヴィッヒは、澄んだ瞳に感心の色を乗せて、真っ直ぐに見つめてきた。

その一切の曇りのない純粋なる感心を前に、じわじわと罪悪感を刺激されてしまい……、ついつい目を逸らしてしまうミーア。その間にも話は進んでいく。

「事態の打開のためには、情報収集が大切であるというお考え、私も同意いたします。そこで……、急なことではありますが、今夜、サンクランド国王、エイブラム陛下との会食の場を用意いたしました」

「……はえ？」

事態の急変！　突然のサンクランド国王との面会の機会に、ミーアは、ぽっかーんと口を開けた。

いや、急にそんなこと言われても心の準備が……などと言い訳する間もなくルードヴィッヒは言った。

「此度の縁談のこと、サンクランドの国王陛下がどのようにお考えか、探りを入れることが必要と考えました」

実に正論、反論の余地など、ない！

「……なっ、なるほど。それで、あなたが手配してくださったんですわね？」

「キースウッド殿を通して、シオン殿下と連絡を取らせていただきました。エシャール王子のお相手であるエメラルダさま、それに、シオン王子のご学友として、ティオーナさまもご一緒できるということですが……」

「まぁ、ティオーナさんまで……ふむ」

ミーアは、エメラルダのほうに目を向けた。

「どっ、どうしましょう、ミーアさま……。私、心の準備が……」

エメラルダは、オロオロしていた。実に頼りない。

――ルードヴィッヒとアンヌがついてきてくれれば、安心なのですけれど……、国王との会食となれば、従者は同席できないのでしょうね……。となれば、下手をするとエメラルダさんと二人で、国王陛下と対峙《たいじ》しなければならなくなりますわ。

それは、ミーアとしては避けたいところである。物量作戦信奉者のミーアとしては、味方はできるだけ多いほうがありがたい。

――まぁ、相手のリクエストですし、ティオーナさんを連れていっても問題ないというのであれば、それに越したことはありませんわね。それにしても……。

「ま、まさか……こんなに急に、お会いすることになるなんて……」

狼狽《うろた》えるばかりのエメラルダには、いささか意外なものを感じてしまう。

エメラルダは基本的にわがまま娘である。傍若無人で、相手が他国の王であれど、平気で無礼を働くことができる胆力を持っている。

少なくともミーアはそう思っている。固く信じている。

けれど、今のエメラルダは非常に不安そうだ。

――相手が他人ならばともかく、縁談相手の父親だと思うから、おろおろしてしまっているんですわ。もう、エメラルダさん、情けないですわ！

ミーアは、ふん、っと威勢よく鼻息を鳴らしてから、

「エメラルダさん。あなたは、栄えある我がティアムーンの四大公爵家の者ですわ。堂々と、大船に……、そう、あのエメラルドスター号に乗ったつもりでいればいいのですわ！」

「エメラルドスター号に……」

ことわざに、ミーアなりのアレンジを加えたせいで、ちょっぴり難破してしまいそうな感じがしないではなかったが……、

「ミーアさま……」

エメラルダは、感動に瞳をウルウル潤ませるのだった。

――とは言ったものの……。

エメラルダを送り出し、急ぎ、着替えるのをアンヌに手伝ってもらいながら、ミーアはため息を吐く。

――なかなか、骨が折れますわね。どうしたものかしら……。

と、その時だった。コンコン、とドアをノックする音が聞こえてきた。

「失礼します。ミーアお姉さま」

「ただいま戻りました、ミーアさま」

ドアを開け、入ってきたのは、ベルとシュトリナの二人だった。

「あら、あなたたちも遊びに出かけていたんですのね？」

などと言いつつも……、ミーアはすぐに思考の海に沈んでいく。

――シオンのお父さま、はたして、どんな人なのかしら……？　あのシオンの父親ですから、油断はなりませんわね……。上手いこと情報を引き出せればよろしいのですけれど……。

けれど……、やはり、それ以上に問題なのは、

「エシャール王子のことですわね……」

ぽつり、とこぼしたミーアに、シュトリナは驚愕の表情を浮かべた。

「すでに、ご存知でしたか……。さすがですね、ミーアさま」

何事か、感心した様子で頷いて、シュトリナは言った。

「それで、いかがいたしますか？」

ミーアは、はて、と首を傾げる。なにか話していたようだが……、さすがに聞いていなかったというのは感じが悪い。ということで……。

「え、あ、ええ……そうですわね。お任せいたしますわ」

まぁたぶん、ベルを連れて、なんとか市場に行くという話だろう……、とミーアは予想を立てる。

そのうえで、

「好きに連れていってかまいませんわ。退屈してるみたいですから、遊んであげていただけると嬉しいですわ」

シュトリナの力が必要になるのは、もう少し先のこと。しかも、いざという時の備えという意味合いが強い。

それまでは、せいぜいベルと遊んで、楽しんでくれればいい、と考えるミーアである。

対して、シュトリナは、真剣な顔で頷いて、

「わかりました。この身に代えましても……」

「え？　いや、そこまでしなくても大丈夫ですわよ？」

この子、どんだけ、ベルと遊ぶことに懸けてるのかしら？　などと、首を捻るミーアであった。

第三十三話　シロップゼリーフィッシュ

「ここが、サンクランドの王城なんですね……ミーアさま」

アンヌが気圧されたように、聳え立つ城壁を見上げていた。

それは、荘厳な石造りの城壁。あらゆる攻撃を跳ね返す重厚な壁は、しかし、それほどの幅はなか

った。

ミーアの足でも、十分程度で端から端まで行くことができるだろう。

過度に大きい必要はないのだ。襲い来る敵を迎え撃てる、適切な大きささえあればいい。

それは戦いのための建築、白月宮殿とは全く違った思考の元、建てられたものだった。

「ふむ、あれが、ソルエクスード城。わたくしも来るのは初めてですわ」

前の時間軸を含めて、ミーアがサンクランドに来たのは、これが初めてのことである。当然のことながら、サンクランドの王城、ソルエクスード城に来たこともない。

──遠くから見ても思いましたけれど、堂々たる威容ですわね。見ているとなんとも、誇らしい気持ちになってきそうですわ。

なるほど、これも、サンクランド貴族の考え方に影響を及ぼしているのかもしれない。すべての国の民を、この威光のもとに……、などと言い出したくなってもおかしくないように、ミーアには見えた。

っと、そこで気付く。アンヌがまだ城を眺め続けていることに。

「あら、どうかしましたの？」

「いえ……、ミーアさまも初めて来られたんだって聞いて……なんだか、すごい経験をしてるなって思ってしまいました。ティアムーン帝国の白月宮殿で働けるだけでもすごいことなのに、セントノエル学園にも、それに、ペルージャンのお城にも、ご一緒させていただきました。この上、サンクランドまで、だなんて……」

微笑むアンヌに、ミーアは深々と頷いた。

「そうですわね、普通に過ごしていれば、あまりないことなのかもしれませんわね……」

前の時間軸でのアンヌは、きっと生涯を帝都で過ごしたことだろう。あるいは、どこかに行くとしても、帝国からは出なかったのではないだろうか？

それが家族のもとを離れて、サンクランドにまで来ているのだから、珍しい経験には変わりないだろう……。

そこでふと、ミーアは心配になる。

「ねぇ、アンヌ、大丈夫かしら？」

「なにがですか？　ミーアさま」

不思議そうな顔をするアンヌに、ミーアは言った。

「家族としばらく会っていないでしょう？　セントノエルに行く時には、ついてきてほしいって、お願いいたしましたわね。でも、ヴェールガ以外の国については、そうしておりませんわ。当たり前のようについてきていただいてますけれど、もしも家が恋しくなったのなら……」

「そんなことは、絶対にありません」

アンヌは静かに、けれど力強く首を振った。

「ミーアさまと一緒にいろいろな場所に行くことは、私の誇りです。それにエリスにもお土産話がたくさんできて、大歓迎されてるんですよ？」

そうして、悪戯っぽい笑みを浮かべて、アンヌは続ける。

「だから、ご安心ください。私は、ミーアさまの行くところなら、どこへだって行きます。ダメだって言われてもついていきますから」

「アンヌ……。ふふ、そうでしたわね。では、これからもお世話になりますわね」

それから、ミーアは、ソルエクスード城を見上げて、

「さて、それでは行きますわよ！」

一つ気合を入れるとミーアは、エメラルダとティオーナを従えて、堂々と城の中に踏み入った……のだが……、ミーアが強気でいられたのも、国王を前にするまでのことだった。

「ご機嫌麗しゅう、エイブラム陛下。ティアムーン帝国皇女、ミーア・ルーナ・ティアムーンですわ」

広い謁見の間に通されたミーア一行はサンクランド国王、エイブラムとの面会を果たした。

スカートの裾をちょこんと持ち上げて、深々と頭を下げるミーア。

そこらの小国とは違い、サンクランドはティアムーンと同格。大国の国王が相手である以上、完璧な礼節を整えて臨まなければならない。

ともあれ、それは慣れたもの。ミーアは完全無欠な姫スマイルを浮かべて、挨拶を敢行した。

「遠いところを、ようこそ来られた。ティアムーンの皇女殿」

ミーアの礼を受けて、サンクランド国王、エイブラム・ソール・サンクランドは微笑みを浮かべた。

ミーアはその顔を見て、素早く分析する。

年の頃は……、おそらく、自らの父である皇帝と同年代だろう。見事な口髭《くちひげ》と深みのある知性的な瞳を備えた男だった。

一見すると、優しげな笑みを浮かべているにもかかわらず、ミーアは、自らが気圧されるのを感じた。

――こっ、これが……、サンクランド国王陛下……。お父さまとは、比べ物にならないほどの迫力ですわ……。

その体躯から発するは、清流のごとき清らかな空気、それに当てられて、ミーアは思わずクラァッとした。

なにしろ、ミーアは海月だ。しかも、砂糖水《シロップ》の中でしか生きられない希少種の、甘水海月《シロップゼリーフィッシュ》なのである。

清らかな水の中では、しんなりしてしまうのも無理のないことではあった。

——って、ぐんにょりしてる場合ではありませんわ！

ミーアは自分を励ましながら笑みを返した。イメージするのは、昼食を共にした友人、聖女ラフィーナの姿だ。

きっと、ラフィーナならば、この国王を前にしても平然としているだろう。そんなラフィーナの堂々たる態度を完コピしつつ、ミーアは言った。

「いつも、ご子息であらせられるシオン王子にはお世話になっておりますわ」

「いや、我が息子も、貴女の優れた知恵に良い影響を受けているようだ。だから、どのような人物なのか、気になっていたのだ。こうしてお会いする機会が得られたことを嬉しく思っている」

それから、エイブラム王は、ティオーナのほうに目を向ける。

「君がティオーナ・ルドルフォンか。セントノエルの生徒会では、息子が世話になっているな」

「もったいないお言葉でございます。陛下」

声をかけられると思っていなかったのか、ティオーナは驚いた顔をするも、すぐに頭を下げる。

最後にエイブラムは、ミーアの隣に立つエメラルダに視線を留めた。

「そして……、そちらが、エメラルダ・エトワ・グリーンムーン嬢かな？」

「はっ、はひっ……」

ぴょんこっと飛び上がるエメラルダを見て、ミーアは、スーッと気持ちが冷静になるのを感じた。

――これは……、わたくしがなんとかしてあげないといけませんわね！

手のかかる姉貴分のため、一層の気合が入るミーアであった。

第三十四話　ミーアドリル

「おっ、おお、お初にお目にかかりますわ。エイブラム陛下」

カクカクした動作で、ぎこちなくスカートの裾を持ち上げるエメラルダ。その指先がプルプル震えて、スカートがフワフワ波打っている。

実に……、緊張している。その挙句……、

「私がグリーンムーン公爵家の長女、エメりゃ……」

……噛んだ。

くるーり、とミーアのほうに顔を向けるエメラルダ。ウルウル潤んだ瞳を向けられて、ミーアはため息交じりに首を振る。

――まったく、肝心な時に噛むだなんて、エメラルダさんも情けないことですわ。大事な場面で噛むなんてあり得ない話ですわ。もう、仕方ないですわね、ここは、わたくしが……。

ミーアは澄《す》まし顔で、口を開く。

「陛下。彼女がわたくしの親戚、帝国四大公爵家の星持ち公爵令嬢《エトワーリン》。エメラルダ・エトワ・ぐりゅ……」

ミーアも噛んだっ！　が……っ！

「——んムーン、ですわ！」

強引に言い切った！　そうして、何事もなかったかのように微笑む！　堂々と、臆面《おくめん》もなく！

なにしろ、エメラルダとは、くぐってきた修羅場《しゅらば》が違うのだ。

噛みビギナーなエメラルダとは違い、ミーアはベテラン。この程度のこと、軽々とやってのけるのである。

「突然の縁談話に緊張している友に代わり、紹介させていただきますわ。無礼をお許しいただけると嬉しいのですけれど……」

「ふふ、なに。今日は極めて私的な会食だ。そうかしこまらずともよかろう」

小さく頷いてから、エイブラムはエメラルダのほうに目を向けた。

「グリーンムーン公爵令嬢も気を楽にしてほしい。今日はあくまでも顔合わせなのだから」

そうして、気さくな笑みを浮かべる。瞬間、その身を覆っていた攻撃的なまでの清廉《せいれん》な空気が薄らいだように、ミーアには思えた。

それはさながら、堅苦しい国王という着物を脱ぎ捨て、素の部分をほんの少し覗かせたような、そんな印象だった。

——あら、こんな顔もされるのですわね。ちょっぴり意外ですわ。

若干、迫力が減った国王に、肩の力が抜けるミーア。一方、エメラルダは、

「は、はひ……。か、かしこまりました、ですわ……」

まだダメだった。なんともぎこちない返事にミーアはついつい、ハラハラしてしまう。

——ああ、もう、エメラルダさんも、意外と気が小さいですわね！　もっと堂々と！

「ふふふ、まぁ、よい。ここで話すこともあるまい。続きは会食をしながらにしようか」

そう言うと、エイブラム王は、そばにいた壮年の執事に目配せする。それを受けて、執事は一歩前に出て、きびきびとした動作で頭を下げる。

「ご案内いたします。どうぞ、こちらへ」

そうして案内されたのは、謁見《えっけん》の間からほど近い、王城の一室だった。

あまり広くはない。セントノエルの教室の半分ほど、せいぜいが十人も入れば、いっぱいになってしまいそうな広さの部屋だった。

中心に据えられたテーブルは、珍しい円卓だった。

通常、会食の際、座る位置というのは、身分によってだいたい決まっているものである。けれど、このように円形のテーブルでは、どの位置に座ればいいのか、判断に困ってしまう。

さて、どうしたものか、と戸惑っていると……、

「みなさま、ようこそいらっしゃいましたね」

穏やかな、秋の日差しのような声が聞こえた。そちらに視線を向けると、柔らかな笑みを浮かべた、ふくよかな女性が立っていた。白銀の髪を持つ女性、その優しげな目を見つめていると、ミーアは、自分の緊張が解けていくのを感じる。

「はじめまして、ティアムーン帝国皇女、ミーア・ルーナ・ティアムーンですわ」

ミーアに続いて挨拶するエメラルダとティオーナ。それをニコニコ笑みを浮かべながら聞いていた

女性こと王妃は、

「いつもシオンがお世話になっているわね」

春の日差しのような、ぽかぽか明るい声で言った。

そこに遅れて、エイブラム王がやってきた。その傍らにはシオンと、幼い少年の姿があった。綺麗に切り揃えた白銀色の髪、長めの前髪に隠れたちょっぴり気が弱そうな瞳で、ミーアたちのほうをチラチラと見つめている。

「シオンの紹介は不要だな……。ほら、お前も挨拶しなさい」

促された少年は一歩前に出て、優雅に礼をした。

「はじめまして、エシャール・ソール・サンクランドです」

そう言ってから、エシャールは、もじもじしつつ、ぎこちない笑みを浮かべた。

――あら、可愛らしい……。

その微笑みに、ミーアは思わずキュンとしかけて……。

――っと、いけませんわ。彼は、シオン暗殺の犯人……。油断は禁物ですわ！

ミーアはキッと目つきを鋭くする。そうして、エシャールをじいっと見つめて……。きょとん、と不思議そうに首を傾げるエシャールに、ついついキュンとする！

――まぁ、よく考えるとこんな可愛らしい子が自分で暗殺を企んだとも思えませんし。おおかた、この子をランプロン伯がそそのかし……。

「ああ、そうだ。ランプロン伯から報告があったのだが、ミーア姫は、キノコ料理が好物らしいな。今日は一品だけだが、用意させてもらった」

「ほう！　それは、楽しみですわ！」

ミーアは、ワクワク顔で頷いた。

――ふむ、ランプロン伯は、やはり無関係かもしれませんわ。犯人扱いしたら可哀想ですわね！

くるくる、せわしなく回るミーアの手首なのだった。

第三十五話　シュトリナの暇つぶし

「あら、あなたたちも遊びに出かけていたんですのね？」

ミーアの問いかけに、ベルはニコニコ笑みを浮かべながら頷いた。

「はい。面白そうな場所のことも聞いてきました。開放市場っていって……」

ベルが報告するのを横で聞きながら、シュトリナは考えていた。

手に入れた情報をどう活かすべきか……。

――周辺の商人に開放された市場……。おそらく素性が確かでない人間も多く出入りしていたはず。

そして、そんな市場で……、エシャール王子が、一時的とはいえ行方不明になったことがある……。

この情報は、かなり危険ね……。

ただ行方不明になったのならば、別に大したことはない。でも、もし……。エシャール王子に、混沌の蛇が接触を図っていたとしたら……。

その危惧を覚えたシュトリナは、とりあえず、どうするかをミーアに聞こうとしたのだ。

あらかたベルが話し終えて、その場を離れた時に、そっとミーアに耳打ちする。

「それで、ミーアさま。開放市場の件で、お話ししたいことが……」

「エシャール王子のことですわね……」

その、機先を制するかのようなつぶやきに、シュトリナは驚愕の表情を浮かべた。

――すでに、その情報を掴んでた？

確かに王都入りしてから、すでに数日が経っている。ミーアがその情報を得ていてもおかしくはないかもしれないが……。

――すごい勢いで口止めされたけど、コネリーさんは、少し口が軽いのかしら？

あの、とても苦労していそうな兵士の顔を思い出し、ちょっぴり心配になってしまうシュトリナである。

今までは……、いつ誰を殺せと命令を受けるかわからなかったから、好意を覚えても、強いてそれを無視するようにしていた。

だが、ミーアは言った。自分はシュトリナに暗殺をさせるようなことはしない、と。

だから、シュトリナは自然に、親切にしてくれた人に親しみを覚え、心配できるようになった。特にコネリーは、ベルとの楽しい時間を作るのに協力してくれた人である。

好意を抱くなというほうが無理な話だった。

それはさておき……、

「それでいかがいたしますか？」

シュトリナは、当たり前のようにミーアに判断を仰ぐ。

もともと、シュトリナは、そうやって生きてきた。

バルバラがいた時には彼女の言うことに従ってきたし、父親の言うことに従って生きてきた。その相手がミーアに代わっただけ。なにも、することは変わらない。

それになにより、自分はもともと混沌の蛇だったのだ。ミーアを殺そうとさえしたのだ。

勝手な判断で行動するわけにもいかない。ただ、ミーアの命令に従うのみ……。と、そう考えていたのだが……。

「そうですわね。お任せいたしますわ」

ミーアは、ごくごくあっさりと言ったのだ。シュトリナの判断に任せると……。蛇に繋がるかもしれない情報を、シュトリナに預けると……ミーアはそう言っているのだ。

「わかりました。この身に代えましても……」

シュトリナは、感情の赴くままに、真っ直ぐにミーアを見つめる。信頼し、任せてくれたミーアに応えるために、気合を入れるシュトリナであった。

そうして……、シュトリナはこっそりランプロン伯の館を出た。コネリーから、館の警備状況は聞き出してある。

――コネリーさん、やっぱりちょっと口が軽すぎる気がするな……。うん、帰る前に注意してあげよう。

そんなことを思いつつ、路地を行く。昼間にベルと出かけた時、いろいろと街並みを見ておいて、だいたいのところは把握できていた。

ある程度、館から離れたところで、手持ちのランプに火を灯す。煌々《こうこう》と燃え盛る明かりが、夜の闇を切り裂いた。

「さて……、それじゃあ行こうかな」

向かう先は、もちろん、例の開放市場だ。

路地裏から路地裏へ。

夜の闇に沈む道を行く。

王都とはいえ、夜の人通りはほとんどない。夜警にだけ気をつけ、城に近い一番街を抜ける。

城から離れるにつれ、空気が微妙に変わってくる。

それは、甘い香水のような匂い、あるいは、人を酔わせるための……強い酒の匂い。

貴族の令嬢とは無縁の、それは危険な夜の街の匂い……。

そして、その夜の匂いをまとって……、

「おやおや、これはこれは……、どこの貴族の娘さんだ？」

シュトリナの前に、男が現れた。ランプの明かりに照らされた不気味な顔は、頬に派手な傷の入った、いかにもガラの悪いものだった。ちらり、と後ろを見ると、いつの間にか、背後にも一人、男が立っている。

「へへへ、こんな場所に一人で来るなんて危ないぜ？　どうだい？　よかったらおじさんたちが守ってやるよ」

自分を観察するように、ねっとりとまとわりつくような視線を、シュトリナは感じる。

一目で貴族の娘と見抜いた観察眼といい、おそらくは……。

——身代金目当ての誘拐犯、もしくは人買いとかかな……。コネリーさんが言った通り、この辺り

ない。

なので、本来であれば、これは怖がってしかるべき状況ではあるのだが……、そんな様子はまるで暗殺術の使い手……などということもない。

基本的に、シュトリナに格闘術の心得はない。運動能力も、ごく普通の令嬢と変わらない。特殊な
などと考えつつも、シュトリナは特に慌ててはいなかった。

は少し治安が悪いみたい。


そもそも、シュトリナは知っている。闇の中を行く時、非力な者は明かりをつけるべきではない、ということを。自身の視界を確保できたところで、戦えるわけでもなし。むしろ、それは危険なものを呼び寄せることにも繋がるのだ。

だから、月明かりで視界が確保できるのであれば、明かりはつけてはならない。

けれど、彼女は明かりをつけた。なぜか……？　それは、呼び寄せるため。

目の前の男たちのように、開放市場の事情を知っていそうな、案内人を欲したから。

そして……、危険な男たちを無力化する算段もついていたから。

そう……、ミーアは言っていたのだ。

好きに連れていって構わない。退屈してるみたいだから、遊ばせてあげて、と……。

そして、ご丁寧にも、今日のサンクランド国王との会食には……、あの男を連れていっていない。

シュトリナに任せると言いながら、彼女が危険な目に遭わないように残していったのだ。

自身の持つ最強の剣を……。

シュトリナは、特に何もしてこなかった。彼に声をかけることすらしていない。

ただ、暇を持て余したあの男が、イエロームーン家の娘が怪しげな行動をしているのを放っておくとは思えなかったのだ。

――あの手合いはついてきてとお願いすると断るくせに、ついてくるなというと絶対についてくる。そんな確信の下、シュトリナはここまでやってきたのだ。

わざとらしく明かりをつけて、万に一つも彼が見失うことのないように。

「そろそろ、現れてもいいんじゃないかしら。それとも、この程度の相手では、あなたを遊ばせてあげることにはならないのかしら？」

「あん？　なんだ、なに言ってやがる？」

「それとも、リーナみたいな可愛い女の子が、怖がって泣くのを見るのが趣味だとか？」

「だから、誰に向かって……ぐっ⁉」

くぐもった声を上げ、直後に、男が昏倒《こんとう》する。

「やれやれ、上手いこと誘導されてしまったみたいで不快だね。一応言っておくと、君の涙はイエロームーン邸でも見たけれど、あまり気持ちのよいものではなかったな。どうせ泣かせるなら、ミーア姫殿下のほうが愉快そうだ。あの方は、慌てふためいてる姿が、とても面白いから」

闇の中、ゆっくりと現れたのは、シュトリナの予想通りの男……。

帝国最強の騎士、ディオン・アライアだった。

「そして、ご指摘の通り、この程度の相手じゃあ、暇つぶしにもならないよ」

「そう。それなら、暇つぶしに少しおしゃべりしない？　あなたとは、ゆっくりお話ししたいと思っていたの」

シュトリナは、愛らしく首を傾げつつ、可憐な笑みを浮かべた。

「あなたとベルちゃん、ずいぶん親しげだけど、どういう関係なの？」

第三十六話　97％の澄み渡った心で

「時に、ミーア姫……。過日のレムノ王国でのこと、すまなかった。貴女にもずいぶんと迷惑をかけたと聞いている」

そうして、エイブラムは頭を下げる。対して、ミーアは静かに首を振った。

「頭をお上げくださいませ。エイブラム陛下。謝罪には及びませんわ。すでにレムノ王国との間で、その件については決着しているはず。それに、シオンからも謝罪を受けておりますわ。済んだ話を蒸し返しても詮《せん》なきことですわ」

「だが……」

「わたくし自身は特に迷惑もこうむっておりませんし、あの時にはずいぶんとシオン王子に助けていただきましたわ。謝罪は不要ですわ」

その潔い態度に、エイブラムは、感心した様子でため息を吐いた。

「なるほど、シオンに聞いていた通り、姫は器が大きいのだな」

などと、王妃ともども驚いた様子であったのだが……、無論、そんなはずはない。

器を云々するのであれば、器が広いのではなく、器が空っぽなのだ。つまり……空腹だから、食事が気になっているだけである。

そう、今のミーアはサンクランドの贖罪《しょくざい》になど興味はない。サンクランド食材（主にキノコ）に興味があるのだ！

「では、難しい話はここまでとしよう。突然のことだったので、大したものは用意できなかったが、楽しんでいってもらいたい」

エイブラム王のそんな言葉で、晩餐会《ばんさんかい》は始まった。けれど、始まって早々に、ミーアは、その言葉がただの謙遜《けんそん》であることを知った。

「素晴らしいお料理ですわ」

並べられていく料理に、思わず感嘆がこぼれるミーアである。

それは、白月宮殿で供される料理に勝るとも劣らない、絢爛豪華《けんらんごうか》な料理だった。

きれいな焼き目のついた香ばしいサンクランドパン。時間がたつと堅くなってしまうこのパンだが、焼き立てはパリパリで、ほのかに甘いことをミーアは知っている。

さらに、ミーアにとってのクライマックスは、早くも前菜の時に訪れた。なぜなら、

「前菜は、陽光トマトのゼリー寄せと、ソレイユキノコの塩焼きです」

説明の後、自らの前に置かれたお皿。上に載っていたのは、赤く熟したトマトを細かく切り、透明のゼリーに混ぜ込んだ、まるで宝石のように美しいゼリー寄せと、それにも増して美しく輝いて見える、ソレイユキノコだった。

ちょうど、ミーアの手のひらほどのサイズのキノコをスライスし、塩を振って焼いただけのもの……。ミーアはその調理法を、作り手の挑戦状と受け取る。

――下手な小細工はなし。最小限の調理で、素材の味を生かし切ろうというコンセプトですわね。

ミーアの瞳が光を帯びる。

まず、ワイングラスを手に取り、中に入っている水で口の中を湿らせて下準備。それから、おもむろにフォークを握ると、優雅な動作でソレイユキノコに突き刺した。

――素人さんは、このキノコを二つに切って口に入れるところですけれど、わたくしのようなベテランともなれば、食べ方は理解しておりますわ。

一口で食べるには若干大きく見えるサイズのキノコである。が……、ミーアの中に確信と信頼とがあった。

――ただ、キノコを焼くだけで勝負してくる、そのような料理人がサイズのことを考えていないはずがありませんわ。

つまり、ミーアは判断したのだ。

そのキノコが、自分の口に合った大きさに切られているということ。そして、一口で食べた時に、最も美味しく食べられるよう計算されているということを。

満を持してミーアはキノコを口に入れ……、感動に、目頭がかぁっと熱くなる。

かすかに感じる塩味、感じるか感じないか、極めて微妙な塩加減により、引き立つのは、キノコ本来の豊かな味だった。それはとても淡白で繊細《せんさい》な……、大地の恵みの味。

奥歯に噛み締めた時、ふんわりと歯を受け止める弾力、半ばまで歯を進めると、コリリッとなんとも心地よい音が鳴る。決して硬すぎず、柔らかすぎず、絶妙の弾力を保っているキノコ、その焼き加減にミーアは感動する。

ふわりと芳しい香りが鼻をくすぐり、舌の上には、ほのかな甘みを残して……その余韻《よいん》がゆっくりと消えていく。消えていく。

目の前に、このキノコが育ってきた森の光景すら思い浮かべながら、ミーアは言った。

「素晴らしい……。素晴らしい仕事ですわ……」

キノコソムリエ・ミーアは、シェフへの称賛を惜しまないのだ。

ミーアの満足そうな顔を見て、エイブラム王が笑みを浮かべた。

「姫は食に対して、並々ならぬ関心があると聞いていたが、どうやら噂通りのようだな」

「うふふ、それほどでもございませんけれど、でも、食べるのは大好きですわ」

「やはりそうなのか。先頃もペルージャンまで足を延ばしたと聞くが……」

「ええ。その通りですわ。飢饉の時のために、食糧の輸入先とは、しっかりと信頼関係を構築しておかなければならないと思いまして」

エイブラムの瞳が、わずかばかり鋭さを帯びる。

「以前にもシオンに聞いたのだが、ミーア姫は今日の食糧不足を予知していたとか。さらに、この不作が数年にわたって続き、大規模な飢饉が起きると主張しているとか。それは、まことの話かな？」

「さて、先のことはどうなるものか、わかるはずもありませんわ。ですから、まことかどうかと問われても答えられませんけれど……。ただ、帝国では飢饉のための備えをしている。民を飢えさせることのないような体制を整えている、とだけお伝えしておきますわ」

「そうか……。実は、我が家臣の中には、貴国が領土の拡張を狙い、戦争をするために糧食をため込んでいるのではないか、と考える者もいてな」

「父上、そのようなことを申す者がいるのですか？」

シオンが怒りと困惑を隠しきれない様子で言った。対して、エイブラムは落ち着いた声で答える。

「常識的に考えれば、過去に一度も経験のない大飢饉が起こるというよりは、軍事行動の一環と考えるほうが理にかなっているだろう」

そうして、自分のほうに視線を向けてくるエイブラムに、ミーアは、

「あら、それはまた、ずいぶんとのんきな発想ですわ」

思わず、つぶやいた。

「ほう、のんき、と……そのように感じるか……」

意外そうな顔をするエイブラムであったが、あの地獄のような飢饉を知っているミーアからすると、その考え方はのんきという以外にないものだった。

あの時を知る者として、ミーアは断言する。

「のんきですわ。戦争などと……。平時であればいざ知らず、飢饉の時にそのような愚かなことに力を費やしている場合ではございませんわ」

ミーアに言わせれば、戦争などやっている暇はないのだ。

食料を奪うための戦を主張する者もいるかもしれないが、相手がただで食糧や領地を譲ってくれるわけもなし。戦争になれば、田畑は焼かれ、働き手は命を落とし、次の年の食糧事情はもっと悪くなるのだ。

——圧倒的な戦力をもって、自棄《やけ》になった相手が自分たちの田畑に火を放つ前に勝負をつけられるというのでしたら、それもいいのかもしれませんけれど……。

ディオン・アライアを百人ぐらい集められれば、それも可能かもしれない、などと想像するミーア

だが……。

――一人でも厄介なあの方が百人なんて、わたくしのほうが先に参ってしまいますわ。

結局のところ、戦争は飢饉への対策にはなり得ないというのがミーアの出した結論だ。仮に一時しのぎになったとして、そんなものが長続きするはずもなし。

であれば、それを選ぶわけにはいかない。

「食糧に余裕があって、働き手に余裕があるのであれば、覇《は》を唱えるのもよいでしょう。けれど、これから来る飢饉を前にしてはそのような余裕はない。戦により、土地を汚し、民の数を減らしている場合ではございませんわ」

それだけ言ってから、ふと、思いついたことがあって、ミーアは口を開いた。

「ああ、でも、それを口実にすることには意味があるやもしれませんわね」

「口実……というと？」

「言葉通りの意味ですわ、エイブラム陛下。帝国が侵略戦争を企んでいるかもしれないということを、大義名分にしてでも、食糧の備蓄を増やしておくことを進言《しんげん》いたしますわ」

「なるほど。ミーア姫は、それほどまでに、飢饉が起こることに確信を持っているというわけか」

エイブラムは納得した様子で頷いてから、

「だが、そうであれば、飢饉に際して今は多忙なはず。そのような時に、このサンクランドにお越しいただいたのには、なにか理由がおありかな？」

「ええ、それはもちろん……」

思いもよらずやってきたチャンスに、ミーアは一瞬考える。

エシャール王子はどのような人物か、シオン暗殺の裏に、どのような事情があったのか、探るためには、今は絶好の機会だ。

さすがに、事情をそのまま伝えることはできないが、幸い、今のミーアには大義名分がある。ミーアはシレッとした顔で、

「我が友、エメラルダの縁談の相手が気になったからですわ」

一切の罪悪感のない、澄み切った心で言った。

なにしろ、ミーアの言葉は嘘ではないのだ。全部が本当ではないというだけで。

少なくとも何割か……おおよそ二割ほどは、本気でエメラルダのことを心配しているのだから。

それゆえ、今のミーアの心はかつてないほどに澄み渡り、少なくとも海に浮かぶ海月ほどには透明なのだ。

第三十七話　友＝とも＝親友？

——あれが、兄上のご学友……。帝国の叡智、ミーア・ルーナ・ティアムーン殿下……。

エシャールは、心の底から驚いていた。

皇女ミーアの、その、泰然自若《たいぜんじじゃく》とした態度に。

父の謝罪を平然と受け入れたばかりか、その後、ごくごく普通に食事に移ってしまった。

——それにしても、すごいな。父上を前にして、あんな風に食事ができるなんて。

エシャールは、サンクランドから出たことはない。ゆえに、彼の世界とはサンクランド国内に限られる。そして、自らの父である国王は、サンクランドで最高の権威を持つ者だ。

そんな父と会食する者たちには、いつでも少なからず緊張があった。ランプロン伯や、伝統を重んじる貴族たちの間では、緊張以上の畏怖があった。

実子であるエシャールでさえ、たまに父の放つ気配に緊張してしまうことがあった。

――それなのに平然と食事してる……。心から食事を楽しんでるみたいだ。

そのことが、まず驚きだったのだが……、その驚きは次の瞬間、さらに大きなものになった。

「実は、我が家臣の中には、貴国が領土の拡張を狙い、戦争をするために糧食をため込んでいるのではないか、と考える者もいてな」

父の、大国サンクランド国王の剣呑な探り……、わずかばかり鋭さを増したその声を、ミーアは、

「のんきですわ」

の一言で、切って捨てたのだ。

戦争だなんて、のんきな話、と。

小揺るぎもせず、ただただ確信に満ちた言葉で。

――帝国の叡智か……。ランプロン伯は、まぐれだの偶然だのと言って、風鴉の一件を苦々しげに言っていたけれど……。

エシャールは、父の顔を窺う。そこに浮かぶのは好意と好奇心の色。

――父上は、高く評価されているのだろうな……。

これが兄、シオンが共に学んでいる友人。選ばれた者である兄が、その知恵を認め、褒め称える人。

その智謀の片鱗《へんりん》を見たエシャールは、思わず顔を歪めた。

胸に湧き上がるのは、苦い劣等感《れっとうかん》。じくじくと身を浸す暗い感情を持て余して、エシャールは小さくため息を吐き……、それから、会食の席に腰掛ける別の少女に目を向ける。

――そして、こっちが、僕の許嫁《いいなずけ》になる人……。

エシャールの視線の先には、緊張に固まっている少女の姿があった。

『ティアムーン帝国の四大公爵家、星持ち公爵令嬢《エトワ－リン》といえば、王子殿下のお相手として申し分のない身分でございます』

ランプロン伯は、胸を張って豪語《ごうご》していた。

確かに身分としてはこの上ない。エシャールもシオンが王位を継いだ後は、公爵の爵位をもらうことになるだろう。爵位的には釣り合いが取れている。

『年齢は十八歳と、少しばかり年上ではございますが、それでも素晴らしい相手ではないかと……』

なるほど、身分ある者として、世継ぎを産むことは大切な責務。その点、八歳の年の差というのはマイナスの要因にはなるのだろうが……、それでも政略のためには、しばしばそうした縁談が組まれることもある。

王族の縁談とはそういうものだと、エシャールは教育され、納得もしていた。だから、相手がだいぶ年上のお姉さんであることには特に思うところもないのだけど……。

おどおどと、慌てふためいた様子を見せるエメラルダ。緊張に身を縮こまらせる小心ぶりは、皇女ミーアと比べてしまうと、なんとも情けないものだった。

いや、さらに言うならば、その隣に座る少女、ティオーナ・ルドルフォンのほうが、まだしも堂々としているようにさえ見えてしまう。

帝国皇女はおろか、辺土伯の令嬢にすら後れを取る、その心の弱さに、エシャールは、なんとも言えない苦み走った思いを抱く。

――仮に、兄の縁談の相手であったなら……、あの人が選ばれるかな？

どうしても、そんなことを思ってしまう。兄の相手に選ばれるのは、きっと、あの皇女ミーアのような、知性と勇気に富んだ女性なのではないか、と……。

いけないことだとわかっていても、どうしても比べてしまう。

――やっぱり、兄上は……、すべてを与えられた人だ。僕では、とてもかなわない。

ふいに……、いつか言われた言葉が、頭を過《よぎ》る。

『なぁに、少し恥をかかせてやるだけですよ。完璧な人間には誰もついてはこないもの。これはシオン王子のためになることなのですよ』

耳元で囁《ささや》かれた言葉が、するりとその心に忍び込んでくる。それは、まるで蛇のように。

『いらなければ、どうぞ、私と別れてからすぐにお捨てなさい。捨てることなどいくらでもできるでしょう？　それはただの薬。軽い腹痛を起こすだけの、無害な毒にございます。持っていたところで、噛《か》みつかれも襲われもしませんせん』

甘く、優しい声色で……。エシャールの心を魅了する。

「我が友、エメラルダの縁談の相手が気になったからですわ」

その時、凛《りん》とした声が響いた。声のほうに目を向けたエシャールは、そこに輝く月を見た。

――あの人のことを友と呼ぶのか……。

おどおどと怯えるエメラルダの姿は、到底、帝国の叡智の友には相応しくないように思えた。にもかかわらず、ミーアは躊躇《ためら》いもなく言った。

我が友の縁談の相手が気になるから見に来た、と。そのために、わざわざ足を運んだのだ、と。

エシャールの目に映るのは、選ばれた者の持つ余裕と、選ばれなかった敗者に対する哀れみ……。

ざりっと……、エシャールの心に異音が響く。

兄シオンと対をなすかのごとき、叡智の輝きを放つ少女。その光に照らし出されるのは、隠しようのない、エシャール自身の敗北感……。

『少し恥をかかせるだけです。そのほうがシオン王子のためになる』

甘い響きを持つ言葉が、いつまでも、彼の耳に響いて離れなかった。


――うう、も、もう駄目ですわ……。吐きそう……。

一方のエメラルダは、緊張の極致《きょくち》にあった。

サンクランド国王の雰囲気にあてられて、すっかり、その心は震えあがっていた。

食事など楽しんでいる余裕はない。自分がどこにいるのかさえ、見失ってしまいそうなほどの極限状態。黒い霧《きり》に包みこまれ、怖じ惑うがごとき心境に、今にも、倒れそうになっていた。

――ああ、もう、本当に、駄目かもしれませんわ……。

などと、弱音を吐きそうになった、まさにその時……、

「我が親友《とも》、エメラルダの縁談の相手が気になったからですわ」

その言葉が聞こえてきた。

思わず、エメラルダはハッとした。

「我が親友」と……、はっきりと、彼女の耳にはそう聞こえた。

——そうですわ。私は、ミーアさまのトモ……親友なのですわ！

その声に、目の前の霧が一斉に晴れたように感じた。

彼女は今まさに、自分が何者であるのかを思い出したのだ。

——背筋を伸ばしなさい、エメラルダ・エトワ・グリーンムーン。私は、帝室を支える星持ち公爵の長女として、そして、それ以上にミーアさまの親友として、無様な姿を見せることはできませんわ。

そうして、背筋を伸ばしたエメラルダは、改めて自らの縁談相手、エシャール王子に目をやって……。

——あら、可愛らしいお顔。それにとってもも賢そうですわ……。まぁ、ボーッとして、照れてるのかしら。うふふ、とても可愛いですわ。でも、将来はきっとシオン王子に負けないぐらいイケメンになりますわ！　有望株ですわね！

……大変、調子が出てきた、面食いエメラルダなのであった。

第三十八話　面食いエメラルダと大食いミーアと

——ふぅむ、さて、どうしたものかしら？

ミーアは、改めて考える。

ここから先、どうやって、話を進めようかしら……と。

エシャールのことを探らなければいけないのは事実ではあるものの、さて、なにを聞いたものか……。まさか、シオンのことを恨んでいますか？　などと聞くわけにもいかないし、最近、どこぞで毒を仕入れまして？　などと聞けるはずもなし。

っと、ミーアが考え込んでいる隙に……、

「あら、エシャール殿下、もしかして、そのキノコ、お嫌いですの？」

ミーア陣営の一番槍、四大公爵家筆頭エメラルダが、静かに動き出した。

先ほどまで真っ青な顔をしていたエメラルダであったが、ようやく緊張から解放されたのか、いつも通りの顔色に戻っていた……、というか、むしろ、血色が良いようにすら見える。

――あら、エメラルダさん、ようやく調子が戻ってきましたわね。

それを見て、ミーアはわずかに安心する。

そもそもの話、エメラルダはミーアの味方である。グリーンムーン家が、サンクランド王家と結び、帝位を狙っているのではないか、ということについてもきちんと把握している。

その上でミーアの味方でいたいと表明してくれている人だ。

となれば、今はむしろ、彼女の裁量に任せるのもよいのではないだろうか。

わずかな逡巡《しゅんじゅん》の末、ミーアは決める。

ちょっぴり頼りないけれど、ここはエメラルダに任せて、今は目の前の食べ物を片付けることに集中しよう、と……。

さて、ミーアの中では頼りないお姉さん扱いのエメラルダなのであるが……、実のところ、対人スキルに関して言えば、そこまで低くはない。

高貴な身分として教育を受けている彼女は、それなりにウィットに富んだ会話術を身につけていたし、ダンス技能もミーアには及ばないまでも、恥ずかしくないレベルを保っている。

加えて……、エメラルダにはもう一つの武器があった。

そう……年下の男子に対する圧倒的な〝慣れ〟である。

弟たちを従える彼女は、無意識のうちに、幼い男の子と親しくなる術を身につけているのだ。

鍛え上げた美少年観察眼をフル活用し、エメラルダが見出だした突破口。それこそが、エシャールのお皿の隅に、こっそりと手をつけずにおいてあるキノコだった。

──独特の風味があるキノコは、嫌いな子どもも結構おりますわよね。うちの弟も好き嫌いがいろいろございますし……。

ちなみに、ミーアは、それを見ても「もったいないですわ、わたくしが食べてあげますのに」などと思うだけだったのだが……、まぁ、それはさておき……。

嫌いな食べ物に対する共感、それを足掛かりに、今度は好きな食べ物の話へ。海のものが来ればエメラルダの独壇場《どくだんじょう》である海水浴の話に繋げ、肉料理に行けば外国産の珍しい料理の話をする。

外交のグリーンムーン家は、知識の重要性を知っている。得られる知識に無駄なものなどなく、仮に役に立たない雑学であったとしても、相手との会話に取り込み、興味を引けるなら重畳《ちょうじょう》。

相手にとっての既知と未知の知識を織り交ぜ、自らの会話を魅力的なものにする術を、エメラルダは習得しているのだ。

そうして、エメラルダは、エシャールを会話に巻き込もうとしたのだが……。

エシャールは、チラッとシオンのほうに視線をやってから、小さく首を振る。

「……いえ、別に嫌ってはいません」

短く言って、パクリとそのキノコを食べた。

――あら……？　勘違いだったのかしら……。

エメラルダは首を傾げる。

好きな食べ物を最後まで取っておくというパターンも考えられなくはなかったが……。

――いえ、でも、うーん……。

先ほどのエシャールは明らかに気が進まない様子だったけど……、と不思議に思うエメラルダである。


ちなみに、余談ではあるが、ミーアの場合には、美味しいものは先に食べる。そうして、ほかのものもすべて食べ終わった後で、お代わりしようとする！

最初に食べて、締めに食べる。それこそが、ミーアのやり方なのだ……。

……ミーアはわがままなのだ、という余談であって、今はどうでもよろしい。


エシャールは、もぐもぐと口を動かすと、ほどなく、ゴクリと喉を鳴らして飲み込んだ。

その様子を見て、やっぱり、キノコはあまり好きじゃないらしい、とエメラルダは判断する。が……、

「では、なにか、好きな食べ物は……」

「農民が、精魂《せいこん》込めて作ってくれたもの、また、大地の恵みとして得られた食物に対して好き嫌いなんてありません。なんでも食べられます」

平然とそんなことを言う少年に、エメラルダはちょっぴり驚く。

貴族の子どもは、わがままに育てられる者が多い。それに、ほかのことはさておいても、食べ物の好き嫌いというのは、許容されるケースが多いようにエメラルダは思っていた。

にもかかわらずの、エシャールの大人の答えに、エメラルダはちょっぴり驚いて、同時に……。

——うふふ、背伸びしておりますのね。この子……、やっぱり、ちょっと可愛いですわ。

年下の少年に、だんだんと興味が湧いてきてしまったエメラルダお姉さんなのであった。

そして、それを見ていたミーアは……、

——ああ、エメラルダさん、本当に調子が出てきてしまいましたわね……。本題を忘れていないか心配ですわ。まったく、エメラルダさんの美男子好きにも困ったものですわ。本題を忘れて……まったくもう。あら、このお料理も美味しい……。

などと、目の前の料理に舌鼓《したつづみ》を打つのであった。

第三十九話　ところで、お気付きだろうか？

さて、ところ変わって、夜の街。暗い路地裏にて。

ディオンが殴り倒した男に、シュトリナは聞き取りすることにする。ちなみにもう一人の男は、殴り倒されると同時に意識を失っているので、候補は一人きりだった。

特に縛っているわけでもないのだが、未だに尻餅をついたまま立ち上がれない男に、シュトリナはゆっくり歩み寄る。

「それじゃあ、早速だけど、お話を聞かせてもらおうかしら？」

顔を近づけて、ニッコリと可憐な笑みを浮かべる。それを見た、男は、ひぃっと息を呑んだ。それから、もう一人の、気を失っている男に恨みがましい目を向けた。

彼が起きていれば、尋問される確率は二分の一だったわけで……。そんな彼に、ディオンは、朗らかな笑みを浮かべた。

「いや、幸運だったね、君。相方が気絶してくれて……」

「……へ？」

きょとん、と首を傾げる男。その彼の顔を覗き込んで、

「なにしろ、尋問相手が一人なら話ができなくならないように乱暴は控えるべきだけど……、二人いるんなら、一人を痛めつけて脅しても、問題ないじゃないか？」

耳元で、囁《ささや》くように言った。

男が、ひぃっと肩を震わせるのを見て、シュトリナは笑みを崩さないまま言った。

「ディオン・アライア、少し殺気を抑えてくれない？　あまり脅かしすぎると、拷問《ごうもん》……じゃなかった、尋問に差しさわりがあるわ」

実に可憐な、愛らしい少女の声。されど、男は、それにも震え上がる。

いったい、この少女は、なぜこんなにも平然としていられるのか？　震えがくるほどの殺気を放つ男を横において、なぜ、こんなにも普通に笑っていられるのか……。

人は、不自然なものに恐怖を覚えるもの。彼が抱いた感覚は、真夜中の墓場で絶世の美女と出会ってしまった時に抱くものに近かった。

酒場であれば喜ばしい出会いも、墓場では恐怖になる。

惜しむらくは、その恐怖を最初から抱けなかったことだ。治安の悪い夜の街を、貴族の令嬢が歩いているなどという異常に気付いてさえいれば、こんなことにはならなかったのに……。

そんな後悔も後の祭り。シュトリナはニコニコと笑みを崩さず、歌うように話し出す。

「あなたは、人買いとか、誘拐を専門にしている悪い人でしょ?」

「い、いや、俺は……」

「うふふ、否定しなくってもいいわ。言い訳や嘘は時間の無駄。この場合、あなたが人買いの罪人かどうかは、それほど問題じゃないもの。まぁ、リーナになにをしようとしたかは少し気になるところだけど、うん、特別に今回は不問にしてあげる」

頬に指をあてるという、なんとも愛らしい仕草をしてから、

「それでね、今、あなたが気にしなければならないことは、あなたがリーナたちのために、どう役に立てるか、ってことだと思うんだけど、あなた、どう思う?」

そうして、シュトリナは笑みを消して……、上目遣いに男の顔を覗き込んだ。灰色の大きな瞳に見つめられ、男は息を呑んだ。

「そのことを、よく考えながら、質問に答えてね」

しばし、男を見つめてから、シュトリナは再び笑みを浮かべた。

ゆっくり、言い聞かせるようにして話し出す。

「以前、このあたりにエシャール王子が迷い込んだことがあると思うのだけど、その時に、エシャール王子と接触した人を捜してるの。心当たり、ないかしら?」

「そっ、そんな話……」

「ふふ、リーナはとっても優しいから何度でも忠告してあげるのだけど、下手に聞いたことない、なんて言わないほうがいいと思うわ。自分が知らないなら、せめて知っている人を紹介するとかしないと……、あなたに優しくする理由がなくなっちゃうじゃない?」

「ひっ、ひぃいいいいいっ!」

青ざめる男に優しい笑みを浮かべて、

「さ、それじゃあ、聞かせて。エシャール王子に接触した人間に、心当たりはあるかしら?」

シュトリナは楽しげに言うのだった。


「ふーん……、騎馬王国訛《なま》りの男ね……。まだ、潜伏しているかしら」

男への尋問を終えてから、シュトリナはつぶやいた。

「……もういないか……。でも、念のためにもう少し……」

「ところで、イエロームーン公爵令嬢、この連中はどうする?」

拘束した二人の男を見下ろしながら、ディオンは言った。

「んー、そうね。別にリーナは、この国の貴族じゃないから、王都の治安なんか知ったことじゃないけど、万に一つもベルちゃんが危ない目に遭わないように、お城の兵士に連絡を入れておきましょう」

っと、そこで、シュトリナはパンッと手を打った。

「あっ、それよりも、ベルちゃんとあなたの関係よ。ベルちゃんが言うには、かなり仲が良いみたいなお話だったけど……」

それを聞き、ディオンは首を傾げた。

「先ほども言っていたけど、まったく心当たりがないな。面識がないわけじゃないけど……」

それはシュトリナの持つ情報とも一致する答えだった。ディオン・アライアは、性格的に考えて、正体不明の少女ミーアベルのことを警戒こそすれ、簡単に気を許したりはしないだろう、と。

けれど……、そのような情報、今のシュトリナに意味はない。

友人の言ったことこそが唯一無二の真実。ゆえに、目の前のディオンがいかにそれらしいことを言ったところで、ベルの発言と食い違うものは偽《いつわ》りということになる。

だから、シュトリナの目には、目の前の帝国最強の騎士がなんとも疑わしい態度をとっているように見えて……。

「あら……、隠すの……。なにか、隠さざるを得ないような事情があるのかしら……。あ、まさか……」

っと、シュトリナはじっとりとした視線をディオンに向ける。

「まさかとは思うけど、ディオン・アライア、あなた、童女好きなのかしら？　それで、ベルちゃんのことを狙ってるから……」

「あはは、あいにくと二十歳未満《フロイライン》の娘さんは恋愛の対象外なんでね」

ディオンは、シュトリナのきわどい質問をさっくりと切り捨てる。

「鉄は鉄によって研がれ、人はその友によって研がれると言うが、どうせ切り結ぶならば、研がれた後の、鋼《はがね》のような人格と切り結びたいと思うのさ。精錬される前の鈍《なまく》らとでは、つまらないからね。

その点、姫さんも、グリーンムーン家のお嬢さまも、君も変わりはないな。僕の恋愛対象になるには、大いに不足しているよ」

「恋愛の話をしているのだけど……」

「僕の中では、あまり差がないんだよ。恋愛も殺し合いもね」

「……あなた、お友だちいないでしょう、ディオン・アライア」

ちょっぴり呆れた顔をするシュトリナに、ディオンは肩をすくめて答える。

「うーん。多くはないが、君よりマシじゃないかな、イエロームーン公爵令嬢」

それを聞いた瞬間……、すとん、とシュトリナの表情が消える。

「……ベルちゃんが、いるから、別にいいもの」

うつむいたシュトリナは、少し拗《す》ねたような口調で言った。

少女の傷に触れてしまったことを察したディオンは、バツが悪そうに頭をかいた。

「親友は一人でもいいだろうが、友だちは多いに越したことはない。これからじっくりと増やしていけばいいさ。せっかく、家のくびきから解放されたんだから」

それから、横目でシュトリナのほうを窺う。と、シュトリナはポカンと口を開けていた。

「誤解していたわ、ディオン・アライア。あなたは、老若男女問わずに嬉々《きき》として斬り殺せる鬼神《きしん》の類《たぐ》いだと思っていたのに。きちんと人間らしい思いやりも発揮できるのね？」

ディオンは、小さく肩をすくめて、

「こういう役は、ガラじゃないんだけどね」

「あら、そんなことないと思うけど……。案外、教師なんかむいてるかもしれないわよ？」

からかうような口調で言うシュトリナ。ディオンはやれやれ、と首を振り、

「それは、御免被《ごめんこうむ》るな。とても退屈な人生になりそうだ」

「そうかしら？　ミーアさまのそばだったら、そこまで退屈はしないような気がするけど」

シュトリナの切り返しに、咄嗟《とっさ》に反応しかねて、顔をしかめるディオンなのであった。

ところで……お気付きだろうか？

ディオンが挙げた令嬢の中に、一人だけ、中身は二十歳を超えている人物がいたのだが……。

第四十話　ペロリ……これは、まさか……毒!?

さて、ミーアは、メインディッシュの、サンクランド牛のフィレステーキに取りかかろうとしたところで、はたと気付く。

――あら？　わたくし、情報を聞き出すとか、なにもやってないんじゃないかしら？

と。

せっかくルードヴィッヒが作ってくれた情報収集の機会である。無駄にすることはない。

ミーアはメインディッシュのフィレステーキを半分ほど食したところで、視線を上げた。

口の中いっぱいに広がる豊かな肉汁、コクのあるソースの濃厚な香りをゆっくり楽しみつつも、ミーアは二割ほどの意識を、食事から周囲に移した。

——ふむ、エシャール王子からは、エメラルダさんが熱心に情報収集しておりますし。わたくしの側は、別方面から情報を引き出したほうがよさそうですわ。

シオン暗殺の裏事情も含めて、きっちりと必要な情報を引き出さんと、ミーアは決意し……、フィレステーキを食べ尽くした皿に残ったソースを、パンで掬い取った。

ソースは料理人の命、その料理人の技術のすべてを結集したものこそがソースなのだ。それゆえに、ミーアはそれを残すことはしない。それこそがミーアなりの礼儀なのだ。

まぁ、それはさておき……。ミーアは早速、シオンのほうに目を向けた。

「それにしても、シオン王子も人が悪いですわ。エシャール王子とエメラルダさんのこと、教えてくれてもよろしかったですのに」

ミーアの指摘に、シオンは困り顔で笑みを浮かべる。

「いや、実は俺も聞いたのはつい最近なんだ」

「ほう！　あなたも知らなかった……ですって⁉」

重大な情報に行き着いてしまった！　とばかりにミーアは、カッと瞳を見開いて……！

——って、そりゃそうですわね。わたくしとシオンとの協力関係に対抗するための縁談ですし、知らされてなくっても当然ですわね……あら？　でも、その件に関するランプロン伯の狙いとか、そういうことには気付いているのかしら？　気付いているなら、それを承知で縁談を進めようとしているということになりますけれど……。

再びの長考《もぐもぐタイム》、その後、ミーアは思う。シオンが気付いていないはずがないだろう、と。

なぜなら〝エシャール王子の縁談が隠されていた〟からだ。

あのシオンが……、完璧超人のシオンがそのことを怪しまない？　ここまで露骨《ろこつ》な政治工作に気付いていない？　そんなことがあり得るだろうか？

――それは、考えにくいですわね。とすると、わかっていて容認か、あるいは、容認せざるを得ない状況なのか……ですわね。ふむ……、エイブラム陛下は、どうなのかしら……。

思案しつつ、ミーアはエイブラムのほうに視線を向けた。

「それにしても、エシャール王子とエメラルダさんの縁談によって、王国と帝国の関係は、強化されますわね」

「ああ、貴国との友好関係は、我がサンクランドにとって喜ばしいことだ」

エイブラムは穏やかな笑みを浮かべて言った。

「それに、大陸にとってもおそらくは良いことだろう。もしも本当に大飢饉がやってくるとするなら、ミーア姫の言う通り、各国は手を取り合わなければならない。そうでなければ民のためにはなるまい」

「ふふ、信じていただけたのでしたら、嬉しいのですけど」

ミーアは、そう微笑んで……、直後に奇妙な違和感に襲われる。

――あら？　妙ですわ……。なんだか、お腹のあたりが、微妙に……。

唐突に襲ってきたもの……、それは端的に言ってしまうと腹痛で……。ハッと顔を上げ、口元についたソースをペロリと舐めて、ミーアは慄く。

――こっ、これは……、まさか……。毒!?

否……、ただの食べすぎである。

疑う余地もなく、ただの食べすぎである。

まごうことなき、ただの食べすぎなのである。


そう、ミーアが空腹だ、器が空っぽだというのは、ただの錯覚だったのだ。

そもそもミーアは、さほど器が大きくはないのだ。心理的にも物理的にも。

美味しいものならばいくら食べても満腹にならない、などと思っているミーアであるが、それはあくまでも主観に基づくもの。実際には、器の容量には限界量があるわけで……。

昼の、ラフィーナとの昼食会でもそれなりの量を食べていたミーアである。その上、こんなにもパクパクと、晩餐会の料理を食べてしまえば、お腹も痛くなろうというものである。

そして、遅まきながら〝どうも調子に乗って食べすぎたようだぞ？〟ということに気付いたミーアであるのだが……、そんな彼女の羞恥心《しゅうちしん》は現実逃避を始めてしまったのだ。つまり、

「ちょっとした毒でお腹が痛くなったことにしたほうがいいなぁ、食べすぎでお腹が痛くなったなんて言いたくないなぁ……」

などと思ってしまって。

まぁ、しかし、腹痛というものは、えてして逃避を許さない現実感を持って迫ってくるものなので……。毒であろうが食べすぎであろうが、できることは決まっているわけで……。

——うぐぐ、会食の最中にお手洗いに行くなどもってのほかですけれど……、しっ、仕方ありませんわ。

意を決すると、ミーアはすっくと立ちあがる。

「失礼。わたくし、少々、席を外させていただきますわ」

優雅に礼をすると、そそくさと会場を出る。と、廊下で待機していたメイドの一人に声をかけ、目的の場所に案内してもらうのだった。

そうして、もろもろのことを終え、トイレから出てきたミーアに声をかける者がいた。

「ミーア姫殿下……」

立っていたのは黒髪の、美貌《びぼう》の青年……。シオンの従者、キースウッドだった。

「あら……？　キースウッドさん、どうかなさいましたの？」

首を傾げるミーアに、キースウッドは、真剣な顔で言った。

「いえ、実はミーアさまのお耳に入れておきたいことがございまして……。ところで、ルードヴィッヒ殿への連絡はうまくできましたか？」

――はて？　ルードヴィッヒに連絡……。

首を傾げかけるミーアであるが、すぐに察する。

どうやら、キースウッドは、ミーアがなにか閃《ひらめ》き、すぐにルードヴィッヒを動かすため、その連絡を入れに会場を離れたのだと思っているらしい、ということを。

まさか、食べすぎの腹痛だ、などとは思っていないのだろう。

「ふふふ、まさか。そのようなことをするわけがありませんわ」

嘘を言ってしまうとバレそうな気がしたので、とりあえず意味深に笑っておくことにするミーア。

それを聞いて、キースウッドは納得顔で頷く。

「なるほど。では、そういうことにしておきましょうか」

「それより、なんですの？　わたくしの耳に入れておきたい情報というのは……」

「ああ……。そうでした。シオン殿下とエシャール殿下のことについて、お知らせしておかなければならないことがあるのです」

キースウッドは声を低めて、言うのだった。

第四十一話　キースウッドのとっておきの情報

「これは、私の予想でしかないのですが……、ミーア姫殿下は、この度の縁談のことをシオン殿下がどう考えているのか、それが気になっておられるのではありませんか？」

「あら、よくわかりましたわね……」

キースウッドのその言葉に、ミーアは手応えを感じる。

彼はシオンの重臣。本心を打ち明けられる数少ない人物のはずだ。これは、貴重な情報が聞けるかもしれない……などと思いつつ……。

――シオンは友だちとか少なそうですしね。むしろ、キースウッドさんぐらいしか、素直に話ができる人がいないんじゃないかしら……。

ちょっぴり心配にもなってしまう、大変失礼なミーアである。

それはさておき……、

「シオンは、気付いているのですわよね？　この縁談の政治的意図に」

ミーアの問いかけに、キースウッドは静かに頷いた。

「はい。エシャール殿下とグリーンムーン公爵家の繋がりを持って、シオン殿下とミーア姫殿下の連帯に対抗する。そのような、ランプロン伯らの思惑は、承知しております」

「ふむ……、では、シオンはこの縁談をどう考えておりますの？」

「直接、お聞きしたわけではありませんが、積極的に賛成ではないとは思います」

「まぁ、そうですわよね。シオンにとっても対抗勢力の強化なのですから……」

「ええ。しかし……、だからといって反対を表明されることはないのではないかと思います」

「あら、それはなぜですの？」

首を傾げるミーアに、キースウッドは、気難しげな顔をする。

「複雑なのです。兄弟というものは……。ご存知と思いますが、シオン殿下は、とても優秀な方です。剣の腕はもちろんのことですが、その知恵においても、優雅さにおいても、勇敢さにおいても、公正さにおいても……。王の資質をすべてお持ちの完璧な方といえるでしょう」

そこまで言うか、とツッコミを入れたくなるミーアであるが……、すべて本当のことなので何も言えない。なるほど、確かにシオンは善王になるべき資質をすべて兼ね備えた少年といえるだろう。

「そして、そんなシオン殿下と、比べられ続けてきたのが、エシャール殿下なのです」

それを聞き、心の中で「うわぁ」とため息を吐くミーアである。

——それは、なんとも可哀想なお話ですわね。ゾッとしてしまいますわ。あのシオンが兄だなんて……、恐ろしいお話ですわ！

試しに、ミーアはシオンが自分の兄だったらどうだったか……などと想像してみる。

『シオンお兄さま、よろしければお茶になさいませんこと？』

『ああ、ミーア、今日も可愛いな。もちろん、付き合おう』

『それでね、シオンお兄さま。お勉強の、この部分がわからないのですけれど……』

『どれどれ、ああそこは……』


「……あら？　悪くない、かも……？」


優秀で、なによりイケメンな兄がいるというのは、あまり悪いことではないような気がしてきてしまうミーアである。エメラルダに負けず劣らず、ミーアもイケメンには弱いのだ。

——ああ、でも、わたくしの場合は姉で考えなければいけないのかもしれませんわ。ふむ、わたくしに優秀な姉がいる……、とするとどうなるか……。

再び、想像してみる。

外見的にはエメラルダのような、でも、大変に優秀な姉がいたとしたら……。


『ミーア、実は今度、貧民街に病院を建てようと思うのだけど、どう思う？』

『まぁ！　それは大変素晴らしいことですわ』

『それと、民衆のための学校も建てるのがいいんじゃないかしら。どう？』

『ええ。良い考えだと思いますわ。お姉さま！』

「……すごく、いい！」

ただ「イエス！」と言っているだけで問題が解決していく。ミーアの理想の姿がそこにあった！

優秀な兄、ないし姉を持つ妹を大変うらやましく思うミーアである。

——ふぅむ、そう考えると、シオンが兄というのも悪くないような気がいたしますけれど……。でもまぁ、エシャール王子は負けず嫌いなのかもしれませんし……。それに、まだまだ子ども。わたくしのような、大人の寛容さをまだ持ち合わせてないのかもしれませんわ。

自称器の大きいミーア姫なのである。若干、他称でもあるのが怖いところではあるが……。

「シオン殿下は、ずっとエシャール殿下を見てきたのです。自身と比べられて、傷ついていく弟の姿をずっと……」

「なるほど。持つ者の憂鬱《ゆううつ》……、というものですわね」

ミーアとしては理解しがたい感情だった。ともすれば高慢ともとれる感情ではあるが、当人にとっては、それなりに切実なのだろう。

「そして、そんな弟に縁談が来た。相手は、大国ティアムーンの公爵令嬢です。年の差はあるとはいえ、爵位としては申し分ない。サンクランドのためにもなる相手です。そんな縁談に反対できるでしょうか？」

「それは……確かに複雑な話ですわ」

ミーアは、思わずため息を吐いた。

そんな事情があるのなら、確かに、シオンはなにも言わないほうがいいだろう。

それが仮に善意の助言であったとしても、どう受け取られるかわかったものではない。

「お前に縁談などまだ早い」「お前のような者が俺より早く縁談がくるなんて生意気だ」「俺よりも劣ったお前には過ぎた相手だ」

そんな風に受け取られてしまうかもしれない。

劣等感は時に、妄想の罵詈《ばり》雑言《ぞうごん》を生み出すもの。そのきっかけを作るようなことを、シオンがするとも思えない。

「それに、反対する理由も、自分たちの対抗勢力を強化しないため、ですしね……」

それはただの自己都合だ。そのために、弟に来た良縁を壊すことなど、シオンにはできないだろう。

「しかし、エイブラム陛下はどうお考えなのかしら？　ティアムーンとの関係の強化を単純に喜んでおられるとも思いませんけれど……」

「もちろん、そういうお気持ちもあるでしょう。それに、糧食の備蓄を増やす帝国に、侵略の嫌疑をかける者たちがおります。その者たちへの牽制の意味もあるでしょう」

「なるほど。帝国の大貴族、グリーンムーン家との縁談がなれば、そうそう帝国と開戦などということにはならないでしょうしね」

キースウッドは重々しく頷いてから、

「そして、ランプロン伯をはじめとした、保守派の貴族のそばにも、王族を置いておきたい……そういう意味合いもあるのだと思います」

「ふむむ……」

ミーアは腕組みして考え込む。

「私のほうからお話しできるのは、このぐらいですね」

遠慮がちに言うキースウッドに、ミーアはニッコリと笑みを浮かべて……、

「ええ、助かりましたわ。ですけど、よろしかったんですの？　このように、王族の内情を、わたくしなどに話してしまって……」

っと、キースウッドは小さく肩をすくめた。

「王室の微妙な不和は、なんとか解消していただかなければ、と思っているのですが……、我々、臣下だけでは力不足なのです。そこで、できれば、帝国の叡智の力をお借りできないかな、と……」

「あら、それはずいぶんと虫のいい話ですわね。ちなみに、見返りにはなにか用意しているのかしら？」

悪戯っぽく笑みを浮かべるミーアに、キースウッドは苦笑して、

「それでは、とっておきの情報を一つ……。今日のデザートは自信作だと、料理長が言っておりましたよ」

「まぁ！　それは……」

ミーアはお腹をさすさすとさすってから、

「素晴らしいお話を聞かせていただきましたわ！」

急ぎ会食の会場へと戻るのだった。

第四十二話　ミーアベル、洗脳される

「では、ベルさま、これが今夜の分の課題です」

そう言って羊皮紙を渡してくるルードヴィッヒに、ベルは小さく首を傾げた。なにか急いでいるような……、そんな印象を受けたからだ。

「あの、ルードヴィッヒ先生、どこかに行くんですか？」

可愛らしい問いかけに、ルードヴィッヒは苦笑をこぼした。

「先生はやめてください。しかし、そうですね。少し出かけてこようと思います」

と、そこで、ルードヴィッヒは首を傾げた。

「ところで、シュトリナさまは、どこに？」

「あ、はい。実は、リーナちゃんも出かけてしまいました。ボクだけお留守番なんです」

「そうなのですか……？　ふむ」

ルードヴィッヒは一瞬考える。

同行している皇女専属近衛隊《プリンセスガード》は、ミーアについていった者以外、この屋敷にとどまっていた。となると……。

「ディオン殿の姿が見えなかったが、なるほど。それでか……」

などと頷いていると、ふいにベルが話しかけてきた。

「あの、ルードヴィッヒ先生、もしよろしければ、ボクも一緒に連れていってもらえませんか？」

「ああ、そうですね……」

唸りつつ、ルードヴィッヒは検討する。

ここに残していったからといって、はたして、目の前の少女が素直に課題をやるだろうか？

誰も見張る者のいないこの状況で残していって……やるだろうか？

……正直なところ、サボる可能性が、かなり高いように思われた。

それに、彼女はミーアが大切にしている少女である。

近衛隊員を数名残していくとはいえ、決して味方ではないランプロン伯の屋敷に置いていくことは少し心配だった。

――それに、ベルさまにはむしろ、実地で、いろいろな政治的駆け引きを見ていただいたほうがいいのかもしれない。

ルードヴィッヒは、ベルがミーアの異母姉妹だとは信じていない。けれど、ベルには、どこかミーアの面影があるようにも見える。

おそらくは遠縁の者というのは、嘘ではないのだろう。

――加えて、ミーアさまの絶対の信頼と、イエロームーン公爵令嬢をはじめ、セントノエルでの人脈。おそらくミーアさまは、将来的にこの少女にもなんらかの役割を与えようとされているはず……。

思考の末、ルードヴィッヒは確認するように言った。

「ベルさまは、ラフィーナさまとも面識があるのでしたね？」

「あ、はい。ある意味で、因縁《いんねん》の相手です！」

腰に手を当てて、そんなことを言うベルに、ルードヴィッヒは首を傾げた。

「……因縁、ですか？」

「あ、いえ。その、とても仲良くしています。でも、どうしてですか？」

慌てた様子のベルに、ルードヴィッヒは、ふむ、と鼻を鳴らす。

「簡単なことです。これから行くのはラフィーナさまのところですから」

そうして、ランプロン伯邸を出たルードヴィッヒは、まず、王城、ソルエクスード城へと向かった。

ミーアに付き添っているアンヌと合流するためだ。

幸い、事前に声をかけておいたため、アンヌは城門のそばで待っていた。

「すまない。待たせてしまったか？」

「いえ、それは大丈夫ですけど、いったいどうしたんですか？」

不思議そうな顔をするアンヌに続いて、ベルもきょとんと首を傾げながら、

「そうです。ラフィーナさまに、なんのご用なんですか？」

「そうですね……。先ほど、ラフィーナさまのことを話題に出した時の、ミーアさまの表情が気になりました。なにか、まずいことを知られてしまったかのような……あのお顔が……」

ヴェールガの聖女、ラフィーナがこの国にいると聞いた時、ルードヴィッヒの頭にはある打開策が浮かんでいた。

ラフィーナの協力さえ得ることができれば、グリーンムーン公爵家とエシャール王子派という、反対勢力に対して揺さぶりをかけることができる。

——しかし、ミーアさまは、その選択をされなかった。なぜか……。

あの時のミーアの顔に、その答えがあるように、ルードヴィッヒには思えた。

ラフィーナがいるということを、ルードヴィッヒに知られることはまずいと思った。つまり、ラフィーナに協力を求めることは望ましくない、と……、ミーアは考えたのではないか。

だが、その理由がルードヴィッヒにはわからなかった。

ゆえに、そのことを確認しに行こうと考えたのだ。

話を聞いたアンヌは深々と頷いた。

「なるほど……。ミーアさま、お一人で抱え込んでしまうところがありますし……。確認したほうがいいと思います」

「はい、ルードヴィッヒ先生、質問があります」

と、そこで、ベルが手を挙げる。

ルードヴィッヒは思わず苦笑して、

「なんでしょうか、ベルさま」

どうやら、先生呼びに関しては、すでに諦めたらしい。

「ミーアお姉さまは、帝国の叡智。だからすべてのことを把握していて、必要なことはすべて指示していただけるのではないかと思うんですけど……」

不思議そうな顔をするベルに、ルードヴィッヒは、諭《さと》すような口調で答える。

「いいですか、よく覚えていてください、ベルさま。言われたことだけをやっていればいい、というのは怠慢《たいまん》だと、私は考えます。それはミーアさまの信頼をも裏切ることになるのです」

「信頼……？」

「そうです。ミーアさまが我々の同行を許されたということは、すなわち、そこに期待するものがあるということ。ベルさま、我々には思考することができる頭があります。それを使わずにいることは、怠慢であると私は考えます」

「……ミーアお姉さまに言われずとも」

ベルは、なにか思い至ったのか、小さく頷いた。

「それなら、わかります……。みんな、そうでした……。みんな……ボクのために……」

そのつぶやきの指す「みんな」が、誰のことなのかはわからなかったが……。

静かに顔を上げたベルに、ルードヴィッヒは、触れがたい高貴さを感じ取っていた。

まるで、人の上に立つ者のような……、その風格に、わずかに息を呑む。

「では、参りましょう」

そのベルの言葉に、ミーアに負けないぐらいの威厳を感じてしまうルードヴィッヒであった。


ラフィーナの泊まっている場所はわからなかった。

しかし、知っていそうな人間はアンヌが把握していた。例の昼食会で使った宿屋の主人である。

「おや、あなたは、ミーアさまの……？」

訪ねてきたアンヌを見て、店主は戸惑いを見せた。それから、ルードヴィッヒのほうに視線を向けて、少しばかり警戒した顔をする。

「はじめまして、私はミーアさまの家臣、ルードヴィッヒ・ヒューイットと申します。ラフィーナさまに急ぎの用があり、参上いたしました。お取り次ぎいただけないでしょうか？」

アンヌから聞いていた情報では、目の前の男はヴェールガの間諜とのこと。見ず知らずのルードヴィッヒを素直に取り次いでくれるかは、微妙なところであったのだが……。

「そうですか。では、ご案内いたします」

店主はあっさりとした口調で言った。

「よろしいのですか？」

意外そうな顔をするルードヴィッヒに、店主は笑みを浮かべる。

「ミーア姫殿下の従者に無礼を働いたとあっては、私がラフィーナさまに叱《しか》られてしまいますので」

そうして、案内されたのは、なんと、宿の二階だった。

――王都のどこかの教会に泊まっているかと思ったが、手間が省けたな。

などと思いつつ、店主の後に続く。

店主は二階の一番奥の部屋のドアをノックした。すると、ほどなくして扉が開き、

「あら……？　これは珍しい組み合わせね」

柔らかな笑みを浮かべたラフィーナが現れた。それから、きょろきょろと辺りを見回して、

「ミーアさんはいないのね」

ちょっぴり残念そうに言うラフィーナ。ルードヴィッヒは苦笑しつつ、

「今夜は、サンクランド国王との晩餐会に行かれています」

「そう……。それは残念ね。どうぞ」

そうして招き入れられた部屋は、とても質素な造りの部屋だった。あるのは、ベッドと簡素な椅子のみ。清貧《せいひん》といえば聞こえはいいが、とても高位の身分の者が使う部屋には見えない。

「ごめんなさいね。少し狭いのだけど、三人ならなんとか入れるかしら？」

アンヌとベルはベッドに座らせ、自身は椅子に。ルードヴィッヒは店主から予備の椅子をもらうことで対応する。

部屋の中をきょろきょろ見ているベルに、ラフィーナは苦笑いを浮かべた。

「ヴェールガの聖女が過ごすには、少し質素に過ぎるかしら？」

「え？　あ、いえ……そんなこと、ありません」

慌てて首を振るベルであったが、考えていたことはまるわかりだった。すかさず、ルードヴィッヒがフォローを入れる。

「聖女に相応しい清貧な部屋ですね。ただ、教会にお泊まりかと思っていたので、少し意外でしたが……」

「そうね。それでもいいのだけど……」

っと、ラフィーナは少しばかり顔を曇らせる。

「サンクランドは、ヴェールガに負けずに信仰に篤《あつ》い国。それゆえに、毎回、肖像画の依頼を受けるのよ」

「肖像画、ですか……」

「よく売れるらしくてね……。その売り上げも貧しい人々の施しに使われるのだから、別に構わないのだけど……でも……でもね？　少し想像してもらいたいのだけど……、背中に大きな翼が生えた肖像画とか、物々しい怪物を踏みつける戦士のような肖像画のモデルになるのって、なかなかに心を削られるものなのよ？」

そうして、ラフィーナは遠いどこかを見つめた。その顔には、ヴェールガの聖女に相応しくない、やさぐれた様子が見て取れた。

「ああ。だめね。ミーアさんの関係の方だから、ついつい愚痴《ぐち》を言ってしまったわ」

そんな雰囲気をかき消すように、清らかな笑みを浮かべ、ラフィーナは言った。

「それで、なんのご用かしら？　こんな時間にわざわざ訪ねてくるということは、相応の理由があるのでしょう？」

「ええ……。実は、ラフィーナさまにご相談したきことがあります」

「相談……。さて、なにかしら？」

不思議そうに首を傾げるラフィーナを見つめて、ルードヴィッヒは言った。

「今現在、ミーアさまを取り巻く状況のことを、どれぐらいご存知でしょうか？」

「そうね……。エメラルダさんとエシャール王子の縁談の件で来たと言っていたわ」

ラフィーナは昼に聞いたミーアの話を、一つずつ整理しながら話していく。それから、ふと、なにかを思いついたような顔をした。

「そういえば、ミーアさん……あの時、ランプロン伯や、サンクランド貴族の考え方について聞いたわ、それに、私はどう思うのかとも……」

それを聞いて、ルードヴィッヒは唸る。

「ああ……やはり、ラフィーナさまに協力を得ることを考えておられたのか……」

なぜ、そのようなことを聞いたのか？　ラフィーナが、古いサンクランド貴族の考え方に同意するかどうかを知りたがったのか……？

それはミーアが、ラフィーナに協力を求めることを検討していたからだ。

もしも、ラフィーナの考え方がサンクランドの保守派と近しいものであるならば、協力を求められないから。

「お友だちのミーアさんが相手なら喜んで協力するのに……。いえ、それゆえ、なのね……」

切なげにため息を吐くラフィーナを見て、ルードヴィッヒも頷いた。

そう、そういうことなのだ。友情を盾にして味方をしてもらうことはできるだろう。けれど、ミーアはそれを潔しとはしない。だから、はじめに無理なく協力を仰げるかどうか、探りを入れたのだ。

ミーアは、そういう心遣いができる人物であると、ルードヴィッヒは考えているのだ……、ルードヴィッヒの中では、そういうことになっているのだ。

「でも、私はランプロン伯とは必ずしも同じ考えではない、と、そう伝えたのだけど……、ああ、そうか……」

ラフィーナは、嘆くように言った。

「もしかして、私が、騎馬王国のことを話してしまったから……？　ミーアさんに協力を求めるぐらい、大変な状況にあるだなんて言ってしまったから……だから、ミーアさんは私に負担をかけないために言い出さなかったということなの？」

その推測を裏付けるかのように、深々と頷く者がいた。

「たぶん、そういうことだと思います」

ミーアの忠臣アンヌである。確信に満ち満ちた口調で、アンヌは続ける。

「ミーアさまは、とても優しい方ですから。ラフィーナさまがお忙しそうにされているのであれば、助けを求めることはしないと思います。むしろ、できることなら、ラフィーナさまのお手伝いをしたいって……、そう思っておられたんじゃないでしょうか」

……んなこたぁない……のだが、それにツッコミを入れる人物は、その場にはいなかった。ツッコミ不在の中、彼らはひとしきりミーア礼賛トークで盛り上がる。

「ねぇ、ルードヴィッヒさん。教えてくれないかしら？　私はなにをすればいい？　ミーアさんは私になにをしてもらいたいと思っていたの？」

「ああ、そうですね……。おそらくですが……」

そうして、ルードヴィッヒの口によって語られるミーアの深い深い考え……。感銘を受けるラフィーナ。アンヌも目をキラキラさせている！

そして、それを汚れなき眼で見つめている少女が一人……。

「ミーアお祖母さま……すごい！」

こうして、ベルの洗脳は、ますます進んでいくのだった。

第四十三話　もう一人のお姉ちゃん

さて、ミーアがキースウッドから大変有力な情報を仕入れている頃のこと。

会食の会場は、和やかな空気に包まれていた。

「……そういえば、彼女はキースウッドと面識があるのだったか……。だとすると……」

などと、小さくつぶやく国王。それをなんとはなしに眺めていたのは、ティオーナ・ルドルフォンだった。

当初、王族の会食に招かれたということで、無礼がないようにと緊張していた彼女であったが、そこはそれ。

もともと中央貴族に見下されないために、宮廷マナーや学問、剣術に至るまで鍛錬を重ねてきたティオーナである。

幼き日より身につけた所作は、自然と彼女に、この場に相応しい気品を増し加えていた。

そうして、緊張が解けた彼女は……、実のところ、この場では極めて異質な存在といえた。

直接、縁談に関係のあるエメラルダや、大きな影響を受けるミーアとは違い、ティオーナは別に関係者ではない。

ゆえに、彼女は独自の視点で、その会食の風景を見つめていた。

国王とミーアの対話、それを聞きつつも、彼女の視線はシオンのほうに向いていた。

——シオン王子は、エシャール殿下のことを大切に思ってるのね……。

その胸に抱く感情は……共感だった。

そう、この場にいるお姉ちゃんは、なにもエメラルダだけではない。ティオーナとてお姉ちゃん、弟を持つ身なのだ。しかも、彼女の弟、セロは、かつて自分に自信が持てない、ちょっぴり内気な少年だった。エシャールと、とてもよく似ていた。

ゆえに、彼女はシオンに共感できた。

エメラルダの質問攻めにあっている弟を、さりげなくフォローするシオン。あくまでもさりげなく、繊細な弟の誇りを傷つけないように……、助け過ぎず、放っておくこともせず、と、気遣いに苦慮《くりょ》するシオンを見て、思わず微笑ましくなってしまう。

——男の子って難しいからなぁ……。

などと思うのと同時に、いつもは完璧で非の打ちどころのない立ち回りをするシオンが苦労している姿を、失礼ながら可愛く感じてしまったりもする。

それよりなにより、先ほど、国王とミーアが対話している時のこと。それに聞き入るエシャールを横目に、少しだけ嬉しそうにしているシオンに、ティオーナは強い共感を覚えた。

――きっと、ミーアさまから、なにか良い影響を受けてほしいって、思ってるんだろうな。

自分の父とミーアとの間で、有意義な話し合いが行われることは、シオンも予想していたのだろう。ゆえに、シオンは、その様子を弟に見せて、そこからいろいろなことを学び取ってもらいたいと思ったのではないか。

――セロもそうだったものね……。

あの日、ミーアと出会ったセロは変わった。

どこか自信なさげな顔をしていた弟は、いつの間にか、隣国の姫とともにミーアのために働く者になっていた。

姉として、ずっと弟を励まし続けてきたティオーナとしては、嬉しい反面、悔しさもあった。自分ができなかったことを、ほんの一瞬、顔を合わせただけでやってしまったミーアに、軽い嫉妬のようなものすら覚えてしまったのだが……。

――でも、失恋したセロを慰めるのは、やっぱり私の役目なんだろうな……。

おそらく、セロはミーアに恋をしている。そのことはティオーナもわかっていた。そして、その恋が実らないであろうことも……。

だから、どうやって慰めようか、今から考えているティオーナなのだが……。

まぁ、それはさておき、弟のことでいろいろ葛藤を抱える気持ちは、ティオーナにはよくわかるのだ。シオンはきっと、自分自身と同じように、あるいはミーアが接したすべての人々と同じように、弟もまた、良い方向に成長してくれないか、と期待しているのだろう。

――思えば、みんなそうだものね。すごいな、ミーアさま。

みんながミーアと出会い、触れ合い変えられていく。それも良い方向に。

そして、それは、ティオーナ自身にも当てはまることだった。

昼間のラフィーナとの会食を思い出す。生徒会選挙の際、ティオーナは監禁事件の犯人の関係者たちを許した。許すことができた……。

それは、かつての彼女にはできなかったこと、ただ、中央貴族の者たちを見返すことだけを考えていた時の自分には、できないことだった。

――ミーアさまに出会って、みんなが変わっていくんだな……。

まるで、ミーアの周りから、どんどん世界が明るく、温かくなっていくようだった。

そこで、彼女は想像してしまう。もしも、ミーアと出会うことがなかったら、どうなっていただろう、と……。

中央貴族を見返すため……、必死になっていた日々。その先にあるのは、どんな未来だっただろう？

中央貴族の子弟たちを決して許さず、憤りと怒りを憎しみに変えた先には、いったい、どんな明日が待っていただろう？

瞬きの刹那、まぶたの裏に映る光景があった。

赤く染まった広場、虚しさを抱えた勝利、喪失と、くたびれた諦め……。

現実にはあり得ない光景は、おそらくは悪夢の中に見たもの。されど、それは、ただ夢と切り捨てるには、あまりにも現実感のある光景で……。

と、その時だった。

会場の扉が開き、いそいそとミーアが帰ってきた。

その顔には、席を離れるまでは見られなかった、軽やかな笑みが見て取れた。

――ミーアさま、すごくご機嫌みたい……。さっきまでものすごく難しい顔をしてたのに……。もしかして、もう、エメラルダさまの件、なんとかする算段がついたのかな？

おそらく、そうなのだろう、とティオーナは思う。

――すごいな、ミーアさま。もしかして、このままシオン王子の悩みでも簡単に解決してしまうんじゃないかな……。

会食が始まって以来、ずっと気になっていたシオンとエシャールの距離感。そこに付け入るようにして、政治的なアプローチをかけてくる貴族たち……。

ティオーナにとって、とても難しく感じられるそれらの問題だって、きっとミーアは簡単に解決してしまうのだろう。

――それで……いいのかな……？

頭を過るは、小さな疑問。すべてミーアにより、良い方向に変えられていくのだから、自分はなにもせずともよい……と、そこに後悔はないのだろうか……？

『今ならば声が届くのに？　手を伸ばせば届くところにいるのに？』

知っているのに、知らない、誰かの声が遠くに聞こえる。

ティオーナは、なんとも言えないもやもや感を胸に宿したまま、デザートに手をつけた。

かくて、キースウッドの言葉通り、豪勢なデザートをもって、その日の会食は終わる。

「こっ……これは……まさかっ⁉」

などと……、デザートを見たミーアは言葉を失うほどの感動を覚えるのだが……。

まぁ、それは、どうでもいいお話なのである。

第四十四話　報告会

「ふぅ、食べましたわ……。あまりお腹一杯食べてしまっては体に悪いですし、ほどほどにしなければなりませんわね……。ふむ、サンクランドから帰ったら、気をつけるようにしましょう」

要するに「サンクランドにいる間はお腹一杯食べることにしましょう」という類いのことをつぶやくミーア。

「ううむ……。お腹が一杯になったら、眠たくなってきてしまいましたわね……」

シパシパし始めた目をこすりこすり、それから、ふわわっと大きなあくびを噛み殺しながら、ミーアは城を出る。城門のところで待っていたアンヌに手を挙げて見せた。

「ああ、お待たせいたしましたわね。アンヌ……あら？」

っと、そこで、ミーアは首を傾げた。アンヌのそばに、意外な人物が立っていたのだ。

「……あら？　ルードヴィッヒとベルまで、どうなさいましたの？」

アンヌの隣で待つ二人の姿を不思議そうに見つめるミーアだったが……。

「ええ……。そのことは後ほど。それより、急ぎランプロン伯邸に戻りましょう」

「それもそうですわね」

もう、ベッドに入ればすぐにでも眠れてしまう、ねむねむミーアなのだが……、さすがにそういうわけにもいかない。

ダンスパーティーの日は迫っている。今のうちに、得られた情報をまとめておかなければ……。

そうして自分を励ましつつ、ランプロン伯邸についたミーアは、早速エメラルダの部屋を訪れた。

「まぁ！　ミーアさま、わざわざ訪ねてきてくださるなんて。今、お紅茶を淹《い》れていただきますわ」

ミーアは、淹れてもらった紅茶にミルクとたっぷりのお砂糖を入れて、一口。ほふぅっと、満足げな息を吐いてから、

「それで、エシャール王子はどんな印象でしたの？　エメラルダさん」

「そうですわね……」

エメラルダは、うーむ、と腕組みしてから、

「今はまだまだ、といったところですけれど、見込みはありますわ。お顔は素晴らしいですわ。幼さが残ってる目元も、綺麗な鼻筋も、今はまだ可愛らしいという印象ですけれど、きっと将来はシオン王子やお父君のように凛々しくなるでしょう。それに、お話しした感じ、性格も悪くはございません

わ。少し内気な印象もありますけれど、それは、今後の成長次第で、なんとでもなりますわ」

イケメンソムリエ、エメラルダは、そうして評価を下す。

「実に鍛えがいがありそうですわ！」

……どうやら、エメラルダのお眼鏡《めがね》にはかなったらしい。

「ただ、少し気がかりなのは優秀なお兄さまの存在かしら……。シオン王子のお話をする時には、少しだけ、翳《かげ》が見えましたわね。それが、もしかするとあの方のお心を傷つける要因になっているのではないかと……」

などと、エメラルダの分析は続いていく。

ミーアは、それを聞き、思わず舌を巻く。

彼女の言っていることが、キースウッドから聞いた情報と合致したからだ。

――さすがはエメラルダさん。大した観察眼ですわ。ただ一度の会食で、相手のことをきっちりと見抜くだなんて……。やりますわね……。

ともあれ、どうやらエメラルダは、エシャールのことが気に入ったらしい。

――エメラルダさんが気に入ったというのならば、此度の縁談、そう簡単に破談にするわけにもいきませんわね。

もしも、縁談を進める場合には、ミーアの対抗勢力である反女帝派を利してしまうことになるかもしれないが……。

「あの方の、お心の傷を癒やしてあげられればよろしいのですけど……」

エメラルダがなにか言っているが、構わずミーアは考察を進めていく。

――しかし、まぁ、グリーンムーン家では絶対的な暴君としてふるまっているエメラルダさんですし……。わたくしの対立候補、次期皇帝として名乗りを上げるのも、エメラルダさんに頭が上がらない弟たちということになりますわ。

そこまで考えて、ミーアは小さく頷く。

なんとかならないこともなさそうだぞ、と……。

「……まぁ、そこのところは、エメラルダさんに任せるしかありませんわね」

「はぇ……？」

なぜだか、ぽかーんと口を開けているエメラルダの肩を、ミーアはガッシと掴む。

「なにを間の抜けたお顔をしておりますの、エメラルダさん。あなたならばできますわ」

っていうか、今まで、さんざんわがままを通してきただろうに……、という思いを込めてミーアは言った。エメラルダがグリーンムーン家を牛耳ってさえいれば、当面は問題ないのだ。

そんなミーアの力強い声を受けて、エメラルダは……、

「ミーアさま……そんなに私のことを信用して……ええ、お任せくださいませ！」

大きく頷くのだった。

そうして、エメラルダの部屋を出てから、ミーアは腕組みする。

――まぁ、政治的なことはなんとかなりそうなのですけど……、問題はシオンの暗殺の件ですわね。エシャール王子の中にある劣等感をなんとかしてあげないと、いつまでもシオンを狙い続けることになるでしょうし……。

唸りつつ、自らの客室へと向かう。

——しかし、これは難しいですわよ？　本当であれば、婚儀を結ぶエメラルダさんのお役目なのでしょうけれど、ああ見えて、エメラルダさん、殿方との付き合いなんか全然経験ないでしょうし……。

と、そこまで考えてから、ミーアは重大なことに気付いてしまう。

「あら？　もしかして、男性経験ではわたくしのほうが勝っているなんてこともあるんじゃないかしら？　なにせ、わたくし、何人かの殿方と遠乗りに行ったことがありますし、アベルとは何度もダンスをした仲。あのシオンとだってダンスをしたこともございますし……。ふむ、やはり、エシャール王子の心の問題をなんとかできるのは、男性経験が豊富な、このわたくししかないのでは……？」

などと、ぶつぶつつぶやきつつ、ミーアは部屋に戻ってきた。

部屋には、アンヌとベル、さらに、ルードヴィッヒが待っていた。

「ああ、すっかり待たせてしまいましたわね。しかし、いったい三人でどうしましたの？」

不思議そうに首を傾げるミーアに、ベルがキラキラした目を向けてきた。

「実は、ラフィーナさまにお会いしてきました」

「あら、ラフィーナさまに？」

「ええ。協力をお願いして参りました。彼らの狙いを逆用してやりましょう」

ルードヴィッヒがベルの後を引き継ぐ。

——はて……、彼らの狙い？　逆用？

ミーアは、くぃーっと傾いていく頭を両手でがっしと掴んで、元の位置に戻す。

——あ、危なかったですわ……。なんのことかしら？　なぁんて、首を傾げてしまうところでしたわ！　眠たくって、どうも、頭の働きが悪くなってるみたいですわね。

「ミーアさまは、ラフィーナさまの負担になりたくない、と思われたのかもしれませんが、我々の独断でさせていただきました」

「申し訳ありません。ミーアさま。私が、ラフィーナさまのもとにご案内いたしました。もしかしたら、ミーアさまのお心に背《そむ》くことになってしまったかもしれないのですが……」

微妙に顔を曇らせているアンヌに、ミーアは笑みを浮かべた。

「いえ、気にする必要はありませんわ」

などと思いつつ、はて？　とミーアは首を傾げる。

――負担とはなんのことかしら……？　それに、ラフィーナさまに協力を求めるというのはいったい……？

ルードヴィッヒのほうに視線を向けると、なぜか、力強く頷かれてしまった。

まるで、この件はこれで大丈夫、と確信しているかのようだった。

――ふぅむ……なにやら、ルードヴィッヒには考えがありそうですわね。まぁ、この際ですし、協力者は一人でも多くほしいところでもある。となれば、ラフィーナさまにもなにかと協力いただいたほうが有利ではありますわね。

そこまで考えたところで、ミーアは思い出す。

――でも、ラフィーナさま、面倒事があると言っておりましたわね……。ということは、わたくしも、そちらに手を貸さなければいけないかしら……。

この手のことはギブ&テイクが基本。ということは、ミーアもまた、ラフィーナの仕事を手伝う必要があるかもしれない。

——ラフィーナさまは、なんて言っていらしたかしら……。ええと、確か、騎馬王国のことで、なんとか……、と。

その時だった。

ふいに、ベルが眉をひそめた。

「ところで、ミーアお姉さま、リーナちゃんが出かけたまま、まだ帰ってこないんですけど……、なにかご存知ですか？」

「あら？　リーナさんが……？　夜に一人で出かけたんですの？」

ミーアは驚きの声を上げた。

なにしろシュトリナは、あのイエロームーン公爵家の一人娘である。あの、暗殺のエキスパート、ローレンツ・エトワ・イエロームーンが、目に入れても痛くないほどに可愛がっている、愛娘なのである！

もしも、なにかあったらヤバイ毒を盛られること、疑いようもない！

大慌てで立ち上がろうとするミーアであったが、

「ディオン殿の姿も見えませんから、おそらく、シュトリナさまと一緒に行ったのではないかと……」

「ああ、なるほど……。ディオンさんが一緒なんですのね。それならば、まぁ……」

ホッと安堵のミーアである。

なにしろ、あのディオン・アライアが一緒にいるのである。

あの、百人の敵を一人で斬り伏せ、千人の敵の包囲を崩し、万人の追手から鼻歌交じりに逃げてくるような男が、である。

ミーアの頭の中では、すでに、伝説の英雄扱い《スゲーヤベェやつ》のディオンなのである。

むしろ心配なのは、シュトリナがディオンに影響されて、過激な思想に目覚めてしまわないか、ということぐらいだった。それはそれで、イエロームーン公爵から、刺客を送られてしまいそうな気がしないではないミーアであるが、ともあれ……。

「それならば、心配することはありませんわね」

「なるほど。確かに、ディオン将軍が一緒にいらっしゃるなら安心です」

ベルも、納得した様子でニッコリした。っとその時、タイミングよく部屋のドアがノックされた。

「失礼いたします。ミーアさま、ただいま戻りました」

「あっ、リーナちゃん！」

入ってきたシュトリナを、ベルが嬉しげに出迎えた。

「あれ？　ベルちゃん、まだ起きてたの？」

シュトリナはびっくりした顔でベルのほうを見て、それから……、

「もしかして、今日の分のお勉強をサボってたから、こんな夜遅くまでやらされてたんじゃ……」

ジロリ、と剣呑《けんのん》な視線をルードヴィッヒに向ける。

そんな友人に、ベルは、ぷくーっと頬を膨らませて見せた。

「むぅ……、リーナちゃん、もしかしてボクのことを、なまけ者と思ってませんか？　リーナちゃんがいないと、一人で勉強もできないような……」

……事実、そうなのだが……。

「え、あ、そんなことないわ。ベルちゃんは、やる気になればできる子だってこと、リーナはちゃんと知っているもの」

大慌てで、手をぶんぶん振るシュトリナ。それから、不安そうにベルの顔を覗き込む……、と、突然、顔を上げるベル。その顔に浮かんでいたのは、悪戯っぽい笑みだった。

「えへへ、なーんちゃって……。冗談に決まってるじゃないですか、リーナちゃん」

などと、小さく舌を出す。

「なっ、ぁっ！　もう、ひどい！　ベルちゃんの意地悪！」

怒ったような、拗ねた顔をするシュトリナだったが、すぐにその顔にも無邪気な笑みが戻り、キャッキャッと笑顔を浮かべつつ、じゃれ始める。

ちなみにシュトリナが言ったのは「ベルは、やる気にならなければダメな子である」ということと、ほとんど同義の言葉であるのだが……。そのことにつっこむような、真の意地悪は、その場にはいなかったのだ。

そんな優しい世界で、ひとしきりベルとじゃれあってから、改めて、シュトリナはミーアの前に歩み寄る。

その顔には、いつもと変わらない、花のような笑みが浮かんでいた。

――この切り替え、すごいですわね……。

感心するミーアの前で、シュトリナが報告を始める。

「今夜、開放市場を調べてまいりました。ディオン・アライア殿にも協力していただきました」

――はて？　開放市場？

と首を傾げそうになるも、我慢、我慢……。腕組みして考え込む……ふりをする。

「ふむ……開放市場にディオンさんと……。それで、なにかわかりましたかしら？」

「はい。端的に言ってしまうと、エシャール王子に接触した者がいるようです」

「ほう、エシャール王子に……」

ミーアは、ううむ、と唸り……、さぁて、これはまずいことになったぞ……、と内心でつぶやく。

正直、シュトリナがなんのことを言っているのか、まったくもってわからなかった。というか、開放市場ってなんのことだろう……？　と首を捻るレベルである。さりとて、それを口に出すわけにもいかず、しかし放置するのも危険そう。さて、どうやって聞き出したものか、と考え込んでいると……。

「あの、ミーアさま？」

ふいに、シュトリナが顔を覗き込んできた。

まさか、状況をなーんも理解できていないことがバレたか⁉　などと焦るミーアであったが……、

「このお話、彼らに聞かせても問題ありませんか？」

シュトリナが視線を向ける先には、ルードヴィッヒやアンヌの姿があった。

「ああ、ええ、もちろん、彼らは……」

と言いかけたところで、ミーア、起死回生の一手が閃く！

「彼らはわたくしの忠臣。なんらの隠し立てもする必要はございませんわ。むしろ、今の状況を説明してあげてくださらない？　いきなり開放……市場？　のことを話してもわからないでしょうし……」

ミーアの視線を受けて、ルードヴィッヒが重々しく頷く。

「お気遣いいたします。できれば、我々としても情報を把握しておきたく思います」

ルードヴィッヒの言にシュトリナは小さく頷いた。

「わかりました。では、ミーアさま、ディオン・アライアもこの場に呼んでも構いませんか？　彼にも、今夜あった出来事を話してもらいたく思います」

「ええ、ぜひ、お願いいたしますわ」

ミーアは小さく頷いて……、ふわぁ、っとあくびを噛み殺した。

すでに時刻は深夜を回り、日付が変わろうとしていた。

第四十五話　名探偵ミーア（へ）の挑戦状

ディオンがやってくるのを待って、改めてシュトリナは事情を説明した。

コネリーから得た情報、開放市場という治安の悪い場所のことと、そこでエシャール王子が一時的に行方不明になったということ。

「開放市場……なるほど。市場は、規制を緩くしたほうが活発化するもの。城から遠い場所であれば、多少の治安の悪化はやむを得ないということか」

感心した様子で頷くルードヴィッヒに、シュトリナは続ける。

「けれど、人の出入りが多い分、蛇が潜むのも容易になる。そのような場所で、第二王子が行方不明になった。怪しいと思ったリーナは調べに行くことにしたの。幸いにも、情報はすぐに出てきた。エシャール王子に接触を図った、怪しげな男の情報が……」

例の男たちから情報を得た後もシュトリナたちは、開放市場周辺を探って回った。

なるほど、コネリーの言う通り、治安はあまりよろしくない。おかげで、裏社会に通じていそうな輩《やから》には事欠かなかった。

ということで、シュトリナは、出会ったそばからディオンに捕まえてもらい、尋問していった。後ろから、剣で肩をポンポン叩くと、すぐに口を割ったらしい。

ちなみに、それを聞いたミーアは、

――ああ、さすがはディオンさん。ものすごーくガラが悪いですわ……。これでは、どちらが賊かわかったものではありませんわ……。

などと思ったりもしたものだが……。

まぁ、それはさておき……。

「そうして、尋問を続けていく中で、男が根城《ねじろ》にしていたと思《おぼ》しき場所の情報が手に入った。だから、リーナたちは、そこに向かったのだけど……」


シュトリナは静かに空を見上げる。

月はいつの間にか雲に隠され、夜は一層、闇を深めていた。

そんな、濃密な夜のベールに覆われた開放市場は、奇妙な静寂に満ちていた。

静寂には違いないのだろう。昼は市場を支配するであろう人の声も、金や商品が立てる音も、一切の音が聞こえないのだから。

されど……、一方で、シュトリナの感覚は矛盾するような騒々しさを感じ取ってもいた。

それは……、何者かが息を潜め、自分たちの監視をしているという……いわば多数の視線の立てる騒々しさ。

「ふーん。ここが開放市場」

シュトリナは、辺りを見回してから、つぶやいた。

「明るい時も、あまり来たくない場所ね」

ベルを連れてくるには、あまり良い場所じゃなさそうだし、かといって、一人で遊びに来ても楽しそうではない。

「遠巻きに結構な数が見てるな。また、何人か締め上げてみるかな……」

「いいえ。必要ないわ。どうせ、出てくる情報は同じでしょう」

シュトリナは、肩をすくめて首を振る。

怪しげな連中を何人か締め上げたところ、彼らの口からは、共通する情報が出てきた。

一つ、エシャール王子に接触を図ったのは、騎馬王国の訛りを持つ男であったこと。

一つ、その男が根城にしていたのは、開放市場のほど近くにある建物であること。

「ほかにも、いつ頃、この国に来たかは知らないし最近は見ない、というのもあったかしら」

ともかく、少し締め上げてやれば簡単に出てくるので、情報集めに苦労はしなかった。

でも……。

シュトリナは「んー」と唸った。

――絶対に罠だし、これ、たぶん、あちらが与えたい情報以外を探すのは大変なんだろうな……。

ため息をこぼしつつも、シュトリナは背後の気配に心強さを覚える。

帝国最強の騎士、ディオン・アライア。皇女ミーアの最強の剣は、どんな罠でも食い破ってしまいそうな、圧倒的な強者の雰囲気を持っていた。

であればこそ、シュトリナは一歩踏み込もうと思っていた。

あえて、敵の罠に……。


開放市場を抜けた先、問題の建物は建っていた。

まるで、タイミングを計ったかのごとく雲が晴れ、再びの月明かりが、その外観を照らし出す。

それは、石造りの粗末な建物だった。

周りに建っているものと、そう大差ない作りだ。ドアは木製、両側の窓には木の板が張られていて、これでは月明りは期待できないだろう。

「ディオン・アライア、あなた、夜目は利くほう？」

「んー、普通かな。人並みだよ」

「そう……」

シュトリナは、帝国最強の言う「普通」とは、どの程度のものかを吟味して……。

――まぁ、この人なら、目が見えなくっても四、五人程度ならなんとかするでしょう。

などと判断する。

何度か顔を合わせる機会があった狼使いは、視覚を奪われていたとしても、十分に戦える戦士だった。ディオンが彼に劣るとも思えない。

「それならば……そうね。一応、外からじっくり調べて、それから、あの木の扉を破りましょう」

「中に入るのかい？　罠なのは明らかだと思うけど」

「なにかあったら、あなたが守ってくれるんでしょ？　帝国最強の騎士殿」

挑発するように笑うシュトリナに、ディオンは、やれやれ、と首を振った。

「まったく、姫さんといい……、帝国のお姫さま方は、蛮勇《ばんゆう》に過ぎるな」

それを聞き流し、シュトリナは、音もなく建物に接近した。扉越しに中を窺う。が、中からは物音一つしない。

「ディオン・アライア、蛮勇と言われるのは少し心外ね。この広さならば、燃やされたとしても最悪、脱出はできるでしょうし、中に何人か潜んでいても貴方がなんとかしてくれるでしょう？　別に蛮勇でも何でもないわ」

そう言ってから、彼女は一歩後退。それから、ディオンに扉を指し示した。

ディオンは、一つため息を吐いてから、剣を一閃。鍵のかかった木の扉を真っ二つにする。

中は、予想していた通り、漆黒の闇に包まれていた。

「一応言っておくと、ここからは蛮勇は不要だよ、イエロームーン公爵令嬢。臆病に僕の後をついてくるぐらいじゃないと、命を落とすから、気をつけるようにね」

「ええ、そうね。なんなら手でも繋いだほうがいいかしら？」

おどけて見せつつも、素直にディオンの後ろにつくシュトリナ。それを確認してから、ディオンはゆっくりとあたりを窺いつつ歩を進めていく……。

「ふ、ん……敵の気配はなし……か」

つぶやき、ディオンは、小さくため息を吐いた。

「それで、どうしようか、イエロームーン公爵令嬢。中を調べるなら灯りを確保しないと……」

その時だ。ドサッとなにかが落ちる音、直後、ぶわぁっと、粉のようなものが舞い上がった。

「ちっ、毒か……？」

自らの口元を覆いつつ、シュトリナの頭に外套をかぶせる。と同時に、シュトリナを抱きかかえると、ディオンは強引に建物の外に飛び出した。

対してシュトリナは、

「……いいえ、たぶん違うわ。ディオン・アライア。小屋全体に充満させるなんてもったいないし……、それ以上に、そんな目立つことはたぶんしない」

誰に言うでもなく、つぶやく。

外に出ると同時に、剣を抜いて、ディオンは周囲を見回した。けれど、襲ってくる者の姿はなく……。それでも、しばらくは警戒を続けていたが……、

「やれやれ。毒じゃないのなら、これはただの嫌がらせかい？」

ディオンは剣を鞘に納めると、髪についた粉を払い落とした。

「いいえ、それも違うわ」

シュトリナは、ちょこんと背伸びして、ディオンの頭に手を伸ばす。それに気付いたディオンは、小さなお嬢さまの手が届くように身を屈めた。

そのかいあって、ご令嬢の手はディオンの髪の一房、そこについた粉をつまむことに成功する。

シュトリナは、指先についたその粉末をもてあそびながら、軽く鼻に近づけ、次に小さな舌先に、ピトッと付けた。

「おいっ！」

と、慌てるディオンを尻目に、すぐに、持っていた水筒で口をゆすぎ、

「大丈夫。ただの小麦だから。質の悪いね」

「小麦？　そんなものを部屋にまき散らして、いったいなにがやりたかったんだい？　まさか、偶然、落ちてきたわけではないんだろう？」

不審げに眉を顰めるディオンにシュトリナは言った。

「聞いたことがあるわ。こういう、室内に粉状のものをまき散らして、火をつけると……激しく燃え上がって周囲のものを吹き飛ばすんだって」

「それで僕たちを闇に葬《ほうむ》ろうって？　ずいぶんと面倒な手段をとるな……。そんなことをせずとも、なにか手がありそうなものだが……」

呆れたように言うディオン。シュトリナは一瞬黙ってから言った。

「完璧な毒とは、どういうものかわかるかしら？　ディオン・アライア」

「さてね？　飲んだ瞬間に死んでしまう毒とかかな？」

静かに首を振って、シュトリナは続ける。

「リーナはこう考えるの。最善は、毒を使ったと気付かれないような毒。自然死に見せかけられるのがベストね。そこに殺人者の存在を匂わせず、ただ、その人間を排除できるのが一番。その次は、なんの毒を使ったかわからせることに意味を持たせること。例えば、特徴的な毒を使い、偽の犯人をで

っちあげるとかね」

そうして、シュトリナは言った。

「おそらく、これはただの置き土産……。襲撃者を誘い出し、撃退する目的ならば麻痺毒《まひどく》なり、目つぶしなりを使って動きを奪えばいい。その後は尋問でも拷問でも好きにできるから。でも、これは、置き土産。自分の痕跡を追う者を、偽の痕跡によっておびき寄せて、消すための仕掛け」

「あえて、わかりやすい痕跡を残すことで、本物の痕跡を見えなくした、ということかい？」

「もっとしっかり調べれば、本物の痕跡だって出てくるのでしょうけれど……。まずわかりやすい痕跡に食いついてしまうものじゃないかしら？　リーナたちみたいに急いでいたりしたら、特にね」

ディオンは腕組みしつつ、ふん、っと鼻を鳴らす。

「そうして、おびき寄せられた建物を、調べようとしたら吹き飛ばされる、ということか」

「そう。そして、そこに不審なことはない。後には倒壊した建物と、焦げた跡と、焼け焦げた小麦が残るのみ。毒が充満した部屋で人が死んでいるのと、どちらが注目を集めてしまうかしら……。この仕掛けはね、毒を使って殺したと気付かれないような毒。自然死、この場合では事故死に見せかけて殺すための仕掛けよ」

シュトリナは、建物のほうを見て言った。

「いずれにせよ、収穫はなし、かな。蛇と明確に繋がっているという証拠もないし、騎馬王国訛りというのも、こうなってくると本当かどうか……」

やれやれ、と肩をすくめるディオンに、シュトリナは花のような笑みを浮かべる。

「ふふふ、そう悲観することもないわ、ディオン・アライア。たぶん、この状況を作ったのは、蛇よ」

「なぜ、そんなことが言えるのかな？　イエロームーン公爵令嬢？」

ディオンの不審そうな視線を涼しげな笑顔で受け流し、シュトリナは言った。

「簡単なこと。あなた、小麦が建物を吹き飛ばすことがある、なんてこと知ってた？　それが罠に使えるだなんてこと、思いつくかしら？」

「ああ……なるほど」

「この罠はね、発動すれば建物の倒壊、ないし火災にしか見えないし、発動しなくても、ただ小麦が室内にまき散らされることにしかならない。でも、リーナのように知っている者が見れば、同じく知っている者が作った巧妙な罠だとわかる。一般に知られていない秘匿《ひとく》された知識だからこそ証拠の隠滅に使えるけれど、知っている者が限られているのだから、それを使った者の正体も当然限られてくる」

と、そこまで言ってから、シュトリナは小さく首を傾げた。

「それとね、騎馬王国訛りの件も、偽りであったとしても無駄な情報ではないわ」

「それは、なぜかな？」

問いかけに、シュトリナは妖艶な笑みを浮かべて言った。

「だって、騎馬王国のせいにしたいのなら……、おのずと使う毒の種類も限られてくるでしょう？」

「以上が今夜あった出来事です。ディオン・アライア、ほかに付け足すことはあるかしら？」

「いや、特には。まぁ、強《し》いて言うなら、イエロームーン家はあまり敵に回さないほうがよさそうだということを、ミーア姫殿下にご進言したいということぐらい、ですね」

肩をすくめるディオンに、ベルが笑みを浮かべる。

「大丈夫です、リーナちゃんが、敵になるはずありません」

「ベルちゃん……」

などというイチャイチャを尻目に、ミーアは、ふあむ、と息を吐き、

「リーナさん、騎馬王国やその周辺に出回っている毒に対する対処、お願いできますかしら?」

「はい。万事つつがなく」

シュトリナは、かしこまって、頭を下げた。

「しかし、また騎馬王国……。なんだか、最近よく聞きますわね……。ラフィーナさまも、その関係で来たと言っておられましたし……。これにはなにか意味があるのかしら……?」

そうしてミーアは、再び、ふあむ……、と息を吐いた。


これにて、ミーアのもとに情報は出揃った。

はたして、帝国の叡智ミーアは、この事件を無事に解決でき……。

「ふわぁむむ……、駄目ですわね……。眠い……、限界ですわ」

……はたして、帝国の叡智、眠りのミーアは、この事件を無事に解決できるのだろうか?


その結末を知る者は一人もいなかった。

番外編　公正・公平な正義の王さま

断罪王シオン・ソール・サンクランドは敵が多い人物だった。

数多の対立者たちは時に表立って、あるいは陰口として、口汚くシオンを罵り攻撃した。

そんな者たちであっても、ただ一つ否定できないことがあった。

それはシオンが極めて公正で、私情を一切挟まない裁きを行ったということだ。

彼らは、口々にこう言った。

「断罪王シオン陛下が公正であることは疑いようがない。なにしろ、彼は罪ありと見れば血の繋がった弟も処刑したし、兄弟同然に育ち、腹心と頼りにしてきた従者をも処刑して見せたのだから。まぁ、それがいいことだとは決して言わんがね」

と。


その日、王の執務室に一人の老貴族が訪れた。

来訪を告げる声に、シオンは静かに視線を上げる。と、そこに立っていたのは、昔なじみの顔だった。

「ランプロン伯か。久しいな」

シオンの静かな声に、ランプロン伯は、緊張にこわばった笑みを返した。

「お久しぶりでございます、陛下」

かつては、サンクランド保守派貴族の筆頭にして、エシャールの教育係をも務めたランプロン伯であるが、しばらく前に第一線を退いている。

その身に帯びた覇気に満ちた風格も鳴りを潜め、今は好々爺然とした穏やかな雰囲気があるのみ。

そんな、半ば引退した貴族の訪問に、シオンは小さく首を傾げる。

「して、此度は、いかがした？　旧交を温めたいのはやまやまなのだが、例の反乱事件の後始末が残っていてな。あまりゆっくりともしていられないのだが……」

ちょうど十日ほど前、サンクランドの一部で反乱騒ぎがあった。

シオンの苛烈《かれつ》な執政に反感を持つ貴族たちが、第二王子エシャールを旗印として、大規模な反乱を企図したのだ。

されど相手が悪かった。彼らが弓を引こうとしたのは、天才シオン・ソール・サンクランドだったのだ。

反乱の兆候を掴んだシオンは、即座に直属の軍を率いて、首謀者たちを一網打尽にしてしまったのだ。

現在、下手人は全員地下牢に閉じ込められている。そして、そこにはシオンの弟、エシャールの姿もあった。

「まさに、その件でお話がございます。陛下」

恭《うやうや》しく頭を下げてから、ランプロンは真っ直ぐにシオンの目を見つめる。

「エシャール殿下の処刑、どうかお考え直しくださいますように……。エシャール殿下も、きっとあの首謀者たちに翻意するように努められたはずです」

「どうかな……。以前から、エシャールには私に対する劣等感のようなものが見て取れた。反乱の首謀者たちにそそのかされて、私を倒す好機と考えたとしても不思議ではない」

「ですが……」

「いずれにせよ、国に無用な混乱を招き、民が血を流した。その報いは受けさせねばならぬ」

「血の繋がった弟君ですぞ？　それを……」

「たとえ弟であっても……いや、弟だからこそ処分を軽くするわけにはいかない」

断罪王は、その諫言《かんげん》を切って捨てる。

「ランプロン伯、貴公もそれがわからないのか？　サンクランド王の公正なる統治を主張し続けた貴公であっても、わからぬのか？　私は王なのだ」

絶大な権力を持つ者として、裁きに私情を交えるわけにはいかない。誰であれ、処刑に値する罪を犯した者にはその命をもって贖わせなければならない。

それこそが公正というものだ。

「さようでございますか……。仕方ありますまいな」

そうして、ランプロン伯はその場を後にした。


事件はその夜に起きた。

牢《ろう》に捕らえられていたエシャールを数人の者たちが救出しようとしたのだ。

首謀者《しゅぼうしゃ》がランプロン伯であったことに、シオンは特別な感慨《かんがい》を抱くことはなかった。彼は幼少期のエシャールの養育係だ。その後もエシャールとは親しくしていたようであるし、情が湧くこともあるだろう。

情状酌量の余地があるだろうか……、と考えていたシオンであったが、続く報せには、さすがに驚きを隠せなかった。

犯人の中に、自らの頼りとする腹心、キースウッドの姿があったのだ。

夜が明けて翌日、シオンは収監されているキースウッドのもとを訪れた。

地下牢の中、土に汚れた友の姿を見た時、シオンは微かに顔をしかめた。唇を噛み締めたその顔は、ほんの一瞬、泣くのをこらえる時のような、そんな表情に見えたが……。次の瞬間には、すでに、厳格なものへと変わっていた。

「キースウッド、愚かなことをしたな」

かける言葉は穏やかで、けれど、どこまでも冷たい。

「ええ。そう……でしょうね。俺は、あなたを止められなかった」

疲れた笑みを浮かべたキースウッドは、口惜しさを誤魔化すように、おどけて肩をすくめた。

「残念だ……。お前には、いつまでも私の右腕として支えてもらいたいと思っていた。なぜ、このようなことをしたのだ……？」

「おわかりになりませんか？　それが……」

「わからんな。王の正しさは、この国のよって立つところだろう。エシャールは処刑されなければならない。そうしなければ、正義が保てない」

彼は正しくなければならなかった。公正なる正義の存在として。

「そうでなければ……」

彼の脳裏に、しみついて離れない光景があった。

それは、赤く染められた世界。

夕日に照らされた赤い断頭台。

人々の怨嗟《えんさ》の声。それをただ一身に受け、首を落とされた皇女の姿。

彼女の首を落としたのは他ならぬ自分だ。

彼女は死ななければならなかった。彼女を処刑することは正しかった。

その正しさが揺らがぬために、シオン自身は正しくあり続けなければならなかった。

シオンは小さく首を振った。

「シオン陛下、どうか、私の処刑に免じて、エシャール殿下のお命だけは……」

そう訴えるキースウッドに、シオンは眉を顰めた。

「なぜだ？　お前は別に、エシャールとそこまでの繋がりがあったわけではあるまいに」

「エシャール殿下を、実の弟を殺してしまったら、あなたは本当に……」

「キースウッド、私は『王』だ。このサンクランドを正しく治めなければならないんだ。だから、エシャールを処刑しないわけにはいかない。それに……」

わずかな沈黙、その後、シオンは言った。

「さらばだ。キースウッド。今まで私を支えてくれたこと、感謝する」


こうして、シオンは「理想の王」となった。

あらゆる感情を消し去り、ただ正しく、公正な判断のみを下し続ける、そのようなモノになった。

人間性を喪失したかのような、その姿は人々から畏怖され、恐れられた。

彼は、生涯孤独だった。

人間には寄り添う者が必要だが王には必要ない。正義の王は、そのような者を持つことが許されない……そう、言わんばかりに。

それは、悲劇の種の発芽。その一つの形。

サンクランド王室の中に、その種が残り続ける限り、悲劇的な実りは形を変え、いずれは発芽《はつが》するだろう。仮に、シオンの暗殺が回避されたとしても……。

シオンの暗殺を未然に防ぎ、サンクランドの地の深くに埋まった不幸の種を取り除くことができるのは、我らがポンコツ姫一行のみ！

今、ミーアとその仲間たちが、サンクランド王家が内包する悲劇の種に挑む！

「……ふむ、なんだか、このドレス……、ちょっとだけお腹のところがきつくないかしら？　採寸を間違えたのではなくって……？」

……大丈夫だろうか？

「変ですわね。これ、つい先日、仕立て直したばかりですのに……ははぁん、わかりましたわ。この気候で、ちょっとだけ縮んだんですわね？　そういうことあるみたいですし……」

……………本当に、大丈夫だろうか？

第四部　その月の導く明日へⅢへつづく

乙女たち、
コ(ワ)イバナに花を咲かせる

GIRLS' TALK ABOUT LO…GHOST STORY

「おお……こっ、これは……」

ミーアは思わず、感嘆の声を上げた。

そこは、サンクランドへと向かう巡礼街道。多くの巡礼者が行き交う太い道から、少し脇に逸れた場所。開けた広場のようになった場所に、その馬車は止まっていた。

扉に黄金で豪奢な装飾が施された大型馬車。帝国四大公爵家の一角、グリーンムーン家の誇る馬車は、実に壮麗な見た目を誇っていた。

けれど、まぁ……それだけならば、ミーアは驚きはしなかっただろう。

時々、忘れがちになることではあるが、ミーアは帝国の皇女殿下である。格付け的に言えば、エメラルダよりも上。当然、この程度の馬車には、普段から乗り慣れている。

できれば、そのお金も削減したいところだが、あまり粗末なものに乗っていると、他国の者に侮られる、とルードヴィッヒに諫められてしまうので、時と場合によってはきちんと豪奢な馬車に乗るようにしているのだ。

では、なににミーアが感銘を受けたかというと……、

「すごいですわね。これ、二つ繋ぐことができるんですのね？」

そうなのだ。グリーンムーン家の馬車は、横に二つ並べて、それを連結させることで、簡易の宿泊場所として利用することができるのだ。

通常は、貴族や王族であったとしても、町から離れた場所での宿泊には、簡易の幕屋を使うのが一般的である。が、この馬車があれば、より快適に旅をすることができるだろう。

以前、エメラルダの船であるエメラルドスター号については、そこまで関心を抱かなかったミーア

であるが、これには感嘆を隠さない。

なにしろ、あの船は、それほど大きくなかったが、この馬車はどうだ？　その機能性もさることながら、とても大きい！　普通の馬車の優に二倍近くはあるではないか！

……いや、まぁ、馬車を二台連結させてるわけだから、二倍の大きさがあるのは当たり前のことではあるのだが……ともかく、ミーアはいたく感動したのだ。

基本的に大きいものが大好きなミーアは、この馬車のことを大いに気に入ってしまったのである。

「ふむ！　さすがは、グリーンムーン家の誇る技術力ですわね。素晴らしいですわ」

外国との繋がりが深いグリーンムーン家には、最新の技術が集まる。その中には、どうにも使えない、しょーもないものももちろんあるが、このように有益なものも多数あるのである。

ということで、この素晴らしい馬車には、ミーアも称賛を惜しまなかった。

「うふふ、それほどでもございませんわ。さ、どうぞ、中へお入りくださいませ」

ミーアの手放しの称賛を受けたエメラルダは、上機嫌にミーアたちを馬車の中へと誘った。

二台を連結させた馬車は、もともと大きめの馬車であることもあって、かなりの広さがあった。

さすがに、城の一室とはいかないまでも、宿の一室と同程度はありそうだ。

しかも、どうやら、馬車内の椅子は収納されてしまうらしい。床は平らになり、ふかっふかの敷物が敷かれていた。

試しに座って、敷物を撫でたミーアは、上機嫌に笑った。

「ああ、とても快適ですわ。あら？　これだけの広さならば、女子は全員入れるのではないかしら？」

その空間を見て、ミーアは、そんなことを言い出した。

エメラルダとメイドのニーナ。ミーアとアンヌ。ベルとシュトリナ。ティオーナとリオラ。一行にいる女子は全部で八人だが、このぐらいの広さがあれば、少々、窮屈でも全員入ってしまえそうだった。

ということで……。

「ねぇ、エメラルダさん。せっかくですし、みなで、ここに集まって寝るというのはどうかしら？　きっと楽しいですわよ？」

「みなで、ですの？」

エメラルダは、怪訝そうに眉を顰める。腕組みし、少しだけ考えた様子だったが……、

「ええ。それはいいですわね。とっても楽しそうですわ！」

すぐに、明るい顔で頷いた。

基本的には大貴族のご令嬢で、極めて伝統的な貴族の価値観を持っているエメラルダではあるのだが、反面、無人島でキャンプをしてしまうという、破天荒なアクティブさも兼ね備えているわけで……。しかも、あの無人島の出来事も、どうやら、彼女の中ではとっても楽しい思い出として記憶されているらしく……。

ということで、馬車の中には、総勢八人の少女たちが集まることになったのだ。

ちょっぴり手狭で賑やかで、その空気は、なんだかとっても楽しくって……。

「うふふ、こういうの、いいですわね」

ミーアはついつい、そんなことを思ってしまう。

もちろん、今回の旅は、シオンの命がかかった緊張感のあるものだ。

しかし、まぁ、それはそれ。ずっと肩に力を入れっぱなしでは、体がもたない。だから、楽しめる

時は楽しもうと思うミーアである。

「あの、ミーアさま、本当によろしいのでしょうか？」

なにやら、アンヌが遠慮がちに言っているが、まぁ、いいのである。

「あなたは、わたくしの専属メイドですわ。気にする必要など、どこにもございませんわ。ねぇ、エメラルダさん」

話を振られたエメラルダは、アンヌのほうを見て、

「そうですわね。あなたはミーアさまの専属メイドなのですから、堂々としていればいいですわ。それに私も……、その、あなたには多少の恩がございますし？　なにか困ったことがあった時には遠慮なく言ってくださいまし」

ちょっぴり照れくさそうな顔で言うエメラルダだった。

「エメラルダさま……ありがとうございます」

アンヌが嬉しそうに笑みを浮かべる。実に、和やかな雰囲気を感じて、ミーアはニコニコ笑みを浮かべた。

「それにしても、この馬車、作りがしっかりしてますし、周りも……」

と、防護用の板を上げて外を見れば、警護にあたる兵の姿が見えた。ミーアに気付いたのか、力強い笑みを浮かべてくれる。

実に心強い。

「厳重に警護してもらって……なんだか、すごい安心感ですわね」

「そうですわね。今回の旅はディオン・アライアも同行していますし、どんな刺客が襲ってきても大丈

夫ですね」

対蛇の第一人者であるシュトリナが華やかな笑みを浮かべて頷く。対して、ミーアは苦笑気味だ。

「まぁ、あの方が一人いれば、大抵の警護は問題ありませんけど……」

そうして、和気あいあいとした空気が流れかけた――まさにその時だった！

「そうとは限らない、です」

静かに声を上げたのは、リオラだった。視線を向ければ、ややうつむき加減に、リオラがこちらを見つめていた。前髪で目元が隠れて、ちょっぴり怖い感じになっている。

「深い森の中ではディオン・アライアであっても、安全とは言えない、です」

「あら？　そうなんですのね。やはり、ルールー族にも、強者がいるんですのね」

そう言えば、ディオン率いる部隊は、ルールー族との激戦の際に、大きな被害を出したんだっけ……などと思い出すミーアであったのだが……。

リオラは、小さく首を振る。

「いえ、そういうことではない、です」

なにやら、低い声で言った。

それから、辺りを恐る恐るといった様子で見回してから、

「実は、森には、恐ろしい怪物が出る、です」

「……はぇ？」

ミーア、直後に悟る。

この話の流れは……よくない、と！　けれど……。

「あら、ルドルフォン家のメイド。それは、もしや、怪談ですの？」

興味津々に食いつく者がいた！　エメラルダであるっ！

そうなのだ！　無人島でもそうだったが、エメラルダは基本的に、この手のこわぁい話が、好きなのだ。

――これは、まずいですわ。なんとか、止めないと……。

と、慌てて止めに入るミーアであったが……。

「あら、ミーアさま、もしかして、怖いんですの？」

「こっ、ここ、怖いとか、そんなはずございませんわ。まったく、人聞きが、わわ、悪いですわ！」

ミーアは、柳眉《りゅうび》を吊り上げて言った！

無論、ミーアも本気で怖いなどとは、まったく思わない。全然である。余裕である。

しかし、だ。しかしなのだ。

ここには、アンヌがいる。自分の大切なメイドを怖がらせるわけにはいかないではないか。それに、ベルやシュトリナだっている。年少組に怖い話を聞かせるだなんて、そんなことを許していいはずがない。ミーアはお姉さんなのだ。年上として、きちんとしなければ……。

怪談に繋がりそうな流れに、今敢然と、ミーアが立ち塞がる！

大切な孫娘、ベルが怖がっているのを大義名分に、話を変えさせようと視線を転じるミーア……であったのだが。ベルは……キラキラした目で話を聞いていた！　全然、怖がってなかったっ！

そうこうしている間にも、リオラの話は続いていた。

「これは、ルールー族の間に伝わる話、です。静海の森の奥深く……禁断の森へと至る道が……」

そうして、あっけなく怪談の流れに飲み込まれてしまったミーアだった。

暗い、暗い森の中。

「う、ううん……ここ……は？」

気付けば、ミーアは深い森の中に立っていた。

「あ……あら？　変ですわね。わたくしは、確か……馬車の中で……あら？」

状況がわからず混乱しかけたミーアであったが、すぐに思い至る。

「ははぁん、なるほど。これは、あれですわ。革命軍の手から逃れて、森の中をさまよった時の夢ですわね」

わかってしまえばどうということもない。かつてはうなされたこともあったが、しょせんはただの夢である。

「ふふん、いつまでも、この状況に怖がると思われるのは心外ですわ。今のわたくしには、生存術の知識がございますもの」

そうなのだ。この時の経験をもとに、ミーアは森の中での生き残り方を学んでいるのだ。

それに、無人島での経験もある。食べられるキノコだって知っている。

むしろ、せっかく夢で見たのだから、いざという時の予行演習をしておこう！　ここはひとつ美味しいキノコでも探してやろうじゃないか！　と、ミーアは意気込んで……けれど……。

「あら……？」

改めて周りを見回して、ふと、違和感を……覚える。

深い、深い森……。前後を見回しても、見えるのは背の高い木、木、木。まるで、両手を差し伸べる巨人のように、枝は奇妙に長く、幹は不自然に捻《ね》じ曲がっている。

「なにやら、不気味ですわね……」

見ていると、背筋がゾクゾクしてくる。

鳥肌の立つ腕をさすりつつ、ミーアは辺りの様子をうかがう。

おかしい。確かに、あの森では深い孤独を感じた。追手への恐怖もあった。だが、今感じるのは、むしろ、この森自体への恐怖だ。

森の中に潜む、得体の知れないナニカが襲ってくるような、そんな恐怖なのだ……。

「なんだか、ここ、いやな感じがしますわ」

せっかく夢の中だし、冒険してやるぞぅ！　などという気持ちは、早々に霧散してしまっていた。

さっさと森を出ようと、ミーアは出口を探し始めようとした――その時だった！

不意に、ミーアの耳が、ず、ずずず……という音を捉えた。

それは、森の葉が揺れる音、枝がこすれる音……その音が、徐々に、徐々に……近づいてきた！

「あら……なにかしら？　この音は……」

ミーアは、恐る恐る後ろを振り返り……、

「ひっ、ひぃいいいいいっ！」

ひきつるような悲鳴を上げた。

森の木々をかき分け、姿を現したのは、なんと、巨大な木だった！　木の怪物だ！

枝を、両腕に見立てて大きく広げ、ものすごい勢いでこちらに走ってくる！

「ひぃいいいいいっ！」

ミーアは、悲鳴を上げつつ、走り出した。

曲がりくねった獣道、意地悪にも足を引っかけようとする木の根を避け、藪を潜り抜け、出口を目指す。

「って、出口はどっちですのっ⁉」

などと悲鳴を上げるも、それで何が変わるわけもなく。じわりじわり、と怪物との距離が狭まってくる。

振り返ると、怪物には、いつの間にやら、ぽっかりと口のような穴が開いていて……それが、ミーアを丸呑みしようと、ぐわわっと大きく開いた！

「ひやぁあああっ！　も、もう、だめですわ！　逃げきれませんわ！」

諦めかけたまさにその時、前方より飛来するものがあった。

ぴゅうっと風切り音を残し、飛んでいくもの。直後、ひゅかっと音を立て、怪物に矢が突き刺さった。

「ミーアさま、こっち、です！」

「りっ、リオラさんっ⁉　なぜ、こんなところに……」

前方、木の影に弓を構えるリオラの姿。ミーアは這《ほ》う這うの体で、そちらに走り寄る。

「リオラさん、あっ、あれは、なんですの？　あれは……」

「静海の森に棲《す》むと言われているモノ、です。捕まったら、大変なことになる、です」

「どっ、どうなるんですの？」

「……大変なことになる……です」

言葉を濁すリオラに、もくもくと恐ろしい想像が膨らんでいく。

「早く、逃げる、です」

リオラはそう言って、新たな矢をつがえる。

「でも、リオラさんは……？」

「私は平気、です。いいから、早く逃げる、です！」

そう言われて、ミーアは……。

「で、でも……」

はたして、自分一人で逃げても良いものかどうか……。ここはリオラも無理やりに引きずって行ったほうが良いのではないか……？

「一人で逃げるべきか、逃げざるべきか……それが問題ですわ」

などと、真剣に悩み始め……頭がぐらんぐらんするぐらいまで、悩みに悩みに、悩んで、なんだか、体がゆらゆら揺れてきたなぁ、と思ったところでっ！


「ミーアさま、ミーアさま？」

ゆさゆさ、体が揺すられる感触。直後、ミーアはハッと目を覚ました。

「あ、あら？　わたくし、もしや、寝てまして……？」

「森の主の話……つまらなかった、ですか？」

見ると、リオラがちょっぴり悲しげな顔で見つめていた。

「へ？　あ、ああ、いえ……」

ミーアは咄嗟《とっさ》に頭を働かせる。っと、つい先ほどまで、リオラが話していたこわぁい話が、脳裏に甦ってきた。

アンヌ式睡眠学習法を習得しているミーアである。寝ている間に聞いたことは忘れないわけで……。

「まぁ、楽しかったですわよ？　うん……」

正直なところ……滅茶苦茶、怖い夢見たじゃないか！　なに怖い話してんだ、この野郎！　と言ってやりたいミーアであるが……言えない。

夢の中で、助けてもらった手前、なにも言えない。

それに……。

ミーアは周りを見回した。

みんな、怖がるどころか、楽しそうに笑っている。この空気を壊すだけの胆力はミーアにはなかった。

「ええ、とても、楽しかったですわ」

むしろ、周りに合わせて、称賛の言葉すら口にしてしまう。息を吸うように流される海月、ミーアであった。

――しかし、これは、まずいですわ。寝ながら、怖い話を聞いてしまうと、どうやら夢で見てしまうようですわ！　こっ、これは大変なことですわ。なんとしても、怪談話に行く流れを食い止めねばなりませんわ！

怖い話さえ聞かなければ、うつらうつらしても大丈夫……なはず。だからこそ、なんとしても、怪談を話す流れは止めなければならない！

――でも、どうすればいいかしら……？

ミーアはじっと考えて、考え……て、ｚｚｚ……。

「はっ！　ああ、いけませんわ。また、寝てしまうところでしたわ……」

小さくつぶやき、頬をパンパンと叩く。

そうして、なんとかせねば……と考えた刹那、閃いた！

——あ、そうですわ。確かに怖い話も好きでしょうけれど、恋愛の話だとて、貴族の令嬢は好きなはずですわ。ということは、わたくしが、アベルとの恋話をしている間は、怪談にならないんじゃないかしら？

「ふふん、なかなかのお話でしたわね。ルドルフォンのメイド。でも、まだまだですわ。次は、私が……」

などと、意気揚々と話し始めようとしたエメラルダを、ミーアは片手で制する。

「それよりも、みなさん、まぁ、そういう怖いお話ももちろんいいとは思いますけれど、ここはレディーとして、もっと実のあるお話をするのが良いのではないかしら？」

「はて……？　レディーとして実のあるお話、というと、どんなものですの？」

きょとんと首を傾げるエメラルダに、ミーアは穏やかな笑みを浮かべる。

「決まっておりますわ。恋話《コイバナ》ですわ！　わたくしとアベル王子殿下のデートのお話など、聞きたくはないかしら？」

王子殿下を強調しつつ、意味深な口調でそう言ってやる……と！

「まぁっ！　それは興味がありますわ！」

ものすごい勢いで、エメラルダが食いついてきたっ！

――どうでもいいですけど、エメラルダさんって、なんにでも食いつきますわね。

そう評するのは、スイーツならばなんにでも食いつく、ミーア姫である。連綿たる血の繋がりが……そこにはあった。

まぁ、それはさておき。

「それで、ミーアお姉さまと、アベルおじ、王子は、どういうところにデートに行くのですか？」

エメラルダ同様に、興味津々に食いついてきたのはベルだった。基本的に、シオンやキースウッドのほうが、ベルの好みには合うらしいのだが、まぁ、それはそれ。

尊敬する祖母ミーアと、祖父アベルの恋模様には、興味が湧かないはずもない、ミーハーなベルなのである。

「ふふふ、そうですわね。アベルとは、町に買い物に出かけたこともございますけれど、やはり、多いのは馬で遠乗りに出かけることですわね」

そうして、ミーアは話し始める。アベルとの遠乗りデートを、微に入り細を穿《うが》つ勢いで、熱心に語り倒す。

「二人並んで馬を走らせる時には、軽く競争などしてみることがありますわね。ノエリージュ湖畔まで競争した時は、とても楽しかったですわ。湖から吹いてくる風を馬上で受けると、とっても気持ちいいいんですのよ？」

爽やかな風に吹かれて、アベルと笑いあいながら、馬に乗る。

夢のような時間を思い出し、ミーアは思わずニヤニヤする。

「そして、二人で一緒の馬に乗るのは、もう、ドキドキですわ。アベルはああ見えて、真面目なところがございますから、たぶん、わたくし以外の女の子を馬に乗せたことはないんじゃないかしら？　すごく緊張しているのがわかりますのよ。こう、緊張して、体が強張ってるといいますか。そこが、とっても可愛いのですけど……」

ちなみに、ミーアがそんなことを思っている裏で、アベルもまた、「ミーアは緊張して固くなってるな。意外と、初心《うぶ》なんだな」などと微笑ましく思っていることは秘密である。

人が深淵を覗こうとする時、あちらの世界からもまた、覗かれているのだ。

「なるほど。では、キッスなども馬上でされるのですか？」

ふんふん、と真面目な顔で聞いていたベルは……突如としてそんなことを言い出した！

「きっ、きき、キッスっ!?　そ、そんなのするわけありませんわ。はしたない！　まだまだ、そんなの早いですわ！　ねぇ、リーナさん？」

ベルの隣でニコニコしながら聞いていたシュトリナは、突然、話を振られて……。

「えーと……」

と、軽く首を傾げたが……やがて、なにか納得した様子で、うんっと頷き、

「そうよ。ベルちゃん。それははしたないこと。そういうのは、結婚してからするものなんだから、どこかの変な男が迫ってきても、耳を傾けちゃだめよ？」

ベルに貞淑なる淑女教育を始めた！

「そうなんですか？　でも、聞いた話ではお祖母さまがはじめて……」

などと、怪訝そうな顔をしていたベルであったが……。

「うん、ボクの記憶違いかもしれません」

なにごとか納得した様子で頷いた。なにをどう納得したのか、微妙に気になるミーアであったが、気を取り直して話し出す。

「まぁ、それはともかく……。島から出たことは、ほとんどないのですけど、いつか、もっと遠くまで行ってみたいですわね。アベルと並んで草原を行く……遠乗りデート。きっと楽しいに違いありませんわ」

そうして、楽しそうに話をするミーア。それを見て、柔らかな笑みを浮かべていたティオーナだったが、ふと、なにかを思い出したように、眉を顰めた。

「でも、ミーアさま、気をつけてくださいね」

「気をつける？　はて、なんのことですの？」

「……聞いたことがありませんか？　入ってはいけない、怖い廃村のこと」

「…………はぇ？」

首を傾げるミーアの前で……、

「これは、ルドルフォン領では、有名なお話なんですけど……あるところに誰も住んでいない廃村があるんだそうです。それで、そこに迷い込むと……」

流れるように……怪談が始まってしまったっ！

――なっ、なんという早業⁉　ゆ、油断してましたわ！

止めようにも、みなはすでにティオーナの話に耳を傾けている。今から、話に割り込むのは野暮というものである。

――くっ、けれど、対処法は簡単ですわ。恐るるに足りませんわ。要するに寝なければいいだけのこと……。そう、悪夢は寝なければ見ませんわ。だから、しっかりと目を覚ましてっ！

気合を入れたミーアは……確かに眠ることも、悪夢を見ることもなかった……。なかったが……代わりに、ティオーナのこわぁあい怪談を、隅から隅まで聞く羽目になるのだった。


そうして……ティオーナのこわぁい、こわあぁあい廃村の怪談を聞き終えて……、

「ふふふ、なかなか聞かせますわね。ティオーナさん。褒めて差し上げますわ」

満足げにそう評したのは、エメラルダだった。

聞いたことのない怪談を仕入れることができたからか、実に嬉しそうだった。きっと、お茶飲み友だちなどに、話して聞かせようと思っているのだろう。

「ありがとうございます」

静かに頭を下げたティオーナは、ふとミーアのほうに目を向けて、

「そういうことなので、遠乗りの際には本当に気をつけてくださいね。ミーアさま」

などと、本気で心配されてしまった。

……正直なところ、なに怖い話してんだ！　この野郎！　と言いたいミーアであるが……それをグッと飲み込む。

なにしろ、ティオーナは警告のために話してくれたのだ。ミーアが怖い目に遭わなくていいように、と考えての警告だったのだ。これに文句を言うことは……できない。

「なかなかに、きょ、興味深いお話でしたわ。わたくしも遠乗りの時に、そのような廃村を見つけたら、注意しなければなりませんわね……」

微妙に涙目になりつつ、ミーアはしきりに首をひねる。

——おかしいですわ。確かに、恋話をしていたはずですのに……。どうして、怖い話を聞く羽目になっているのか……。解せませんわ……。理不尽な話ですわ……。

「あ、そういえば、ミーアお姉さま、お聞きしたいことがありました」

っと、そこで、ベルが話しかけてきた。

「あら？　なにかしら？」

「ミーアお姉さまって、シオン王子と何度かダンスをしてますけど……シオン王子のダンスってどうなんですか？」

「ふむ……」

ミーアは、深々と頷く。

「そういえば、ベルはシオンのことがお気に入りでしたわね。ふぅむ、あいつのダンスは……」

腕組みして、うむむ、っと唸ってから、

「実にシャクなダンスですわね。どんなステップも楽々こなしてしまって、しかも完璧。こちらの要求に完全に応えるどころか、それを上回る答えを出し、その上でこちらのダンスの質をも上げてくる。ダンスをしている最中は夢見心地ながら、終わった後に悔しくなる……そんなダンスですわ」

ダンス評論家、ミーアは語る。

「それに対して、アベルは、とてもいいですわね。一生懸命で、応援したくなるダンスをしてくれますわ。踊るごとに上手くなりますし、頑張っているのが見えてとても微笑ましいですわ」

語る、語る！

「なるほど。アベルおじ、王子は、そんな感じなんですね。イメージ通りです」

うむうむ、と納得した顔で頷くベル。

「あとは、サフィアスさんが、意外にもダンス上手なのですわよね。以前、ダンスパーティーでご一緒したことがありますけれど、あれは相当に許嫁から鍛えられてますわね」

「それは私も思いましたわ。彼、実にパートナーに気を使ったダンスをしますわよね。普段はあんな感じですのに、実に優しいダンスで、驚いてしまいましたわ」

エメラルダが同意の声を上げる。

「あ、それとベル。キースウッドさんには気をつけたほうがいいですわよ？　あの方もなかなか達者なダンスを踊りますけれど、なんとなく軽くあしらわれてる印象がありますわ。いろいろと経験豊富な感じがいたしますわ」

ミーアの評に、シュトリナが深々と頷き、

「ベルちゃん、遊び慣れた男性は一見すると、すごくいい人に見えるっていうから、気をつけなきゃダメよ？」

眉間に皺《しわ》を寄せて、ものすっごーく真剣な様子で言った！

「……忠臣キースウッドなら大丈夫だと思いますが……わかりました」

それに、大変、真面目に頷くベルである。

「まぁ、ともあれ、やはり大事なのは自分のダンススキルですわ。前に教えましたわよね。月光舞踊。あの基本を何度も繰り返していれば自然と上手くなりますわよ」

「ええっと、こんな感じ、ですよね？」

ベルがくねくね、っと手の動きを再現する。

それは、まるで、こう……なんというか……なんだこれ……？

「ベル……。その、なんか適当にやって、できたつもりになる癖はやめたほうがいいですわ」

ため息を吐いて、

「いいですこと。指先まで気を使って、こう。こうして……」

っと、ミーアが実践を始めたところで、

「そういえば、ミーアさま……奇妙な踊りを踊る影の話って、ご存知ですか？」

不意に、シュトリナが言った。

「奇妙な踊り……？　はて？」

シュトリナのほうを見たミーアは、直後、嫌な予感を覚える。

この流れ……この他愛もない話から、なにか別の話に移る、この流れは……っ！

「り、リーナさん、それは、もしや怖い話……」

「ふにゃふにゃ、というらしいんですけど……」

「ふ……ふにゃふにゃ？　なんだか、あまり怖そうではありませんわね……」

首を傾げるミーアに、シュトリナは優しい笑みを浮かべた。

「別に怖い話ではないのですが……」

そうして、シュトリナは話し出した。

馬車に乗っている時に、たまたま畑の真ん中に見えるという、恐ろしい踊る影の怪談を！

「————————……さま、ミーアさま？」

「う、ううん……」

ゆっさゆさと体を揺すられる感覚に、ミーアは小さくうめき声をあげる。

それから、ぼんやーりと目を開く……と、心配そうな顔をしているアンヌが目に入ってきた。

「こ、ここは……あら？」

きょろきょろと辺りを見ると、そこは、馬車の中だった。

すぐ隣には、未だ気持ちよさそうに寝息を立てるエメラルダの姿が。そして、足元にはベルが丸まっていて、その隣に、お行儀よくシュトリナが寝ていた。

「ああ……わたくし、またしても途中で寝てしまって……。では、先ほどのは、夢……だったんですのね……夢……？」

と、そこまでつぶやき、ミーアは首を傾げた。

はて……？　自分はどんな夢を見ていたんだっただろう？　そう言えば、シュトリナのお話も、記憶にない。なんだか、すごく……ものすごーく！　怖いお話だったような気がするのだが……。

首を傾げるミーアに、アンヌは優しい笑みを浮かべて……。

「大丈夫ですか？　ひどくうなされてましたけど、どんな夢だったんですか？」

「ええ。わたくしもよく覚えてないのですけど、なんだか、怖い夢でしたわ。奇妙な踊りをする影が出てきたような……」

「奇妙な踊り……ですか。ああ、それってもしかして……」

と、そこで、気付く。なんだろう、アンヌの声がちょっとだけ怖く感じられて……。

「こぉんな感じのぉ、踊りでしたか？」

「ひぃいいいいっ！」

ミーアは息を呑みつつも、振り返らざるを得なかった。その先では、アンヌが踊っていた！　奇妙な……奇妙、な？　……いや、ヘンテコな踊りを……。

「え……ええと、アンヌ、それは……？」

「あ、はい。昨夜、ミーアさまが教えてくださった月光舞踊です。こんな感じだったなって」

手足を微妙な角度に動かして、くねくね、なんとも奇妙な踊りだった。

それを見て、ミーアは、思わず、吹き出してしまう。

「もう、違いますわ。アンヌ。ふふふ、そうですわね。あなたには、きっとわたくしの子どもたちもお世話してもらうと思いますし、きっちりと踊れるように教えてあげますわ」

「あら？　なにを教えるんですの？」

ふと気付けば、エメラルダが興味津々に見つめていた。

「ああ、いえ、別に……」

「まぁっ！　ミーアさま、親友の私に隠しごとをしようというんですの？」

ちょっぴり悲しそうな顔をするエメラルダにミーアは苦笑いを浮かべる。

「いえ、アンヌにダンスを教えてあげるという話をしてましして……」

「まぁ！　それは楽しそうですわ。ぜひ、私も仲間に入れていただきたいですわ！」

——本当に、なににでも食いついてきますわね、エメラルダさん。

ちょっぴり呆れてしまうミーアではあったが……ふと、なんとも言えない感慨にとらわれる。

――しかしよくよく考えると、不思議な感じがしますわね……。

目の前で、楽しそうにしているのは、かつて、ミーアを裏切って、一族郎党、帝国から逃げ出した少女だ。許せないと思い、もう、あまり関わりたくないと思っていた少女だ。その後ろには、やっぱり関わりたくないと思っていたティオーナやリオラもいて。

直接の面識はなかったけれど、おそらくはミーアの死に深く関係しているであろうシュトリナもいて……その隣には破滅の未来からやってきたベルがすーすー寝息を立てていて……。

――ふふ、よくもまぁ、こんなにも奇妙なメンバーで旅をしているものですわ。

かつて敵だった人たち、憎かった人たちと、一夜を共にし、一緒に怪談話に興じた。そのことがなんとも不思議で……、なんだか夢のような光景に感じられてしまって……。

だからだろうか……。なんだか、ミーアはちょっぴり優しい気持ちになって……。

「もう、仕方ありませんわね。エメラルダさんも特別に仲間に入れて差し上げますわ。それに、ティオーナさんもリオラさんも、リーナさんも誘って、今度、みんなでダンス研究会を開きましょうか」

きっと楽しくなるに違いないぞ、という確信がミーアの中にあった。ウキウキしながら、その時を想像して……。

――ふむ、しかし、ダンスをするなら相手が必要ですわね。アベルはもちろん誘うとして、キースウッドさんは使えますわね。あの方はどんなダンスでもできそうですわ。それと、サフィアスさんと、それにシオンも……。

どんな要求にでも答えてくる、あの小癪なダンスを思い出しながら、ミーアは思う。

――シオンがいたほうが盛り上がるでしょうし、仕方ありませんわね。誘ってやりますわ。だから……。

そっと顔を上げて、ミーアは、遠き地にいるシオンを思う。

——絶対に暗殺を阻止しなければなりませんわね。みなで楽しく踊るためにも……。

かくて、ミーアたち一行はサンクランドへと向かう。

その旅路の先に何が待ち受けているのか、今のミーアは知る由もなかった。

ミーア日記
～ティアムーングルメ紀行～

Mia's
DIARY
-Travel Record of Tearmoon food-

Tearmoon
Empire Story

八つ月　十七日

ティオーナさんのところの、リオラさんお手製、森の恵み鍋をいただく。

なんでも、ルドルフォンの農民料理とルールー族の料理を合わせたものらしい。

中身は、数日前にとっておいたウサギ肉（リオラさんが仕留めてきたらしい。ルールー族の従者を一人雇っておくと、食料調達に困らなそう。今度、ルールー族の族長に相談の必要あり？）。

さらに細かく刻んだ干し肉と野菜類をゴロゴロに切って入れてあった。

聞いたところ、入れる野菜は決まっていないらしい。手に入った新鮮なものを入れるのが大事らしい。

近くの村で買い入れてきた野菜をたっぷり入れた鍋は、洗練された味とは言い難いものの、野趣に富んだ素晴らしいものだった。

ウサギ肉のとろりとした豊かな味わいが、そこに混ざり合いお見事な味。森の恵み鍋、堪能した。

おススメ☆五つ

八つ月　十八日

エメラルダさんのところのニーナさんお手製、絶品魚介鍋料理をいただく。どうやら、前日のルドルフォン家のお料理に対抗心を燃やしたらしい。

そもそも、旅の間はグリーンムーン家の料理人が帯同して、料理を振る舞ってくれているのだが、
どうやら、メイドの作った料理というのが重要だったらしい。やや面倒くさい。

しかし、ニーナさんの腕前は相変わらずお見事。

無人島で食べた時には、材料がかなり限られていたのだということがよくわかる。

グリーンムーン家保有のスパイスが効いたスープ、その中に干した魚介類を入れ、さらに、小麦粉を練ったフワフワした食感のものが入っていた。

スープをたっぷりと吸った、アツアツのそれを舌の上で転がして、ほふほふ言いながら食べると、なんとも言えない美味しさ。

また、乾燥させた貝は、キノコに似た食感で、これもまた良し。

グリーンムーン家秘伝の味をご馳走になった気分。文句なし。

おススメ☆五つ

八つ月　十九日

なんだか、わたくしの日記帳、八割がたお食事のことしか書いてませんわね。

気付いたら、その日のお食事のことを書いている。不可解な現象ですわ。もしや、なにかの呪いでもかけられているのかしら？

ということで、今日は、真面目に記しますわ。

今日は、皇女専属近衛隊《プリンセスガード》のお仕事の様子を査察いたしましたの。いつも護衛を頑張ってくれている彼らが、どんな風に任務にあたっているのか知っておくことはとても重要なこと。

なにしろ、彼らはわたくしの盾。わたくしが危機に陥った時に頼るべき方たちですから、きちんとした労働環境が保たれているか、士気は問題ないか、きちんと確認しておくべき必要がありますわ。

それで、馬や装備を見させていただき、説明を受けていたのですけれど、わたくし、はたと気がつきましたの。

食事は、どうしているのかしら？　と。

兵士の士気に、食事はとっても大切。この機に見学するのがよいだろうと思いましたの。

……別に、その時に美味しそうな匂いがしたとか、そういうことではありませんのよ？

それで、ご馳走していただいたんですけれど、これがびっくり！

なんでも、一部の兵士たちの間で親しまれている戦場鍋らしいのですけど、これが、なんとも絶品で！

見た目はパンプキンシチューのような感じかしら？　黄色いクリーミーなシチューなのですけれど、一口食べてみてびっくり。とっても辛かったんですの。

一緒にいたベルなどは、一口で涙目になっておりましたわ。子どもには少し辛すぎたのかもしれませんけれど、でも、わたくしはきちんと気付いておりましたわ。その辛さの奥にある、複雑な旨味に。

中に入っているお野菜は、長い時間、煮込んだからトロットロ。口の中に入れたニンジンはホクホク、っと崩れますし、満月オニオンなども、シチューに溶けて形がありませんの。

けれど、だから不要かというと、決してそんなことはなく、それがシチュー全体の味を重厚に、複雑にしておりますの。

パンにつけて食べるとちょうどよいということで、試してみましたけれど、そうすると辛みが薄れて、旨味がより分かるようになりましたわ。

こんなものを毎日食べられるというのであれば、兵士の士気も問題ないんじゃないかしら？　というか、むしろ、こんなに美味しいものがあるのに、一度も食べたことがなかったことが不満ですわ。

この世界には、わたくしが知らない美味しいものが、まだまだ、たくさんあるんだなと改めて思わされましたわ。

あら？　なんだか、またお食事のことを書いているような……。実に不可思議ですわ……。

あとがき

こんにちは、ご無沙汰しております。餅月です。

今回の巻は、最初期から名前だけ出ているサンクランド王国に、ミーアたち一行が遊びに行く話でした。さて、どんな新しい料理との出合いが待っているのやら……？　え？　違う？

そういえば先日、こんな夢を見ました。潰れてしまったテーマパークに行く夢なのですが。

そこはヨーロッパのお城をテーマにした場所で、巨大な城が複数移設されており、しかも高台には、山の中の砦のようなお城もあるという、実に夢にあふれる場所でして。

そんなテーマパークに立った私は思いました。

「これはティアムーンの資料に使えるぞ！　絶対にまた来よう！　それにしても、まさか実際に入れるなんて、これで、お城の描写がすごく楽になったなぁ！　ひゃっほー！」

などと……。どうせなら、ちゃんと城の中まで見てくれればよかったなぁ……。

ミ「ああ……。そういう夢ってよくありますわね。わたくしも先日、お城の夢を見ましたわ」
餅：ほうほう。お城の……。でも、ミーア姫は、お城に住んでるから、別に珍しくないんじゃ……いや……待てよ。もしや、それはベタにお菓子でできたお城だったとか言わないでしょうね？
ミ「それならばよかったのですわ。考えるまでもなく食べればいいだけのことですもの。わたくしが見た夢のお城は、なんと、いろいろなところにキノコが生えた廃城でしたの！」

餅：なんと……！
ミ「生クリームたっぷりのケーキのお城とかならよかったのですけど……美味しそうでもキノコはキノコ。さすがに生で食べるわけにはいかず、どなたかに料理をお願いしたかったのですけど、誰もいなくって……」
餅：なるほど。まぁ、食べようとしたら食べられなかったというのは夢の定番パターンですしね。料理しないと食べられないものがたくさんあるというのは、珍しい気がしますが……。
ミ「わたくし、とっても悲しかったから、今度、本格的にキノコ料理の研究を始めようと思っておりますわ。頑張りますわよ！」
こうして、ちょっぴりアブナイ決意を固めるミーアなのであった。

ここからは謝辞です。

Ｇｉｌｓｅさん、可愛いイラストをありがとうございます。特に口絵のミーアの舞踊がとても楽しそう！　ありがとうございます。

担当のＦさん、いつも適切なご指摘、丁寧なご感想ありがとうございます。励みになります。

家族へ。いつも応援ありがとうございます。もう少し頑張ります。

そして、この本を手に取ってくださった読者のみなさま、ありがとうございました。おかげさまで、無事に続きを出していけそうです。コミック版ともども、引き続きお付き合いいただけましたら幸いです。

ダンスの秘訣

ボクも
ミーアおば……
お姉さまのように
もっとダンスが上手く
なりたいなぁ
♪
るんたった
るんたった
ベル
足をぶつけ
ますわよ
ひょこ
お祖母さま
なんだか真剣に
日記を
書いてる……
もしかすると
日記に
ダンスの秘訣が！
今日のランチは
キノコのチーズリゾットだった
濃厚なチーズの風味に
ライスとキノコが
よく絡み合いなんとも絶品
おススメ☆４つ
デザートに頂いた
クリームブリュレ
これもまた最高の
味だった
今日はシェフが
各地のキノコを取り寄せ
特製キノコ鍋を作ってくれた
わたくしが特にオススメのキノコは
きっと
たくさん食べることが
ダンスの秘訣なんですね
お祖母さま！
今日はよく
食べますわね
ベル
もっ
もっ
もっ
とくに
上達はしなかった

ティアムーン帝国物語
8巻を
お買い上げありがとうございます！
もりのみず

巻末おまけ

コミカライズ 第十五話

Comics trial reading

Tearmoon

Empire Story

原作――餅月 望
漫画――杜乃ミズ
キャラクター原案――Gilse

剣術大会
2日前
アベル王子
やぁ
ミーア姫
どこかへ
行かれますの？
たた
ああ
これから
少し鍛錬をしに
行くんだ
剣術大会も
近いからね
まぁ
そうでしたの

わたくし その剣術大会の お弁当のことで 少しお話が あるんですの
よければ ご一緒しても 構わないかしら
ん？ ああ 構わないが……
それでは 歩きながら 話そうか
手作り 弁当？
ええ アベル王子と シオン王子にと
皆で作らせて いただきますわ
そうか……
ぼそ……
シオン王子 にも……

申し訳ございませんアベル王子
本来であれば最高級のお店で注文するはずのところを……
なにせ素人以下の人間が集まって作るんですもの
ちょっとだけまずかったらごめんなさいという予防線を張っておくにこしたことはありませんわよね
というかわたくしの料理キースウッドさんに却下されてしまいましたし
ブチィ
ガーン
当日はサンドイッチにします!!
結構イケてたと思いますのに
ムスー
は?
いや……構わないよ
むしろ嬉しいぐらいだ
え?
嬉しい……ですの?
ああ

母上が時折作ってくれていたからね
我がレムノ王国は貴族であっても……
……うん女性が夫や子どものために料理を作ることはよくあることなんだ
他の国では珍しいと思われるだろうけど
でも一生懸命に母上や姉上が作ってくれただけで嬉しいものだったよ
ミーア姫
ありがとう
ふわ
楽しみにしているよ

あれ
想定外の反応ですわ
これ
ミーアは手作り弁当に要求されるレベルがワンランク上がったことを察した
まさかアベル王子が手作りのものを食べ慣れているなんて……
これでは手作りだから味が落ちるなんて言えなくなってしまいますわ……！
ここはやはりもっと凝ったお料理を……
ブツ
ブツ
ブツ
ブツ
あ
着いたよミーア姫

サァ……
わぁ……
す
こんな素敵なところがあるなんて知らなかったですわ……
ふ…
そうか気に入ってもらえたようでよかった

お手を
足元に
気をつけて
キュン
あ……
ありがとう
ございます
まぁ
男子として……
このぐらいの
自然なエスコート
当たり前の
ことですわ！

ザザ
……ン
ああ……
こんなきれいな湖畔を殿方と歩く日が来るなんて……
うっとり…
地下牢にいた時には考えられませんでしたわ……
それにしても……
少しだけ残念ではあるな
?
なにがですの?
いや
せっかくミーア姫が作ってくれるお弁当だ

ボクがひとり占めできないのがね
……え
BOON

なっ
なっ
何言いだすんですのこの人っ!?
天然なんですのっ!?
地下牢の中で幾度となく妄想したシチュエーション
素敵な男性と浜辺での逢瀬
甘い会話……
なんの覚悟もなくそんな状況に叩き込まれたミーアはパニック寸前だった
ドッ
ドッドッ
ドッ
ドッ
お落ち着かなければ…
そ そう! 深呼吸ですわ
ゼー
ゼー…
ミーア姫少し疲れたかい?

えあええ
そ
そそ
そうですわね……！
そうか…
すまない
では……
ふぁさ
しばらく座って休んでいくといい
退屈するだろうから回復したら先に帰っていってくれたまえ
あ……
ありがとうございます

ずいぶんと熱心に励んでおられるようですわね
はは
こんなに必死に剣を振ったことなど今まで一度もないよ

なにしろ……
どうしても勝ちたい相手がいるからね
……?
……だから
そうだな
お弁当のこと残念だが少しだけ安心もしているんだ
…へ?

ボクだけがミーア姫のお弁当を食べたとなると
そのおかげでシオン王子に勝てたなどと言われるかもしれないからね
……………
はぇ？
ミーアは手作り弁当に要求されるレベルが天元突破していることを察した

そして
剣術大会
当日の朝
それでは
これより
サンドイッチ
作りを
始めます
よろしく
お願いします！
いよいよ
ですわね……！
ゴ…！

いいですか
皆さん
俺が指示を
しますから
その通りに
こなしてください
わかりました!
ムムム…
では
ティオーナ嬢は
野菜を……
……
アベル王子は
手作り料理を
食べ慣れていると
言っていましたわ
ありがとう
楽しみに
しているよ
キラ〜
キラ
王子の
期待に応えられる
完璧なお弁当を
用意しなければ!
彼との縁が
切れてしまったら
革命が起きて
しまった時の
援軍のアテが
なくなりますし
それは
困ります
ものね
ギロチン
回避の
ためですわ
うん
では
ミーア姫殿下は
パン生地を
形は
四角くして
くれれば
大丈夫です

…よろしいですか？
え？
ああ パンですわね
任せてくださいませ！
ミーアさますごく張り切ってらっしゃるわ 私も精一杯ご協力しなければ！
フンヌー！！
じゃあ リオラ嬢は予定通り肉をオーブンで
少しばかりいつもと違うけど火加減はむしろ調節しやすいと思うから
わかったです

ムシ
ムシ
ザリ
ザツ
ゴリ
ゴリ
べちゃっ…
焼けば……
火さえ通っていれば食べられないことはないはずだ……
肉に関しては形が悪くても問題ない
次は……
キースウッドさん

こんな感じでどうですか？
いいですねさすがはルドルフォン伯爵令嬢です
!
彼女は十分戦力になっているな
こんもり
分量さえまともならば……
いやいちいち気にしていては胃に穴があく
あとは……
ねぇキースウッドさん

パンのほうも
もう焼き始めて
よろしいかしら?
ああ
そうです
ね……
ちら…
馬

ドッギャァ
四角くしろって言ったんだが！
あぁ
ひょい
サンドイッチだぞ
そんな形でどうやって中身挟むんだよ！
ビターン
やりなおし

……と
やりたいところだが
ワクワク
さすがに言いづらいな
はあ
……はい大丈夫です
なんとかしましょう

しかし
このままでは
中身が
ずれてしまい
食べにくく
そうだな……
何か
糊代わりに
固定するものを……
べしゃ…
ならば……
フォークロード嬢
はい？
すまないが
アンヌさんといっしょに
ホワイトソースを
作ってもらえるかな？
材料は……
あ
大丈夫です
読んだこと
ありますから
任せてください
アンヌさん
今から
言うものを…
小麦粉と
牛乳と……
はいっ！
ほう
さすが
知識は
豊富だな

あとは
隠し味に
珍味・魚の内臓の
塩漬けを
普通でいいです
普通で
その知識が
マニアックなところに
行きさえ
しなければ！
さあ
最後の
大作業です
塗って！
乗せて！
塗って
挟んで！

よし……
完成だ……！
特製馬型サンドイッチですわ！
ぱぁっ
おめでとうございます！

はぁ……
なんとかなったか……
キースウッドさん
ん？
感謝いたしますわ
この度は大変助かりました
！
従者への賛辞は主人への賛辞だ
もったいないお言葉です
シオン殿下にお伝えしておきます
す
いえ！シオン王子にではありませんわ
？
ふる

あなたに感謝しておりますのキースウッドさん
あなたのおかげでこうしてお弁当を作ることができましたわ
……ああ なるほど
こうして相手の心をつかんでいくってわけか

ミーアさま！
普通 貴族は従者に 頭を下げたりしない
プライドが 許さないからだ
けれど 彼女はそんな つまらない常識に とらわれない
誰であっても 素直に礼を 口にするんだな
残念ながら そうでは なく
シオン王子《あんな奴》に お礼を言うなんて まっぴらですわっ！
フーッ！
……おもしろいな
ぼそ…

シオン殿下の前に出会ってたら仕えていたかもしれないいな
キースウッドは夢にも思わなかった
前の時間では彼にもいろいろ痛い目にあわされましたけれど……
すべてあいつが悪いんですわ
従者の罪は主君の罪ですわっ!!
プンスコ
アホのシオン
ミーアが実に貴族的かつ常識的な思考をしていることなど

コミックス
第7巻
2023年
10月14日
発売!
2023年10月7日から
TVアニメ
漫画：杜乃ミズ
ティアムーン帝国物語
ティアムーン
断頭台から始まる、
姫の転生逆転ストーリー
詳しくは公

（第8巻）
ティアムーン帝国物語Ⅷ
～断頭台から始まる、姫の転生逆転ストーリー～

2021年10月　1日　第1刷発行
2023年　8月30日　第2刷発行

著　者　餅月 望

発行者　本田武市

発行所　TOブックス
〒150-0002
東京都渋谷区渋谷三丁目1番1号　PMO渋谷Ⅱ　11階
TEL 0120-933-772（営業フリーダイヤル）
FAX 050-3156-0508

印刷・製本　中央精版印刷株式会社

ISBN978-4-86699-279-2